目次

女人的交易

庄九郎當上加納城主後，每天都很忙碌。

他給自己定了兩個目標，並集中所有的精力和智慧付諸行動。

其一是籠絡號稱美濃八千騎的地侍。

（不知道哪裡跑來的野男人，竟然坐上了僅次於川手城的美濃第二要城城主的寶座！）

眾人都這麼想。擅長察言觀色的庄九郎，不可能看不出來。

（不這麼想才怪呢！）

庄九郎心裡暗自發笑。

要怎麼籠絡呢？

（我自己可不行。）

庄九郎尚不具備這種權威。

（倒是有個辦法。）

那就是利用新任守護職、國主、美濃守、主公土岐賴藝的神聖職權。

雖說是美濃八千騎，也都是鎌倉以來扶植起勢力的土岐同門、同族或遠近姻親的關係，也就是說，這個領國其實是由一個巨大的血緣家族構成的。

而守護職賴藝，就是這個大家族的宗家（本家）。

當時的日本人對宗家的感情接近於信仰，讀者如果不理解這種信仰的含義，就很難理解賴藝對這次當上「守護職」的感激之情。

守護職一職，不同於後來各地湧現而出的半路出道的大名，而是血親家族的「神」。

當時的日本民族還是氏族社會的聯合體，特別是武士家族。

這裡插個題外話，在日本史的興衰治亂中，天皇家族能夠得以存續，就得益於這一血親信仰。

氏族的源頭是天皇家族。土岐家起源於源氏，遠祖可以追溯到八幡太郎義家，而他的夫人則出自清和天皇。源平藤橘四大姓氏所有的祖先，都歸於天皇家。

當時所有的日本人，就連土民在內，遠祖的姓氏都取自四姓之一。

比如庄九郎自稱的松波姓氏就出自藤原。後來成爲他女婿的織田信長一開始自稱藤原氏，後來改爲平氏。德川家康則創建了傳說中的家系，稱爲源氏。

總之，日本人所有姓氏的老祖宗都來自天皇。

也可以說是血親信仰的總本尊所在，因此它的存在也被神聖化，無論是掌權者還是革命者，都無法否定它的存在。

就各地的規模而言，在美濃則爲土岐的宗家。賴藝便是美濃氏族集團的「小天皇」，在美濃是神聖不可侵犯的。

庄九郎出生在京都，他清楚地知道，各代的實權者是如何巧妙地利用天皇這一非軍事的神聖宗主的。

根據此一心得，他盡其可能地利用自己親自扶持的美濃小天皇賴藝。

當然，賴藝的同族中也有不少人心懷怨言，而且爲數不少。

「別讓那個來路不明的傢伙靠近大人。」

他們向賴藝吹著耳邊風。

賴藝一直打從骨子裡欣賞庄九郎身上散發出的貴

族教養，自然對他自詡的家譜也深信不疑。

「什麼叫『不就是個油商』？那是因爲你們不知道，他可是生在北面武士（仙洞御所武官）松波氏的宗家，松波氏則出自藤原氏。雖不比公卿和殿上人（譯注：官從五位以上者，可出入天皇居住的清涼殿），但也差不到哪裡去。」

既然美濃源氏的宗家土岐賴藝給庄九郎的血統做擔保，同門上下左右的人就不好再說什麼了。

「就算他出身高貴，」他們仍不肯讓步，接著說：「卻詭計多端。」

「住口！」

賴藝的反應，歸功於庄九郎平日悄悄疏導的結果。

「正因爲此人的謀略和正義，我才當上了守護職。如果像你們說的是詭計，等於說我對守護職之位懷有不軌之心，也就是說你們對我的地位存在異議。你們反對他，我不得不懷疑你們有謀反之心。還有人想說什麼嗎？」

眾人都不說話了。

第二個目標是要牢牢控制小天皇賴藝。

出身顯貴之人往往沒有定性，說不定什麼時候就會改變心意。

（要想緊緊抓住賴藝。）

得用女人。

也只有這個辦法。

如今的賴藝當上守護職、得到府城川手後，在好色這一點上更加肆無忌憚。

「我說新九郎。」

賴藝喚著庄九郎的新名字，面帶遲疑之色，吞吞吐吐。

「您有什麼吩咐？」

「還是算了吧。」

「到底什麼事？」

「我有個願望。」

「哈哈哈。我長井新九郎利政既然能讓您當上美濃國主，就沒有什麼辦不到的。如果主公您想要天竺空中飛翔的金翅鳥，我也會給您逮來。」

「真的？」

賴藝頓時眼睛發亮，像個孩子。紅腫下垂的下眼瞼暴露了他的荒淫無度。

「您倒是說呀。」

庄九郎倒真是想知道這個傻瓜在做什麼夢，只有這樣，才能掌握他的精神狀態。

（這頭蠢豬想幹什麼？）

庄九郎面帶微笑，平靜地問道：「難道您想要整個天下？」

「怎麼會，我可承受不起。」

（我想也是。）

庄九郎在心裡暗自發笑，同時也鬆了一口氣。當上國主進而覬覦天下本屬人之常情，賴藝卻沒有這方面的野心。

「那麼就是鄰國的尾張了？不過，說起鄰國還有近江和東邊的信州呢。」

「信州太冷了吧。」

賴藝的反應文不對題。

「您怕冷嗎？」

「我最討厭洪水和下雪了，你應該知道的。」

「對了，我想起來了。那近江怎麼樣？湖東的土地肥沃，天下英雄都垂涎三尺呢。」

「近江沒有好鷹。」

「哦，這樣啊。」

對畫家賴藝來說，鷹是個永不厭倦的話題。除了鷹，他什麼都不畫。直到今天，美濃的老居民家中還收藏了幾幅「土岐之鷹」的作品。由此可見，賴藝似乎每個月都要畫上幾幅。

「如果您不想要領地，那我就提幾顆對您懷恨在心的國人（地侍）的人頭來見您怎麼樣？」

「哪有？」

「不能這麼說，您的身邊就有。」

庄九郎眼前浮現出自己的反對勢力頭目長井利安的臉。

「哈哈，那不可能。」

賴藝在這一點上深信不疑。也是，不可能有人會反對美濃的神聖宗主。

「新九郎，我想要的是女人。」

「哦，這再容易不過了。天底下有一半是女人。」

庄九郎開心地笑了。賴藝一看反而著急：

「新九郎，我說的女人可不是一般人。」

「當然要長得美對吧，主公的喜好我還是很瞭解的。」

「除了美，還有一個願望。」

「欲望乃人之常理，是什麼呢？」

「我想要天子的內親王。」

天啊，這個傻瓜。庄九郎一瞬間愕然，卻裝作若無其事的樣子說：「謝謝主公明示。我馬上就去調查清楚。」

他拔腿就要走。

「新、新九郎，你可答應我了啊！」

「遵命。」

「既然答應了，就不能食言，可不能讓我空歡喜一場。」

「我山崎屋，」長井新九郎自覺失言，趕緊改口道：「我做過不守信用的事情嗎？」

「那倒是。不過這次的事情非同尋常。」

「再難，也沒有當上美濃國主那麼難吧。」

「你不會隨便找個京都女人，裝成內親王來騙我吧？」

「不是我吹牛。新九郎還在山崎屋賣油的時候，品質就是天下第一，保證貨真價實。而且，您現在不是也堂堂正正地當上了守護職嗎？」

他的意思是自己拿來的東西絕對值得信賴。

「那就有勞了！」

賴藝雙手合十。

當上美濃君主後，他想迎娶高貴的女子來證明自己的榮耀。

畢竟，賴藝也是個男人。上京擁立天子，當上一人之下萬人之上的關白或是將軍來發號施令，或許是戰國男兒的作爲，然而賴藝走的卻是背後的捷徑：弄到天子的女兒來獲得近似的快感。

（在床上奪取天下。）

庄九郎打從心底看不起賴藝。

「主公，您要休掉現在的夫人嗎？」

「怎麼可能，無此打算。」

「娶過來當偏房？」

「正有此意。」

「有點難啊！」

庄九郎嘴上雖這麼說，心裡卻清楚要明媒正娶反而更難。公卿最高級別的五攝家的千金小姐，在這種亂世中或許還願意下嫁地方豪族的宗家，但以內親王的身分，哪怕嫁給有實力的大名當正房都不太可能。

（偏房的可能性更大。）

庄九郎退出大堂。

回到加納城，庄九郎馬上向赤兵衛說明原委，令他急速回京調查天子共有幾位公主。

赤兵衛出發時，庄九郎叮囑道：

「如果需要我前去牽線，馬上差信使通知我。」

沒過幾天，赤兵衛果然派信使帶了信來。打開一看：

（這也是人寫的字？）

簡直讓人倒胃口。

——有一人。

信中寫道。語言粗俗就意味著不敬，庄九郎苦笑著把信撕碎扔了。

庄九郎告訴深芳野和城裡的心腹：

「我要到山裡去祈福，不能對外人透露。有人問起就說在患病靜養。」

亂世中，一旦得知城主外出，姑且不說城外的勢力，城裡也有可能出現叛亂。

庄九郎讓耳次等十名家丁假扮成油商，自己也穿上原先的裝束，趁天黑出城，沿著中仙道向京都直馳而去。

到了山崎屋，店裡一如以往忙忙碌碌地裝貨、發貨，繁榮景象和庄九郎在的時候沒有什麼區別，可以看出杉丸等管家齊心協力地守護著店鋪。

庄九郎徑直進了土間，杉丸猛一看見他，就像白天見了鬼一樣失聲叫道：

「天啊，老爺！」

他沒想到庄九郎不打招呼就回來了。

「有什麼奇怪的。」

庄九郎店裡店外繞了一圈，察看下人和管家的工作，滿意地點頭道：

「大夥兒幹得不錯。」

他又揭開油桶的蓋子，用手指蘸油放到嘴裡嘗了嘗。

片刻後，他欣慰地說：「品質和以前一樣。」

儼然變回了山崎屋庄九郎。

「我馬上去通知萬阿夫人。」

杉丸幾乎跳著就要離去，庄九郎攔住他道：

「我要讓她嚇一跳。」

庄九郎在庭院裡沖了沖腳，脫掉身上的髒衣服，換上最近流行的綢緞和服，繫好腰帶後又蘸水整理好頭髮，恢復京都頭號大商人的打扮後，轉頭對美濃帶來的侍衛說：

「店裡的和美濃來的都是一家人，店裡的人要好生招待。」

「遵命。」

向來崇拜老爺的杉丸，回答得乾脆利落。

「交給你了！」

庄九郎走向裡間。

萬阿正在自己的房裡。

滿院的綠樹把照進走廊的陽光都染成碧綠色。

萬阿正坐著，手裡繡著一塊錦帕，庄九郎躡手躡腳地進了屋，從後面捂住她的雙眼。

「誰、誰呀？」

萬阿冷不防的嚇得哆嗦。

「是我。」

「啊！夫君！」

萬阿欣喜萬分，急忙想拽開庄九郎的手。

「就這樣，別動。」

庄九郎從後面抱緊她。她的身體比深芳野更飽滿豐腴，激起了庄九郎久違的渴望。

「這個姿勢就好。」

庄九郎仍捂著萬阿的眼睛將她放倒，直接從後面進入她的身體。

「這、這可不行，有人會來的。」

「我們是夫婦，有什麼好怕的，誰想看就看唄。」

很快的，庄九郎的欲望傳給了萬阿，萬阿也漸入佳境。

她的眼睛仍然被蒙著。

「讓我看看你的臉。」

萬阿喘息著說。

夕月

深夜，庄九郎獨自回到房間。風塵僕僕地從美濃一路趕來，要是普通人早就累得腰都直不起來了，庄九郎卻毫無倦意。

（世上沒有比做事更有意思的了。）

他想。

這也是他不知疲倦的原因。

旁邊點著的一盞燭火忽然晃動起來。

——嘩的一聲，外間的門被拉開了。

「赤兵衛來了？」

「正是。」

外間有人應道。

「進來吧。」

「好嘞。」

赤兵衛進來後伏地跪拜，遮住了一向醜陋的面孔。耳次也尾隨著進門。

「你先過來。」

「冒犯了。」

赤兵衛屈膝上前。

「天子的閨女……」

「應該叫內親王。」

「呃，那個女的。」
「女的？有失禮數。赤兵衛，可別忘了你是我的手下，總有一天要當大名的，還總是像在妙覺寺一樣粗俗無禮可不行。」
「嘿嘿。」
赤兵衛連笑容看上去都讓人不舒服，看樣子這輩子休想當上大名了。
「合適的有一個。」
「你的信裡說過了，什麼樣的人？」
「十八歲。年紀雖然大了些，卻是個美人胚子。就怕大人……」他指著庄九郎道：「見了會起歹心。嘻嘻。」
他臉上浮起淫笑。
「叫什麼名字？」
「香子。」
庄九郎點點頭，若有所思。
內親王在宮中被稱爲「內姬御子」。明治的皇室典範是指嫡出的皇女或是女子的嫡孫、嫡玄孫等正妃生下的女子。庄九郎的時代還適用奈良朝代傳下來的「大寶律令」，即使母親不是正妃也被稱作內親王。
香子的生母據說是宮中打雜的侍女，受到先帝的臨幸。
內親王大多終生不嫁，其中有不少出家爲尼輾轉在京都、奈良等多處尼門跡（皇女或貴族之女擔任住持的寺院，也稱比丘尼御所，編按），或是任伊勢齋宮（譯注：到伊勢神宮奉公的皇女）一職。
香子原本要以京城堀川百百町的寶鏡寺爲尼門跡，卻由於寺裡後繼人問題出現糾紛，又錯過嫁給親王或公卿子弟的時機，只好蓄髮隱居在嵯峨小倉山山腳的一幢小房子裡。
「哦，這可是天賜良機啊！」
庄九郎雖然高興，但同時也不禁爲佳人感到惋惜。
如果她的生母出自公卿家庭，尼門跡的後繼人一定不成問題，或是她的父皇尚且健在的話，一定不會如此淒慘。

宮中是最薄情的地方。

雖說是先帝遺孤，卻如同失去娘家一樣，香子會被宮廷社會漸漸遺忘吧，庄九郎心想。

（只有讓我來保護。）

庄九郎突然湧起同情心。

「另外，香子內親王還有什麼特點？」

「這可難了。雖說也有公卿上門提親，她本人卻推說一心向佛——不願再拋頭露面。」

「這樣啊。」

庄九郎點著頭。香子一定是對繁雜不堪的世事感到厭倦了。

「你們幹得不錯。」

他分別獎賞了赤兵衛和耳次一錠銀子。之後的事就超出這兩人的能力了，只能依靠庄九郎的智慧和才華。

次日，庄九郎叫人備馬，戴上烏帽後穿了一件素淨的夾襖，佩戴著一把黃金質地的上好寶刀，隻身出了山崎屋。

他要去嵯峨野。

（心情激動起來。）

古老的歌謠裡唱道：

小倉山山麓故鄉的夕霧
不見房屋只聽見搗衣聲

眼前的嵯峨野正呈現出歌中連綿不絕的丘陵、松林、竹叢的景象。鄉間升起裊裊炊煙，一輪彎月掛在遠離京城的天邊。此情此景就像是一幅大和繪。

一人一馬把月亮甩在身後，奔馳在嵯峨的原野上，更像是畫龍點睛。

遠處傳來捶布聲。

（果然和古謠裡唱的一樣。）

他停在一座當地人稱爲日裳宮的小祠堂前。

勒著韁繩，他騎在馬上四處打量。

聽說，古代嵯峨帝有個寵妃叫嘉智子。

人們稱她爲「檀林皇后」，其美貌不在中國的西施、毛嬙之下。

可惜紅顏薄命。奄奄一息時聽到天皇深深的歎息聲，爲了不讓天皇過於傷心便留下遺言道：

「把我生前的衣服從小倉山上扔向嵯峨平原。」

她的上衣落到對面的中院鄉，村民建了一座「裡柳社」紀念她。日裳宮則是紅褲裙掉落的所在地，至今祠堂裡仍供奉著那條裙子。

（有情調。）

庄九郎策馬繼續前行。經過二尊院的門口，穿過中院之里的小道後向北而行直到清涼寺的西門。

穿過雜草叢。

對面是一座小庵，四周圍著簡陋的籬笆。

（就是這裡吧。）

……………………

庄九郎翻身下馬，韁繩繫在旁邊的柿子樹上。

夜色漸濃。

格子門上倒映著燈光。若是王朝時代的詩歌應答者在，想必會從腰間拔出笛子吹奏一曲吧。

庄九郎叫住路過此地的樵夫。

「這座庵裡是不是住著先帝膝下的香子公主？」

「哦，正是。」

庄九郎故意長歎道：「雖是亂世，也著實可憐。高貴之身卻被冷落在此，籬笆周圍雜草叢生，也沒個人幫著打掃。」

「……」

村民嚇得戰戰兢兢。

「砍柴的，」庄九郎喊道：「王朝繁榮時，村民的心意也純淨，就連皇后掉落的上衣都拿來供奉。如今內親王孤苦伶仃地住在這裡，卻連一根草都沒人拔。」

「……」

「砍柴的，你每天路過這裡幾次？」

「哦，一次。」

「那就對了，不可能看不見屋簷上長出的雜草吧？為何不拔掉呢？」

「這、這……」

「我叫你拔草。」

庄九郎厲聲說道。

意識到有錢能使鬼推磨，他從馬背上取下碩大的錢袋，吩咐道：

「分給村裡人吧。」

村民愣在原地。足足有五貫之多吧，他還從未見過這麼多的永樂通寶。

「從今天起整整一年用這些錢，種蘿蔔的送蘿蔔，曬魚乾的送魚乾，收稻子時送米，沒東西可送的就過來拔草。」

「您，您是什麼人？」

「我是美濃守護職土岐大人的總管、美濃加納城主長井新九郎。」

「啊？」

村民抱著錢袋頹然跌坐在地。

「我有事進京來了。今天天氣不錯，我來嵯峨野四下走走，望見這座草庵不禁淒然淚下。」

「對、對不起啊！」

「用不著道歉。」

庄九郎掏出隨身攜帶的筆墨，鋪開紙張洋洋灑灑地寫下一曲短歌，借用了以前閒居在此的短歌詩人藤原定家的作品。這種場合，比起自己作詩，不如借用古人的詩歌來得優雅。

庄九郎拔下刀鞘上附帶的黃金刀柄小匕首，和短歌一併交給村民。

「明天經過此地時，把這個投到庵裡吧。」

說完，他掉轉馬頭回去了。

翌日，庵裡的香子卻發現了周圍的異常。

有人把蘿蔔堆到屋簷下，有人把米缸扛進土間，還有人在屋頂和院裡除草、重新捆紮籬笆，人來物往，好不熱鬧。

「發生什麼事了？」

香子詢問婢女。出身農村的婢女從丹波就一直跟隨自己，兩人在庵裡相依爲命。

「不知道。」

婢女也搖搖頭，一無所知。

這時有個村民遞上那把黃金匕首和短歌。說是美濃守護職土岐氏的總管長井新九郎送的。

（還眞有一套。）

看來這個蠻荒之地的東國（美濃以東稱作東國）武士還頗有教養。

而且還是個巨富，隨手就能向村民施捨五貫永樂通寶，可不是一般的財力。

（雖說武家有錢，美濃又靠近京都，更是非同尋常了。）

她也感到嫉恨。爲何村民都能得到錢財，自己卻只有一首短歌。

（雖說講究面子，不過也可看出此人不俗。）

香子忽然想見見他。

「什麼樣的人？」

她從走廊上俯下身，詢問正在幹活的村民。

村民把昨日砍柴的人找來。

「舉止文雅。」

「年紀呢？」

「三十一、二吧。」

「眉目如何？」

「京城都少見的清爽，騎一匹紅褐色長腿馬，很是耐看。」

香子更想見見了。

估計沒有女人會不動心的。香子也不例外，哪怕只看一眼。

此時，庄九郎正躺在山崎屋的房裡。

萬阿在沏茶。

「聽說你又改名了？」
「是啊，叫長井新九郎了。美濃國有座加納城，城主就姓長井。」
「比上次的西村還要厲害嗎？」
「當然。美濃的國主不是姓土岐嗎？其次是齋藤。長井和他並列，有自己的城府和龐大的領地。」
「什麼時候到京城來當將軍呢？」
萬阿之所以這麼問，是因爲她盼著庄九郎當上將軍在京城建府邸時，自己能坐上將軍正室的寶座。
確實有這個計畫。
不過要想實現，卻還有很長的距離。
「美濃擁有天下最強大的兵馬，得美濃者得天下。只要當上美濃國主，天下就是掌中之物了。」
「要是萬阿老了，夫君會嫌棄嗎？」
「怎麼會呢。萬阿的肌膚可是歲月不侵，自從我去了美濃，發現萬阿越來越年輕了。」
「說得倒好聽。」
萬阿咯咯地笑起來。
她把茶杯送到庄九郎面前。
庄九郎起身端著茶杯，看著庭院。
嵯峨野的藍天似乎浮現在眼前，眞想今天再去看看。
（算了，就像好酒需要久釀一樣。再緩上個兩三天吧。）
庄九郎打消這個念頭。
「夫君這次回來，是爲什麼事？」
「爲了萬阿你呀！」
庄九郎笑著，露出潔白的牙齒。萬阿心想，嫁給這個稀奇古怪的男人，不知道是幸運還是不幸？
「明天要去哪兒？」
「哪兒也不去。看店吧。」
「帶我再去一次有馬的溫泉吧。」
（是有那麼回事。）
有馬對庄九郎來說好像已經很久遠了，卻是萬阿與庄九郎之間唯一一次歡愉的回憶。

「那次很開心。」

「是啊。」

庄九郎心裡卻想起內親王香子。這麼好的女人拱手讓給土岐那個蠢蛋，實在是太可惜了。

風雲突變的戰國亂世，不少外地的大名派人到京城，花錢買了公卿家的女兒帶回領地。

（這名女子，僥倖從這些買春的傢伙眼皮下溜走了。）

雖說是僥倖，對庄九郎來說確實是奇妙的緣分。

第三天，當陽光照進愛宕山時，庄九郎單騎行走在嵯峨野的土地上。

香子

庄九郎敲門喊道：

「有人在嗎？」

等著有人答應。

已經過了正午，陽光開始斜照。

嵯峨野的藍天一塵不染，映著眼前的小倉山上紅松的赤紅，很久沒回京城的庄九郎很是享受此番美景。

美濃的松樹多爲黑松。

就算偶有紅松，也不是京城這種優雅的朱紅色。

（一樣的松樹，還是京都的美。）

天子腳下，連樹木都別具品味。還是因這片優雅的山河，才滋生出都城的文化？

（要是把都城建在紅松稀疏的東國坂東，估計房子和人們的衣著都該變樣了吧。）

庄九郎提了提刀把，欣賞著四周的景色。

（總有一天，我要回來的！）

在都城豎起印有自己家紋的大旗，是戰國亂世男兒的夢想。

（我要當將軍！）

並不是做夢。去美濃的第七年，自己不就有了今天的地位了嗎？

屋簷上掛著竹筒。

竹筒裡也長了草，草穗在風中搖晃著。一隻麻雀停在上面，門開時，麻雀飛走了。

婢女伸出頭問道：

「哪一位？」

「美濃來的。」

庄九郎說完掏出筆，展開一張樹皮紙在後面寫上「美濃國加納住民長井新九郎藤原利政」幾個小字，遞給婢女。

「長公主不見外人，您有什麼事？」

「如果我是無位無官的鄉下武士，不見也就罷了。最少隔著屏風讓我聽聽聲音吧！」

「您有什麼事呢？」

「求愛。」

庄九郎飛快地把錢塞到婢女手裡。

婢女一時愣住了。

求愛——

婢女喃喃自語，身子開始發抖。眼前的這名鄉下武士氣勢凌人。仗著財大氣粗，竟然妄想見到內親王。

香子在房間裡。

庄九郎的聲音清晰有力。香子豎起耳朵聽著。

——想見見此人。

他的聲音帶有一種神奇的力量，這種力量似乎開始作用於香子的身體。

香子拿起案几上的鈴鐺，用指尖晃了兩下。

婢女連忙來到香子的房門口跪下：

「您叫我嗎？」

「對。」

一陣沉默。

過了好一會兒，香子輕聲道：

「有客人嗎？」

婢女只好把門拉開一條縫，塞進庄九郎剛寫的樹皮紙。
香子雙手交叉攏在袖中，不去取榻榻米上的紙片，而是遠遠地探頭看。姿勢並不優雅。
「美濃的長井新九郎利政呀……」
她像個男人一樣念道，果然是三天前來過的武士。
香子生就一雙單眼皮，睫毛短而濃，眨眼時上下撲閃，看起來清純脫俗。
「要怎麼辦？」
「領到廊前上煎茶吧！」
香子吩咐道，既沒說見也沒說不見。
婢女一一照做，給庄九郎上了茶。
庄九郎坐下來。
端上來的點心是曬乾的柿子。
「長公主怎麼說？」
庄九郎問道。
「她只是讓我上茶。」婢女老老實實地回答。
（想要試探我。）

對面的房間拉著簾子。也許香子正從裡面觀察著庄九郎。
庄九郎想像著裡面婀娜多姿的女子。
事實上，香子坐在案几前，右手托腮凝視著院子的牆腳。
（為何要呈上物品來接近自己呢？）
香子在思考這個問題。
她清楚地知道，雖然在宮中受到冷落，到了俗世卻是尊貴之軀。
（來做交易的吧。）
美濃的國主土岐家在足利的全盛時期勢力強大，領地囊括伊勢和尾張，府城川手更是足以和京都、鎌倉、山口等並駕齊驅的都邑。香子從熟識的公卿口中聽到過諸如此類的人文地理。
順帶一提，那個時代的公卿在失去領地走向沒落時，就會投靠地方的大名，寄人籬下。
「某處某地很富強。」

長滿蜘蛛網的皇宮裡，只有這些傳言經久不衰。

公卿破落的府邸裡一旦生了漂亮閨女，京城裡的商人就會上門做媒，把這些女孩兒帶到地方大名家做妾。

對方的大名自然會向娘家的公卿贈送相應的彩禮。如果再生了孩子，父母乘機前去投奔的情況也不少見。

因此，從就連香子都知道這一點可以看出，她們所處的社會有多熟悉戰國的地理環境了。

大名中喜歡公卿出了名的要數周防（山口縣）的大內氏，只要有公卿來投靠，他一律接收，因此，府城山口甚至被稱爲「西京」。

（土岐賴藝也是個花花公子。）

香子有所耳聞。她仍舊攏著雙手坐著。

臉上未施粉黛，對容貌頗有自信吧。不過這個女子天生麗質，確實用不著化妝。

「——」

香子搖鈴喚來婢女。

「有什麼吩咐？」

「點炭火吧。」

她簡短地命令道，還附上一個「點香」的手勢，意思是稍微點一些炭火就夠了。

香子自己則開始準備香爐。

很快炭火就拿過來了，香子把它們用灰蓋上，等一會兒後埋上香。

她想在屋裡熏香。要知道香料的價格昂貴得如同寶石，香子的出身決定了她就算再窘迫，也不能缺少這一類的東西。

室內香氣繚繞。

香子靠在案几前，想稍稍打個盹。

不想卻睡著了。醒來時，太陽已經開始西沉。

庄九郎還在走廊前等著。

雖然不是很有耐性，他還是耐心地等著。

（看來這個女子自恃清高。）

庄九郎發揮著想像力。

他覺得貴族生來就是有缺陷的。土岐賴藝也是貴族，不過充其量不過是個鄉下貴族，而且有家財和武力的背景，和京都正統的貴族性質完全不同。

京都的宮廷是最容易滋生惡人的地方。數百年以來，這裡一直由擁有財富和武力的人操縱著，而且一直受到尊崇。

——宮廷的這些人也稱得上是人嗎？

而公卿中就不乏這種人。在他們這些京都貴族的眼裡，土岐賴藝簡直就是擁有財富和武力的神仙。

（香子也是這種環境下長大的，不能大意。）

就連庄九郎也如此謹慎，可見香子讓他等的時間太長了。

香子醒了。

（對了，那人還在不在？）

她皺了一下眉。爲了讓這名美濃的鄉下武士知道自己的價値，讓他等待是唯一的辦法。

香子搖了鈴，喚來庵裡唯一的婢女，莊重地下令道：

「把他帶到南側，在院子裡賜座。」

「是。」

婢女穿著草鞋窸窸窣窣地走過來。

「請。」

「那是答應見我了？」

庄九郎解下刀立在土間角落裡，繞到南側坐在地上。

眼前是一扇白色拉門。

夕陽餘暉照在上面。沒有絲毫打開的動靜。

這時，門後傳來一聲輕微的咳嗽聲，庄九郎伏地跪拜道：

「長井新九郎利政求見。」

「雖然不知詳情，」裡面的人開了口：「聽說你幫助了村裡的人。謝過了。」

房門緊閉，可能是被當作皇宮的竹簾。

（怎樣才能看到臉呢？）

「新九郎，你來此地有何貴幹？」

「想和您聊聊。」

「你是地下人（未得升殿的貴族或武士，相對於殿上人，編按）吧？」

「確實尚未有官職。不過，在美濃擁有五千兵馬和一座城，而且作爲土岐美濃守的總管掌管國政。」

「是嗎？」

並無下文。

庄九郎抬頭望了望暮色：「太陽要下山了，我明天再來。這個是修繕房頂的一點心意。」

他取出一袋沉甸甸的銀兩放在門口。

尚有餘光的天空，升起第一顆星。

庄九郎到楊梅樹下牽馬，沿著草庵旁邊的坡道而去。香子從開了一條縫的門後凝視著他的背影。

次日，庄九郎又來了。

還是繞到南側坐下。

香子似乎也等不及了，早就坐在門後面。

「天氣一直不錯啊！」

庄九郎打破沉默。這樣等下去，恐怕等上一百年也不會有結果。

「是嗎？」

「呵呵，您坐在門後，自是看不到這麼好的天空了。」

庄九郎決定採取行動，他單腳踩在走廊上，兩手「嘩啦」一聲左右推開門。

香子並未像武家的姑娘一樣喝斥「不得無禮」，而是靜靜地微笑著。

「我看美濃並不懂禮數。」

香子說。庄九郎也不示弱：

「看一下天空應該不需要禮數吧！」
「唔。」
香子似乎很滿意這種回答。
「你說的不錯。」
「在下惶恐。」
庄九郎屈膝跪下，從懷裡掏出一雙嶄新的草鞋，擺在門口。
「出去走走吧。坐在後山的青苔上講講美濃的事情怎麼樣？」
屋裡太拘謹，不能暢所欲言。
香子有點心動。
（聽起來不錯。）
她產生這個念頭的瞬間，就已落入庄九郎的如意算盤中。
庄九郎牽著她的手穿好鞋，穿過院角的柴門從小路向後山走去。
走了兩百步開外，樹林更加茂密，一棵紅松的樹根上爬滿嫩綠的青苔。
「坐這裡吧。」
庄九郎扶著香子坐下，自己也在下方找個地方坐下。
香子這才驚奇地發現，庄九郎面前竟然有一個石頭圍起的火爐，上面放著茶壺，炭火燒得正旺。
不僅如此。
樹林裡不知從哪冒出七、八名衣著華麗的男女，敏捷地搭好臨時用的水池和屏風，並送上茶具。
「飲茶吧。」
庄九郎熟練地沏好茶，遞給香子。
（到底是個什麼樣的男人？）
香子正看得眼花繚亂，庄九郎用他特有的磁性嗓音說道：
「最近流行的飲茶真是方便啊。一碗茶就可以除去俗世間的高低貴賤和繁冗禮節。」
確實，茶席上只有主賓兩種身分。

庄九郎是主人。
「再來一杯吧。」
「不用了。」
香子拈起掉落在粗布衣服膝蓋上的松葉，看著庄九郎問道：
「不過利政，你找我這麼一個被世間拋棄的人，有何用意呢？」
「因爲愛情。」
庄九郎擦拭著茶杯。
「愛情？」
「對。先不談身分，只是男女之間的對話。我知道很難，古代的詩歌和故事裡都沒有這種愛情。」
「有多難呢？」香子側著頭，接著又問：「利政，不過是想用金錢做交易對吧？那你看我值多少錢？」
出乎庄九郎的意料。
「您眞有趣。」
庄九郎頓時喜歡上眼前這個女人。

「您要多少才肯賣了自己呢？」
「哦。」
很難定價。果然如同庄九郎所言，即便在《源氏物語》或《古今集》中，也找不出類似的愛情。

小倉山問答

一陣風吹過紅松的樹梢。庄九郎微微瞇起眼睛。

他擦拭著膝上的茶杯，思考著內親王香子的「定價」。

「值多少?」

香子似乎很享受這個話題。

(這名女子不簡單。)

庄九郎竟然答不上來。也許眼前的這個女人太狡猾，無法對付。

庄九郎沉默著。

這時，下人送上膳食。

「稍備薄酒。」

庄九郎謙虛地說，其實很是豐盛。

第一道席七種菜;

第二道席五菜兩湯;

第三道席三菜一湯。

此等膳食，就算在如今京城裡日漸衰弱的公卿圈子中也很少見。

庄九郎取出酒盅和錫製酒壺，端到香子面前。

他的姿態優雅。

香子面前擺著三個紅木酒盅，從上而下疊放著。

香子略施一禮，拿起最上面的酒盅。

庄九郎注上酒。

這叫做初獻。茶席上的酒並不適合豪飲之人，分爲初獻、二獻和三獻，主人注滿三次便結束了。

香子卻看著庄九郎笑道：

「只能喝三盅嗎？」

可了不得。看來這個女人酒量不小。

「如您所願。」

庄九郎低頭獻著殷勤，心裡卻想，看我不把你灌醉。

總之，這場野外的盛宴是爲了這名女子準備的，庄九郎可謂費盡心思。

如廁就是一例。

他甚至帶來移動的廁所。出自庄九郎的考慮，四周用小屏風圍住，中間放著木板鋪成的廁盆。盆下挖有小洞，爲了不出聲音，還特意在洞裡點上杉樹的枝條。

用過餐後，婢女攙著香子到杉樹林另一端的廁所。

香子蹲下身子。

屏風上的畫躍入眼簾。山爲遠景，參天的孤松爲近景，樹根的岩石上坐著一名唐土裝束的男子正撫琴而奏。

（咦——）

香子感到驚奇的是，那名撫琴男子的臉像極了庄九郎。

（不可能。）

她看了又看，覺得畫裡的人就是庄九郎其人。

當然，庄九郎的聰慧和細緻還到不了這個地步，不過湊巧罷了。

準確地說，香子之所以產生這種錯覺，說明她已經被庄九郎設計的獨特音律色彩所俘虜。

香子出來了。

前面的崖角下流著清泉。她用竹筒舀水洗手。

「請伸出手。」

婢女備好手帕，香子順從地伸出雙手。婢女小心地用帕子擦淨了水。

撥開羊齒草，沿著小徑，穿過杉樹林，回到雜樹林中庄九郎的身旁。

卻變了一番景象。

剛才的茶宴已撤走，只留一張茶席，上面放著簡樸的酒具。

酒具換了新的。

青竹削成的簡樸的竹筒用來注酒，杯子則是陶瓷的。

山菜、乾魚和蘸醬分別盛在青竹的竹節製成的容器裡。

「請。」

庄九郎舉杯邀酒。

香子醉了。

卻未見儀容失態，想必歸功於高貴的出身吧，庄九郎心想。

只是一說話，她就咯咯地笑，也許她一喝醉就愛笑吧。她像要融化在笑容裡，隨著醉意加深益發地笑靨如花，醉態十分可愛。

「新九郎。」

她喚著庄九郎的新名字：

「價錢考慮得怎麼樣了？想出多少錢要我？」

「絕對不會少。」

庄九郎也醉了。雖然他一向酒量不淺，和香子把酒言歡卻不知不覺地醉了。

（對方沒醉，自己倒先醉倒了。）

天色開始近黃昏。

庄九郎的侍從在茶席旁邊點起篝火，照亮著兩人。

「怎麼樣？」

「那這樣吧，美濃有個村子叫厚見郡高河原村，把這個村子送給您吧。」

「不行。」

香子左右搖著頭。相較於醉酒之前，簡直換了個人似的，嬌媚無比。

「米產量有兩百七十石呢。」

「不行。」

「那就換成本巢郡前野村吧，這裡能產三百二十石。」

「還是不行。」

香子嫵媚地笑著。

「還不行嗎？厚見郡宇佐村怎麼樣？五百四十石呢。」

庄九郎狠心開著價。

爲了迎娶一名小妾，開出如此天價，在美濃可以說是前所未聞。

「不行。」

「只好換個大點的村子了。嗯，這裡怎麼樣？」

庄九郎腦海中浮現土岐家的土地分佈圖和各個村莊的風景，篩選著合適的對象。他正想報出村名，香子發出一串嬌笑聲打斷了他。

「嘻嘻，聽鄉下武士說話還眞有意思，這次又是哪個郡的哪個村呢？」

「是……」

庄九郎忽然頓住。他察覺出香子在捉弄自己，不禁氣血上湧。

（也不想想看！）

就算你生來就榮華富貴，不過是一介婦人之身，武士浴血奮戰才能奪到一座村莊，豈能相提並論。

（不過話說回來，這副身體是用來獻給賴藝的。）

庄九郎強壓怒火。

「是厚見郡六條村，產米一千八百九十石。」

「好像漲價了嘛！」

香子不置可否。

「新九郎，美濃國想要我的話，去倒是有可能。不過需要向我的保護人，親王、關白或是某某大臣進獻財物，還要進貢給皇室。這樣一來，恐怕傾盡整個美濃的錢財都不夠。」

庄九郎倒是有考慮到這些。他覺得，數塊黃金和幾匹綢緞也就夠了。

「您是說想要美濃？」

庄九郎苦笑道。

「這樣，皇室和公卿就能有不少的進帳。你也能得到冊封吧！」

「我不稀罕。」

庄九郎的熱度頓時冷卻下來。

「就算官做得再大，在這種戰國世道又有什麼用呢。當上關白，鄰國的大軍便會來襲，不過南柯一夢而已。武士只能靠強硬的武力本領，要官爵何用？」

庄九郎一改先前的被動局面，開始反攻：

「長公主您說想要美濃一國的財富。好，那就把美濃送給您。只是，領地好比武士的血肉，就算要給，也要搶了別人的領地後才能給。」

「要搶鄰國的尾張嗎？」

看來香子熟知地理。

「那怎麼行？如果搶到一個尾張就交出美濃，遲早會被其他的鄰國消滅。」

「那把近江也搶過來吧！」

「要平定天下六十四州，四海穩定後，才能劃出一國送給您。整天念經拜佛的皇室和公卿想佔便宜可沒那麼容易，一國的代價可是沉重的。」

「所以想用村子？」

「這已經是切膚之痛了。」

「那算了吧。」

香子說。

庄九郎突然放聲大笑。驚得窩裡的山鳩都飛向空中。止住笑後，他說：

「好吧。算了吧——」

「先敬上一杯。」

庄九郎拿起盛酒的青竹，給香子的杯子注上酒。

「請乾了吧，我也乾了，這件事不提了。禪宗說一期一會（譯注：意思是眼前的相會再也不會有第二次機會，寓意珍惜現在），普天之下的幾億幾千萬人，又有幾人能夠相識結緣呢。想必前世因緣不淺啊！」

庄九郎仰脖乾了，擦擦唇角朗聲道：

「不是嗎，長公主？您面前的不過是有一面佛緣的男人罷了。」

庄九郎又注滿酒，說道：

「而我面前的，也不過只是一名受輪迴菩薩指引前來的女人罷了。」

他晃了晃身體。

「我們一男一女由於奇妙的緣分在一起把酒言歡，現在就此別過吧。既然緣分可貴，就該盡歡。」

庄九郎醉了，醉態卻不失風雅。土岐賴藝之所以欣賞庄九郎，就有這一點原因。喝醉後他說話的聲音別有風韻，雖是醉話卻詞藻華麗，有時連唱帶跳的，連京城的名流都自愧不如。

「跳舞吧！」

庄九郎搖搖晃晃地站起來。

「我就跳敦盛吧——」

他開始緩緩起舞。

無人伴唱，也沒有樂器伴奏。

然而，他的舞步，就如同從某個方向聽到音樂一般。

香子也被庄九郎感染，開始吟唱。起初還是低聲附和，漸漸地聲音變得高亢起來。

庄九郎跳著，像羽毛輕柔地隨風飄動。

天色已全暗。

篝火燒得很旺，火星似乎要燒焦樹林上方的星空。

庄九郎的侍從一個接一個地離開了，山裡只剩下一堆篝火和兩個人。

一曲舞畢，庄九郎跌倒在茶席上。

「我醉了。」

他望著星星。
「長公主也跳吧，我來唱歌。」
香子輕巧地站起來，翩然起舞。
她跳的是曲舞。
墜落凡間的仙女懷念再也回不去的天界，就像「眺望天際彩霞滿天」所唱，仰望著遙遠天際時的風情萬種，豈是言語能表達的。
——熟悉的天界，雲彩何時才能回歸。
香子佯裝羨慕雲彩的樣子，把自己當作被藏了羽衣而無法回到天上的三保松原（譯注：位於靜岡縣清水市三保半島，能眺望富士山，御穗神社前種有羽衣松，據說曾掛著天女的羽衣）的天女。
「呃，該不會是，」庄九郎邊唱邊想：「暗示要下嫁美濃吧。」
香子即將跳完時，庄九郎又站起來。
「我來演配角吧。」
他開始扮成偷了羽衣的漁夫。香子也繼續跳著。

還不時發嗲。這點倒是出乎意料。
香子打著拍子時，庄九郎忽然抱住她。
「給我羽衣吧。」
他在香子的耳邊呢喃道，他所說的羽衣是指香子的身體。
香子並未拒絕，她早已沉醉在庄九郎的風雅中，櫻唇微啓。
庄九郎吸吮著，香子也熱烈地回應。兩人唇舌交纏，庄九郎欲火焚身。
庄九郎心想。
（這個女人已經和男人睡過。）
或許可以說，他心裡的石頭放下了。
香子就在他的身下。
此時的內親王不過是個女人，而庄九郎亦不是普通的鄉下武士，在男女之事上，他的本領不亞於武功修行。
香子也放鬆下來，眼裡滿是星星和篝火，有好幾次，眼前甚至一片漆黑。

庄九郎緊緊抱著她，就如同他視做理想的大聖歡喜天佛像一樣，變幻著各種姿勢摟抱著女神，讓她歡笑哭泣。

香子恍如置身於魔王的身下，壓在身上的高大身影，呼出的氣息帶有燎原之勢。

他的氣息很快化作鏗鏘有力的《法華經》經文，香子不知不覺地沉醉其中：

爾時佛告諸菩薩　及一切大眾　諸善男子　汝等當信解　如來誠諦之語　復告大眾　汝等當信解　如來誠諦之語　又復告諸大眾　汝等當信解　如來誠諦之語

香子覺得整個人漂浮起來。

恢復意識時，十五的月亮掛在山頂上，又大又圓。

「這是天堂吧。」

香子喃喃道。

「長公主，不光是嵯峨野才有這麼好的月光，美濃的名勝之地長良川的河畔也不差。您離開京都吧！」

香子此刻就像乖巧的小女孩般，毫不猶豫地點著頭。

藤左衛門

庄九郎帶著內親王香子回到美濃。

香子被獻給主公賴藝。

「新九郎（庄九郎現在的名字），做得好啊。那可是眞正的內親王啊！」

與香子共度春宵後的第二天，賴藝把庄九郎叫到川手城的房間裡，握著庄九郎的手感激涕零。

「我從未想過，有生之年能和內親王有魚水之歡，一定不會忘記你的大恩。」

此時賴藝的模樣很不堪，眼淚和鼻涕混流而下，一直垂到下巴上。

庄九郎從懷中掏出紙巾，替他擦乾淨。

賴藝患有內分泌異常，胸部的左鎖骨下有一粒鼓起的瘤子。

「內親王眞那麼好嗎？」

「好極了。」

賴藝笑逐顏開。

「不過，從我們俗人來看，內親王再好也不過是個女人，不是嗎？」

「你們太膚淺了。」

眞不知道是誰膚淺。

「如今我的身邊不缺女人，美醜已經無所謂，出身好才行。眞羨慕唐土的皇帝啊，我要是皇帝，才不會爲了胡馬遠征西域呢，爲了金髮碧眼的西域美女還差不多。」

「在下只能獻上內親王，請主公寬恕。」

（這頭荒唐的蠢豬。）

庄九郎心中苦澀。身處戰國亂世，賴藝竟然光顧著尋歡作樂。

（也不怕遭報應。）

從庄九郎的處世哲學來看，天不怕地不怕的不是自己，而是這種統治者。

「深芳野過得還好吧？」

賴藝小心翼翼地試探道。

這個女人，是君臣兩人的紐帶。

「很好。」

「那就好。吉祥丸也平安無事吧？」

不久前，深芳野產下一名男嬰，取名吉祥丸。

深芳野悄悄透露給賴藝，是他的孩子，庄九郎卻被蒙在鼓裡。如此心思縝密的男人，天地間只有此事一無所知。

「也很好。」

「嗯，孩子長大了就會越來越像父母和爺爺奶奶，現在長得像你還是他母親深芳野？」

「還是像我吧。濃眉大眼，將來一定能長成威風的武士保護主公大人。」

「哈哈，看來你對兒子甚是寵愛嘛。」

賴藝高興地笑著，這也是他在庄九郎面前覺得最得意的地方。

事實上，庄九郎對待深芳野和吉祥丸和普通的家庭無異。

每天，他回到城館裡，第一件事就是問：

「吉祥丸在哪兒？」

往往連衣服都顧不上換就抱著吉祥丸不放，玩耍上一個時辰左右才去打理城裡的事。

看在眼裡的深芳野心情十分複雜。

庄九郎施展手段把自己從賴藝身邊搶了過來，深芳野心底暗藏著怨恨。

吉祥丸尚在腹中時，她瞞著庄九郎孩子的父親是賴藝這一事實，是爲了滿足自己的報復心理。

這一點雖然直到現在也沒有變化，然而每當看到庄九郎對吉祥丸舐犢情深的模樣時，不能否認，她的內心滋生著痛苦。

（也許，他是個神仙般的好人。）

深芳野心想。

吉祥丸出生後一天天長大，深芳野對庄九郎的感情有怨恨，也有濃濃的愛意。也許是出於內疚和痛苦。

有個叫「藤左衛門」的人。

此人住過的岐阜市稻葉山山腳下，至今還留有藤左衛門洞的地名，仍可以看到當年屋宇的宏偉。不過如今變成火葬場。

藤左衛門，準確地說是長井藤左衛門，長著一對白眉毛。

這個故事中，由於美濃一國本就是同族社會，會出現不少相似的名字，容易混淆。

藤左衛門即長井利安，和本篇故事開頭登場的庄九郎的恩人長井利隆，名字只有一字之差。

當然不是同一人。

利隆、利安分別代表著名族長井氏的兩個派系，其中利隆把封號和領地統統讓給庄九郎避世而居，對故事以後的發展沒有什麼影響。

而利安，則將扮演重要的角色。

前面提過，長井家世世代代都是美濃的守護代（譯注：代理守護職），領國內的地侍稱作「小守護」。

長井家有兩座府邸，庄九郎的恩人利隆的府邸略小一些。

兩家的關係不但不和，每當土岐家因爲繼位問題而發生紛爭時，都會分裂爲兩派自相殘殺。庄九郎來到美濃之前，長井利隆就在土岐政賴和賴藝的繼位之爭時擁立弟弟賴藝。

最後勝利的，是擁立政賴的長井藤左衛門。

而利隆把庄九郎推薦給賴藝後，守護職土岐政賴被逐出美濃流落到越前，賴藝佔據了守護職之位。

利隆也得以在同姓的藤左衛門前揚眉吐氣。

然而，藤左衛門位居守護代，勢力在美濃無旁人能及，排斥利隆並除去他的可能性很大。

利隆之所以把自己的長井姓氏和加納城悉數讓給庄九郎而隱遁人世，原因之一就是爲了逃離藤左衛門的排斥和迫害。

確實他如願以償了。

於是，順理成章的，來自藤左衛門的迫害便落到繼承利隆名號的「長井新九郎利政」身上。

藤左衛門甚少前去賴藝的川手城拜謁，而是冷冷地從稻葉山腳的府邸中注視著庄九郎的一舉一動。

這時發生一件事。

這次也不例外，是庄九郎策劃好的。

這一年的六月，美濃每年一度的洪水又漲了。

木曾川河水氾濫，賴藝居住的府城川手城的城牆底受淹，看上去整座城就像浮在水上。

城下町也受到衝擊，洪水卻遲遲不退。禍不單行，瘟疫也開始流行，每天都有人死去。

向來懼怕洪水的賴藝手足無措。

「新九郎，你一向足智多謀，趕緊想辦法治水。」

這句話改變了賴藝的命運。

「您願意搬出川手城嗎？」

「什麼？搬出去？」

賴藝滿臉狐疑。

也難怪，川手城數百年來一直是美濃的首府，若就今天的情況來解釋，相當於把天皇移居出東京。

當時，川手城的城下是東國最大的都會，繁華熱鬧，和西邊的山口並稱爲小京都。賴藝在這座城裡出生，如今又把哥哥政賴趕到越前才得以重返。要離開川手城，簡直無法想像。

庄九郎卻是膽識過人。

川手城是美濃的政治中心和商業中心，而賴藝向來對政治毫無興趣，本就不該佔據此地。

而且礙手礙腳。

如果讓賴藝遷到其他的別墅，自己就可以以「城主代理」的身分進入這座美濃的神經中樞，掌控美濃一國的政治、經濟大權。只要賴藝離開，自己成爲實權人物，國人對賴藝的印象就會逐漸淡漠，而自己的實力將毫無保留地展示在美濃地侍八千騎的面前。

「主公大人，川手城雖然來自先祖傳承，卻飽受洪水之苦啊！」

庄九郎此言不假。

川手城位於美濃平原中央，地勢低，旁邊緊鄰著木曾川。一下大雨，河水就如同蛇尾般改變方向，川手城一帶立即化作沼澤。

「再說此地位於平原的中部，風景一成不變，不該是王侯居住之地。」

「啊，想起來了，新九郎，」賴藝馬上換了一副色瞇瞇的表情。

「香子說，」他咧著嘴笑了：「她不喜歡這座川手城，不想再待在到處浸水的城裡，鬧著要回京都呢。而且，根本沒什麼風景。她也說這裡不是我這種王侯該住的地方呢。」

「就是嘛。」

看來把香子從京都請來還是物有所值。男人再鐵石心腸，在女色面前都會融化。何況對待賴藝這種人，除了床上的手段再無其他。

「長公主這麼說的嗎？那就再無異議了。」

「倒也不是。」

庄九郎對自己的女人如此尊敬，大大地滿足了賴藝的虛榮心。

「我也在想有什麼好地方可以去。」

「既然如此……」

既不像川手這樣的朝政中心，又可以肆無忌憚地沉溺於女色，賴藝需要的是這類地方。

「我倒是想到一個地方。」

「哦，哪裡？」

「枝廣。」

庄九郎指了指北邊。

川手城向北三里，長良川的河畔（如今已經沒有這個地名，今岐阜新市市內的崇福寺）。

「最大的好處是，隔著長良川可以望見稻葉山（金華山）的絕妙風景。」

庄九郎特意用華麗的詞藻描述著枝廣的風景。

早晨，眼前是一片綠色的晨靄，散去後稻葉山的全景盡收眼底。到了晌午，滿山蒼翠欲滴，俯瞰著美濃平原，日落黃昏時彩霞滿天，恍如裹著一身紅裳嫣然退去，晚上河畔上點著漁火的鸕鷀船來回穿梭，每天對著如此風景，定能延年益壽。

「不過枝廣也挨著河，會不會發洪水呢？」

「那裡的地形奇妙得很，雖地處平原河畔，卻屬丘陵地帶，既隔開了河流，又形成天然要害。小山丘起名為百百峰、鶴峰、岩崎、繼子淵什麼的，聽起來就像是深山幽谷，可見這個地方與洪水素來無緣。」

「原來如此。」

賴藝心動不已：

「那你就馬上準備吧。」

「只是，」

庄九郎搖搖頭說：

「川手城是美濃代代相傳的宗家府邸，人們也早已習慣了。如果守護職您要搬遷他處，想必頑固的國人定會群起反對。還是先做好思想準備吧。」

「我是美濃的國主，我想把城搬到哪裡就搬到哪裡，誰敢說個不字？」

「是，沒有。」庄九郎的回答自相矛盾。他馬上又補充道：「如果主公大人站出來宣佈的話。」

「但是，」他接著說：「倘若還有人反對，臣惶恐，恐怕就要看作是對主公有不軌之心了。」

庄九郎的談話突然轉變。

賴藝吃驚地看著他。

「沒那麼簡單吧，你爲何這麼說？」

「您想想，川手城地處平地，動輒到處浸水，如果攻城的話一夜就可攻陷。想讓主公大人久居在如此不堪一擊的城中，定會有他日的非分之想。」

「呵呵，新九郎你來自他國才會有如此念頭。在美濃，就算我躺在路上，也不會有人想要害我。」

「不，眼前就有一人。」

「誰？」

「長井藤左衛門利安大人。」

庄九郎緊緊盯著賴藝。他注意到，賴藝聽到這個名字時，臉上掠過一絲不易察覺的厭惡之情。

「主公您怎麼看？」

「嗯。」

很難回答。

確實，藤左衛門曾經反對賴藝繼承守護職而擁立政賴，成爲自己的政敵。後來庄九郎發動政變成功地讓自己當上守護職，而當時藤左衛門正領兵前往與鄰國近江交界處的關原，防備近江的淺井氏舉兵來襲。

等他回來時，賴藝已經當上守護職。

藤左衛門深感不快，雖身爲守護代，卻幾乎不到賴藝面前朝拜。

果然不出庄九郎的意料。

賴藝剛宣佈要在枝廣建城的計畫，藤左衛門第一個站出來反對，並在國內貼出告示，招結反對的同黨。

藤左衛門的反對，並不是想對賴藝不利，而是想乘此機會，把從京都混進美濃並掌握實權的庄九郎驅趕出去。

藤左衛門的勢力不容小覷。

他起草了秘密文書在國內結黨拉派，得到半數人的支持，甚至有人強硬主張要除掉庄九郎，急先鋒正是賴藝的三名弟弟，揖斐五郎光親、鷲巢六郎光敦和土岐八郎賴香。

一干人等聚集在稻葉山腳藤左衛門的府邸中，開始密謀。

續藤左衛門

此人的毛髮與常人不同。

頭髮和眉毛都是白的，只有鬍鬚又黑又亮，臉色紅潤，整張臉看上去紅白相映，肉呼呼的。

可謂長相怪異。

（根本就不是人臉。）

庄九郎自從見到此人後就這麼想。

感覺不到此人的思想。

簡直就像個油桶，走起路來，渾身的肥肉顫顫巍巍。

比起思想，藤左衛門更像是用體力來維持自己的實力。而事實上在美濃，藤左衛門，也就是小守護，比守護職土岐家更有實力。

藤左衛門能夠坐視庄九郎直到現在，本來就很奇怪。

現在才開始反擊，太晚了。

年號自大永改成享祿的第二年（一五二九）的十二月。

「無論如何不能答應。」

藤左衛門來到川手城，竭力阻止賴藝。

「這座川手城自遠祖賴遠、賴康以來，二百年來一直是美濃的首府重鎮，」

藤左衛門舔了舔肥厚的嘴唇道：

「豈能被一名商人妖言惑眾，毫無理由地搬到枝廣去呢？我藤左衛門可知道，那個才槌頭（譯注：形容人的前額和後腦勺突出，形狀像木槌。用來罵人）想把主公大人騙到枝廣，然後自己篡權奪位。您不要上了他的當！」

「藤左衛門，言重了！」

比起眼前這個粗俗的肉球，賴藝更欣賞庄九郎的溫文爾雅。

「那人不像你所說的那麼嚴重。」

「主公大人，您受了他的蒙蔽，您的弟弟揖斐五郎和鷲巢六郎大人都這麼說。」

「老五和老六嗎？」

賴藝臉露不悅。

他知道，親兄弟才是最需要防備的。

賴藝自己不就是趕走哥哥政賴才當上守護職嗎？

那麼，老五和老六也同樣有可能仗著藤左衛門趕跑自己。

庄九郎也說過，血親好比毒藥。

庄九郎向賴藝灌輸的，類似於一種帝王學說。

「血親好比毒藥。貧窮人家的兄弟沒什麼財產可分，只能齊心協力振興家業，毒藥此時可以變成良藥。但是，越是生在權勢之家的兄弟，就越不能大意。」

他還詳細舉出古今中外的事例解釋道：

「如今的主公大人就是很好的例子。您趕走了守護職哥哥，您的弟弟們難保不會效仿。骨肉也是毒藥啊！」

賴藝從小就對自己的兄弟沒什麼感情。他們各自被撫養成人，沒什麼幼年的共同回憶。

而且，老五和老六均爲小妾所生，當然就更加疏遠了。

藤左衛門退下後，庄九郎進城了。

「狒狒大人好像來過了？」
賴藝聽聞此言不禁大笑，藤左衛門的長相確實酷似狒狒。
「他說你是才槌頭呢！」
「臣惶恐。不過狒狒大人一定還說了別的吧？才槌頭想把川手城據爲己有，他一定是這麼說的。」
「你怎麼知道？」賴藝佩服得很：「確實說了。只是你怎麼會知道？」
「哈哈，恐怕想要川手城的是狒狒大人吧。他的本意是趕走主公大人，擁立您的五弟，像以前那樣隨意操縱美濃吧。」
「有、有憑證嗎？」
「有。」
庄九郎點著頭，卻沉默不語。他無話可說，他手裡沒有任何憑證。

十二月二十六日這一天，藤左衛門一派決定要除掉庄九郎。
這天一大早，藤左衛門藉口舉辦「連歌歌會」，把揖斐五郎、鷲巢六郎爲首的美濃主要地侍二十餘人請到稻葉山腳的自宅。
（可疑得很。）
庄九郎得知後，命令飛驒人耳次潛入藤左衛門的家中。
不僅如此。
幸好這次受邀的客人中有個叫不破市之丞的，與庄九郎有交情，他秘密通報了庄九郎。
果然是聚在一起策劃陰謀。
參加的人幾乎早就收到藤左衛門的消息，也無人大驚小怪。這天的會談已經不是徵求大家意見，而是商量具體的行動計畫。
「新春六日是已故主公政房大人的忌日，要在川手的靈藥山正法寺舉行法會。那人一定會同行。法會一結束，我們就一擁而上將他刺死，只許成功不許失敗。」

最後，藤左衛門叮囑道。

席間坐著不破市之丞，耳次則藏在走廊下。

他們都向庄九郎報告了此事。

當天晚上，庄九郎叫來耳次和赤兵衛兩人，商量對策。

「你們去散佈流言，就說小守護大人（長井藤左衛門）要造反。」

庄九郎命令道：

「這麼說，小守護企圖趕到川手城殺死主公賴藝大人，推舉揖斐五郎當守護職。」

第二天，城裡流言橫飛。

非藤左衛門一派的地侍都大吃一驚，紛紛到首府川手城拜見賴藝：

「主公大人，有大事相告。」

他們都心有餘悸。

賴藝也大驚失色。

只有賴藝身邊的庄九郎面不改色，大喝一聲：

「你們說話要謹慎。藤左衛門大人決不會有這等想法。不過是流言罷了，估計是尾張的織田和近江的淺井一眾，想借機擾亂美濃，暗中找人散佈的。各位久經沙場，怎麼會輕易就上了當呢？」

次日，川手城裡的告示牌上貼著土岐美濃守護職賴藝的告示：

近來有人妖言惑眾，所傳謠言一律禁止散佈。

違者必罰。

這麼一來，原本是小範圍的流言瞬間擴大，讀了告示的人會想「究竟是什麼謠言？」而四下打聽，正中庄九郎的下懷。

當事人藤左衛門聽到流言和告示的事後，嚇了一跳。

此人性情剛烈，馬上集中人馬，叫上揖斐五郎和鷲巢六郎，一行數百人大搖大擺地進入川手城。

他策馬立在大手門邊的告示牌下，聲如洪鐘：

「是誰散佈的謠言？」

「有人訛傳我要篡奪美濃，有這個必要嗎？我長井家代代都是美濃的小守護，天地爲證，我的一片忠心正如此告示所寫。」

他行走在城裡的大街小巷，一路高呼著。此人似乎心思單純，但其實並非如此。

他派出一名刺客。

他考慮到如今流言四起，很難在正法寺下手。

這種時候的慣用手段便是刺客，此人來自伊賀。名字很怪，叫做貓齒。

年末的二十八日太陽下山時，庄九郎的加納城裡發現一隻死狗。

城裡人誰都沒留意，只有耳次在西北門的角樓下發現一具狗屍，並報告了庄九郎。

「是被毒死的。」

「這隻狗直到中午還活蹦亂跳的，看來剛被殺不久。刺客還在城裡，估計今晚就有人手持毒刃來我的房間了。」

「怎麼辦？」

「嗯？」

庄九郎好像另有所想，過了一會兒，他說：

「耳次，你當我的替身吧。」

「會被殺吧？」耳次平靜地問道。

庄九郎也認眞地點點頭：

「對。」

隨後，庄九郎詳細指示，讓他剃光前額裝作庄九郎，並進房間和深芳野同床共寢。

「和深芳野夫人？」

耳次這才感到害怕。那不是主人的愛妾嗎？

「你可以抱她，我會交代深芳野的。」

「但、但是，」

「耳次，不得違令。」

庄九郎迅速脫下身上的衣服，遞給耳次。

夜深人靜，月落西山後，從城館廚房的煙囪裡鑽出一條黑影，像一隻蜘蛛般「嗖」地一下落到土間。

此人正是藤左衛門從伊賀雇來的刺客貓齒。

他閃身躲進庫房。

天花板已經事先做了手腳，一掀就開了。

貓齒挪開木板，猛一躍身就上了房頂。

他在房梁上行走如飛。

到處都有防刺客的鐵網，卻絲毫不起作用。

貓齒早就把它們剪斷了。

（時機已到。）

夜更深了。貓齒躡手躡腳地來到庄九郎臥室的房頂上。

他屏住呼吸。身旁有個鼠巢，就連裡面的兩隻老鼠都沒覺察到貓齒的動靜。

貓齒停在庄九郎的房頂上。房頂連接天花板的錐子縫中，漏出一絲燈光。

貓齒俯身從錐眼中向裡面望去。

他足足聽了一刻鐘。

他在聽呼吸聲。

——可以下手了。

他暗想。

接著他悄無聲息地揭開房頂木板。這些準備都是提前做好的。

貓齒正要躍身跳下，突然發現眼前的房梁上有個人正看著自己。

（……？）

他蒙著臉，一身黑衣服，背著刀，和自己的打扮一模一樣。

「你、你是誰？」

貓齒低聲問。

「藤左衛門大人派我來助你一臂之力。」

「你叫什麼？」

貓齒很謹慎。
「藤左衛門大人吩咐過不能說。」
「是伊賀人嗎？誰的門下？」
貓齒問道，一面尋找著下手機會。他想把對方幹掉。
「幹你的活。」
梁上的黑衣人說道。接著，他慢慢地滑了下來。
黑衣人腹部著地，整個動作無聲無息，此人看來身手不凡。
貓齒悄悄摸向刀柄，豎著拔出刀，繞過身後舉到面前。
黑衣人爬了過來。
「不許過來。」
貓齒話音未落，黑衣人已經躍身而起。好像他一直屈著右膝。
不容他細想，黑衣人從身後拔出刀，如電光石火一般畫了道弧刺過來。貓齒急忙用刀柄一擋，乘著這工夫趕緊退後。
「你，你到底是何人？」
「還沒看出來嗎？」
黑衣人露出的雙目，似在微笑。
「就是你想找的主人長井新九郎利政呀。」
「你、你……」
貓齒揮刀上前，卻撲了個空。
黑衣人又回到梁上。
「我說伊賀的，給我當手下吧，我給你武士的名分。」
「……？」
有些動搖。
黑衣人從梁上跳了下來。
這時，五、六名守更的下人打著長槍過來了。
各個都漲紅眼睛瞪著天花板。
他們聽到上面的嘈雜，不時還有灰塵掉落，只是哪個聲音是自己主人發出的，一時無法分辨。

整棟房子的人都起來了，屋角到處點起篝火，有事發生時的機靈敏捷，庄九郎的家丁可謂美濃第一。

「伊賀的，你跑不了了，不如給我當手下吧。」

「這……」

他猶豫了。

「當不當？」

庄九郎故意鬆懈下來，站直收起刀。他想試探貓齒。

貓齒果然有了動作。

他的刀橫空掃來，顧不上看庄九郎的反應，就急忙想跳到梁上逃走。

可是太遲了，剎那間已身首異處。

血如泉湧，屍體從梁上摔到地下。

庄九郎揭開天花板，身輕如燕地躍到榻榻米上。站好後，他摘下面巾道：

「是我。」

天花板上還在向下滴血。

⋯⋯

「準備打仗。」

「敵人是誰？」

「藤左衛門。」

現在直奔稻葉山腳的府邸的話，早晨就應該可以抵達。

庄九郎猛地掀開裝盔甲的箱子。

夜襲

「人生在世眞是有趣啊。」

庄九郎一邊穿著盔甲，一邊朗聲大笑，自言自語。

人以群居。

爲了能在集團中相互生存，制定了道德和法律。

庄九郎覺得，人是最可憐的動物，受道德制約，受法律限制，覺得還不夠，又假想出神仙菩薩來崇拜。

「而我決不會，」庄九郎心想：「受那些道德、法律和神佛的統治。遲早我要反過來統治他們！」

有趣得很。

人生在世。

對庄九郎來說，沒有比權謀術數更讓他覺得有趣的了。

這四個字拆開都是算計的意思，庄九郎愛極了這個詞。

此時的庄九郎正打算夜襲稻葉山腳美濃最具實力的人物長井藤左衛門。

「這是正義之舉嗎？」

所謂的「道德」恐怕會喝斥庄九郎吧。此舉不仁不義。

京都來的赤手空拳無名之卒，能有今天的地位全靠長井一族。雖說是長井利隆的力薦才把庄九郎推了上來，長井藤左衛門也不是全無功勞，好歹他也是長井一族的宗家。正因爲宗家藤左衛門採取觀望態度，庄九郎才能一帆風順地在美濃出人頭地，還得以繼承「長井」的姓氏，可謂大恩大德。

從「法律」上講，庄九郎就更不應該了。因爲在形式上，庄九郎是美濃小守護長井藤左衛門的下級。按照上下秩序，應該是美濃守護職土岐賴藝——美濃小守護長井藤左衛門——賴藝的管家庄九郎的順序。庄九郎要討伐上級，只能說是目無法紀。

然而，庄九郎的「正義」卻不同。

他的正義是，用自己的實力征服美濃，建立新的秩序。

庄九郎的道德理論是，爲了實現上面的正義，可以不擇手段。因循守舊、捍衛道德、信奉神仙菩薩的人，不可能推翻舊秩序實現統一大業。

幾乎和庄九郎生於同一時代的文藝復興時期義大利政治思想家馬基維利曾說過：「只有力量才能維繫世上的和平。」

馬基維利還說，有能力的人才能勝任君主的位置，能力是統治者唯一需要的道德。這名生於佛羅倫斯沒落貴族家庭的權謀思想家，倘若認識與自己同處一個時代的日本人齋藤道三（即庄九郎），恐怕會熱淚滿眶地握住這個將自己思想切實付諸於行動的人的雙手。

赤兵衛都感到膽戰心驚，他顫抖著說：

「大、大人，您眞的要討伐小守護大人嗎？殺自己的恩人是要遭到神佛懲罰的。」

「神佛怎麼會處罰我呢？我只把神佛當作我的家丁而已。」

這個惡棍缺乏膽量。

「使不得啊！」

「赤兵衛，如果你那麼忌諱神佛，就連夜把美濃所有寺院神宮的佛像眼睛都用紙蒙上吧。如果還有菩薩要懲罰我的話，那我回頭會收拾他們，砸了那些社殿寺院。」

赤兵衛聽著，益發覺得眼前這個男人值得信賴。敢把神佛都踩在腳底踐踏的人，恐怕全天下再也找不出第二個。

「不過，大人，」赤兵衛又說：「如果您要攻打藤左衛門的話，恐怕美濃國的武官都會一窩蜂地打進加納城裡來。到時候怎麼辦？」

「我自有分寸。」

庄九郎的心思被說中了，不再多說什麼。

庄九郎戴上頭盔。

正中的金印在燭光下閃閃發光。

金印上的波浪紋是庄九郎設計的。

名爲二頭波頭。

庄九郎尤其喜歡波浪，最近親自設計了自己的家紋「二頭波頭」，之後還用作軍旗的標誌。

——波浪是用兵的精髓所在。如怒濤般襲擊，又如怒濤般勇退。

庄九郎用意在此。不僅是軍事上，人生萬事也應該學習波浪的運動規律。齋藤道三所用的二頭波頭紋後來名揚天下。

「大家都準備好了嗎？」

庄九郎問道。

府邸裡只有二十人。庄九郎手下的家丁分散在各處居住，要發通知才能召集，這麼一來就容易引起他人的注意而暴露。這次的襲擊只能靠這二十人了。

「準備就緒。」

「暫時別出大門。」

庄九郎另有妙計。

「我去去就來。」

「您一個人嗎？」

「嗯，一個人。牽馬過來。」

庄九郎故意打開後門，策馬揚鞭單槍匹馬衝向國主賴藝所在的川手府城。

距離不遠。

馬上到了城門下。

「是我。有十萬火急之事稟報，立即打開城門。」

庄九郎進了城，把韁繩丟給看守的士兵，穿著出征的陣羽織大步流星地奔向賴藝的居所。

&

「這麼晚了，有什麼事？」

賴藝滿臉不高興地來到書院前的走廊裡。他正和女人在翻雲覆雨。

「這身打扮又是幹什麼？」

賴藝站在原地問道。

庄九郎身帶兵器不便上前，於是就地跪下。

他把頭盔推向腦後，摘了髮髻後披頭散髮。

「出大事了！」

卻並不接著往下說。

賴藝只好問道：

「是不是近江的軍隊又侵擾邊境了？」

「非也。」

「快講！」

「是。」

庄九郎將腋下夾著的一個桐木箱舉到眼前，屈膝向前挪動數步，放在走廊的台階上。

賴藝冷不防地嚇了一跳。

他以爲裡面放的是首級。

一旁的兒小姓舉著蠟燭上前一看，好像不對。

打開箱蓋。

裡面放著一具精緻嶄新的頭盔。庄九郎上前把它放在放盔甲的檯子上，看著賴藝。

「唔。」

賴藝想起來了，由於庄九郎在設計盔甲和陣羽織上很有才華，曾囑咐他給自己也做一套。

眼前的頭盔中央是細長的鍬形，頭盔刻著銀星，兩側和腦後有四層襯裡，後面繫著紅絲帶，稱不上新奇，與源平以來大將通常使用的並無二致。

戰國時期以來，將士都喜好新奇的形狀，並爭相設計製作，稱爲當世盔。品種多樣，有頭形、篠鉢形、桃形、尖頂形、一谷形、貝殼形、魚尾形等等，賴藝眼前這頂嶄新的頭盔是老式的。

賴藝想要的卻是當世盔。

「這不是老式的嗎？」

「正是。」

庄九郎點頭：

「如您所見，正是老式的。主公是源家的嫡親，尊爲美濃守護職，當世盔恐怕不適合您。老式的頭盔才配得上您的大將身分。」

庄九郎接著解開包裝。

有個東西閃閃發亮。

乍一看還以爲是錦緞，卻不是。

「這是孔雀翎。」

庄九郎在堺市靠港的大明船隻上弄來此物，用金線縫在頭盔上。

「正好用它蓋住襯裡。」

庄九郎手中拿著頭盔，用插扣在頭盔上別好了。

頓時大放異彩。

「嗯，這個不錯。」

「是啊，主公戴上它簡直就像孔雀明王。」

「眞的嗎？」

「所謂孔雀明王，」庄九郎深知賴藝喜歡玄學，順勢發揮起來：「住在胎藏曼荼羅，穿白色絹衣、頭戴寶冠、胸前佩戴纓絡（首飾）、兩耳垂掛耳璫（耳飾），騎著金色孔雀。」

他娓娓道來，甚至講解了孔雀明王的起源。

孔雀來自印度。

由於喜食毒草害蟲，古代印度人奉之爲「孔雀明王」將其神化，堅信牠能除盡貪、瞋、癡這人間三惡。

「原來孔雀能除盡三惡，確實配得上武門領袖的頭盔。」

「所言極是。」

庄九郎不再接著往下說了。

「但是，」賴藝又回到剛才的疑慮。就算是做出新頭盔，也不至於非要半夜三更地送過來：「到底怎麼回事？」

「請主公大人除掉三惡。時間不早了，請戴上頭盔吧！」

「三惡在哪兒？」

「有人要謀反。」

庄九郎告訴賴藝，藤左衛門想要擁立賴藝之弟五郎、六郎而殺害賴藝的陰謀終於有了行動。庄九郎雖然誇大其詞，倒也不是沒有這個可能。

最近，賴藝也對藤左衛門的表現開始起了疑心。

「盔甲呢？」

「要穿。」

「出戰呢？」

「不用。」

庄九郎豪爽地笑了：

「打仗就交給我吧。不過今晚，藤左衛門等人要是攻城的話，得早做防備。在城裡四面八方都點上篝火，趕來的家臣都要全副武裝，足輕也要做好弓箭長槍的準備。主公您最少也要換上武士便服。」

「知道了。」

賴藝也只能照辦。庄九郎則摩拳擦掌表示要連夜襲擊惡人。

他又從城門飛身上馬。

（一切都辦妥了。）

庄九郎心想。

這麼一來，就算自己夜襲長井藤左衛門的府邸，大家也會以爲是奉賴藝的旨意，而不是出於一己之欲。

理由很簡單，賴藝在川手城裡到處點著篝火，自己也親自穿戴盔甲處於備戰狀態。

然而。

庄九郎想得過於簡單了。

他像一陣狂風匆匆趕來，又匆匆離開後，賴藝越想越覺得荒唐。

（今天晚上不是挺安靜的嗎？）

滿天的星星都在閃耀，美濃的大地一片安寧，無論哪座山、哪個村、哪片原野，都不像會有叛軍造反。

（簡直胡鬧！）

賴藝這麼想，決不是出自理性，而是來自情緒。

他生性就懶惰。

穿盔甲麻煩得要命，他也不擅長下達軍令。

「睏死了。」他打了個大哈欠，拍拍肩，進了裡屋。

（就算真的有人謀反，有他對付就行了。）

庄九郎疏忽了這一點。

機敏如他，也沒想到賴藝會懶到這個地步，已經超乎想像。幾百年來這個貴族家庭高踞統治地位，已經將賴藝變成一名麻木不仁的昏君。只有身分低賤的下等人才會凡事大驚小怪。

走廊上的賴藝讓兒小姓舉著蠟燭在前面帶路。

他又打了一個哈欠。

嘴裡露出牙齒，模仿公卿染得墨黑，此刻看上去就像個大黑洞。

進了臥室。

女人還等在床上。

今晚不是香子。

「給我揉揉腰。」

賴藝四仰八叉地躺下。

庄九郎回到自己的加納城，繞馬在城門裡的廣場上兜了一圈，喊道：「跟我來。」

又出城而去。

庄九郎主僕一行黑壓壓的一片，朝北疾馳。

離稻葉山腳還有一里路。

前面提過藤左衛門的府邸，直到現在岐阜市裡還留有「藤左衛門洞」的地名。

這裡所說的洞可不是洞窟。

指的是山腳下的地形特別崎嶇。

今天岐阜市松山町的登山道上，途中有一所員警學校，再往前不遠的樹林裡有一家火葬場，叫做默山火葬場。

這裡就是當年藤左衛門的府邸舊址。

深夜，藤左衛門還在喝酒。

挪近了燭台，他愜意地品著濁酒，酒是自己領轄的百姓釀的。

「真盼著新春六日早點到啊！」

十二歲的寵妾小笞在一旁斟酒伺候。

藤左衛門有個怪癖，他喜歡買來尚未初潮的少女侍寢。

此人雖無什麼大缺點，這件事卻在美濃惡名遠揚。

「新春六日有什麼喜事嗎？」

小笞問道。

藤左衛門並未回答，而是說了庄九郎的名字，問道：

「這個人你覺得如何？」

小笞的回答卻讓他頗感意外。

「不錯啊！」她接著說：「美濃的女子都說這個人與眾不同呢。」

小姑娘心思單純。

藤左衛門臉露不悅。

奉令討伐

路很窄。

一路朝北。

沿路筆直走下去就能到達稻葉山腳下長井藤左衛門的府邸。享祿二年十二月十八日眼看就要過去。

時刻已經指向二十九日的子時（上午零點）。

庄九郎快馬加鞭地趕路。赤兵衛等人跟在後面，都是府邸裡住的下人，人數並不多。

赤兵衛的馬鞍上綁著一根大木錘，是砸城門用的。

眾人策馬來到稻葉山腳下。遍地都是森林。

他們繞到森林的西側。

有一條坡道。

是通往藤左衛門府邸的大手道路。

很快到了城牆前的護城河，河水已經乾涸。

「按照計畫，兵分三路。」

庄九郎作了部署。

眾人紛紛跳進河溝，向上擲出帶鉤爪的繩索，開始攀登城牆。

赤兵衛則直奔城門，用大木錘「咚咚咚」地開始破門。

大門文風不動。

「赤兵衛，你這個蠢貨，給我！」

庄九郎接過木錘，握住把手，緩緩地開始在空中畫圈，速度愈來愈快，像是在旋轉一般，只聽見「砰」一聲響。

門板應聲而裂，門栓的鐵扣飛出。又砸了三、四次後，門上裂開的洞足夠鑽進人去。

「誰先進去開門？」

庄九郎下令，馬上有人一聲「領命」，跳了進去。

城門大開，眾人舉槍在手一齊衝了進去。

話說藤左衛門這邊。

一刻鐘前他剛飲完酒，和寵妾小笘上了床。

藤左衛門心裡還惦記著伊賀雇來的那名刺客。

（也不知道得手了沒有。）

輾轉反側地睡不著。

（先這樣吧，就算失手了，回頭再想別的辦法。）

小笘早就在剛才的愛撫中筋疲力盡，發出輕微的鼻息聲。她尚未長出陰毛，完全一副幼女的睡相。

藤左衛門也迷迷糊糊地睡著了。

小笘睜開眼。

（……？）

她瞟了瞟身旁的藤左衛門，確信他已經入睡後，悄悄地鑽出被窩。

隔壁有守夜的下人，兩名侍從還沒睡。

「我要去茅房。」

小笘小聲打了招呼，朝走廊另一端走去。

（三四郎君說今晚會發生變故。）

小笘和庄九郎的兒小姓關三四郎是表兄妹。三四郎曾告訴她：「如果發生什麼事，不要離開藤左衛門的左右。」

會發生什麼事呢？

小笘沒起疑心，也沒去猜測。就像她的幼女髮型，她的心也還沒長大。

小笘有個習慣。

她總愛在腰間繫著鈴鐺，無論起床睡覺都戴著它，無論她走到哪裡，鈴鐺總是叮鈴叮鈴地響著，甚是可愛。

從茅房出來，她又一路伴隨著鈴鐺聲鑽回被窩，這時藤左衛門醒了，他睡眼惺忪地問道：

「上哪兒了？」

「去茅房了。」

小笒乾脆地回答道。小笒當然不知道庄九郎等人的陰謀，去茅房也是千真萬確的事。

就在此時，傳來「哐噹」一聲巨響。

藤左衛門驚得跳了起來。

「什麼聲音？」

緊接著又傳過來好幾聲，恍若驚雷。

「地震了嗎？」

「大人、大人，」兩三名家丁叫喊著從走廊跑了過來：「是、是夜襲啊！」

「不必驚慌！」

藤左衛門臨危不亂，不愧是名揚近江、尾張一帶的豪傑。

他從橫梁上取出小薙刀，又伸手從梁上摳下五塊小石頭放進懷裡。

「小笒，快逃。」

藤左衛門吩咐道。小笒卻死死地抱住這位剛步入老年的小守護大人的腰。

「小笒害怕。」

三四郎曾囑咐她：「入武家門的人都知道，一旦發生變故，所有的人都要保護主人，要掩護主人全身而退，只要你抓著主人不放就有活路。」

「放手！」

藤左衛門想甩開她，小笒哭著死命不放。

「來者何人？」

「不、不清楚，他們嘴裡叫著奉令而來。」

「奉令？」

藤左衛門勃然大怒。

（主公竟然要殺我？）

卻也合乎情理。原本藤左衛門就是擁護亡命他鄉的前任守護職政賴的，現任的賴藝自然不合心意。

藤左衛門瞬間下了決心。

連他自己都不曾想過。立刻發動兵變趕跑賴藝，讓賴藝的庶弟揖斐五郎繼承守護職之位。

反正，賴藝也是靠庄九郎發動兵變才坐上這個位置。

「就這麼定了——」

藤左衛門由於激動而滿臉脹得通紅。他開始大聲下令：

「太田傳內，傳內在哪兒？」

家老傳內立即趕了過來。

「你馬上放煙，派人通知五郎大人，集結美濃所有兵力，討伐主公。」

「是。」

太田傳內領命而去。

……

藤左衛門也不是等閒之輩。有人襲城，與其防備——倒不如反守為攻主動出擊。

他的府邸很大。

房屋的佈局也很複雜。

藤左衛門四處奔走發號施令。他的身後，叮鈴噹啷、叮鈴噹啷一直響個不停。

再說庄九郎這邊。

「逃兵勿追，不用徒勞。」

庄九郎大喊道。他的臉色有了異樣。

藤左衛門的人手有五十名，庄九郎只有二十名，連對方的一半都不到。

——逃兵勿追。

眼下的情形卻是庄九郎的人被追得四下逃竄。庄九郎的膽識卻是深不可測。

「你們都聽好了！」

庄九郎的聲音威風凜凜：

「要找的只有小守護大人（藤左衛門）一人，別和其他人糾纏。」

「大膽狂徒。」

一名勇猛的武士揮舞大太刀撲上來，庄九郎往下一蹲，橫掃出一刀，武士轟然倒地。

跨過屍首，穿過走廊。走廊上下、屋簷下、院子裡到處都是敵軍的火把。

「……？」

庄九郎側耳傾聽。

叮鈴噹啷，叮鈴噹啷，

傳來一陣鈴鐺聲。是從右邊的臥室發出的。

（就是這兒。）

他嘩地拉開門，立即閃身躲避。石頭擦著庄九郎的頭皮飛過。

庄九郎將火把扔進房裡，漆黑的房間有了光亮。

藤左衛門手裡握著小薙刀。小笘則蹲在一旁，臉埋在榻榻米裡。

「小守護大人，主公有令，快獻上人頭吧！」

「是、是你？」

藤左衛門舉著小薙刀跳了起來。

小笘驚叫著扯住藤左衛門。

「放手！」

藤左衛門一腳把她踹倒在地。

也許她覺得藤左衛門可以依靠，爬起身後又緊跟過來。

「你這傢伙，——」

小薙刀調轉了方向。

慘不忍睹，小笘小巧的頭顱已經離開身體。

（殺了她了。）

藤左衛門有些狼狽，小笘的死更刺激了他。

他揮舞著小薙刀向庄九郎襲來，一時情況危急。

這時赤兵衛趕來了。

「赤兵衛，拿槍來！」

庄九郎奪過槍，舉著就衝上前去。

對方的小薙刀橫掃過來，庄九郎把槍柄立在榻榻米上，自己則像猴子爬樹一樣縱身躍起。

槍柄啪的一聲被砍斷了。

趁著對方的小薙刀朝前，庄九郎雙腳著地。

說時遲那時快，他的太刀已經從藤左衛門的左肩斜斜砍下去。

「赤兵衛，取首級。」庄九郎衝出走廊，喊道：「對面的人聽著，長井藤左衛門已經被奉令斬首。」

他鳴金退兵。

不久，庄九郎出現在川手府城賴藝的面前。

天快亮了。

「臣奉令誅殺了奸賊，請過目。」

賴藝望著藤左衛門的人頭，一句話也說不出。

「請評斷。」

庄九郎逼問。

「實乃正義之舉。」

他只能褒獎。

這件事的後果卻很嚴重。美濃國就像被捅的馬蜂窩一樣，炸開了鍋。

「殺了那個賣油的！」

美濃八千騎中屬於藤左衛門一派的五千騎地侍，開始武裝結黨。

「我們要向主公請願。」

他們蜂擁前來，就駐紮在城外的野地。

人數每天都在增加，到了第七天，已經聚集共五千騎兩萬多人。

晚上，他們點起無數大堆的篝火。

從城牆上望去，城外的野地就像一片火海。

可以說在美濃史無前例。

首領是曾經和藤左衛門一同商量誅殺庄九郎的家臣，核心人物是賴藝的異母弟弟揖斐五郎，以及鷲巢六郎和土岐八郎。

再加上土岐家的重臣齋藤彥九郎宗雄、國島將監、蘆敷左近和彥坂藏人。

擔任急先鋒的是被殺的小守護長井藤左衛門的親生兒子、出身名族齋藤家的齋藤右衛門利賢，此人原本已經出家，法號白雲，特地前來復仇。

「請把人交出來。」

他們一齊向賴藝施壓。

「要不就下達追殺令，我等大軍將一舉攻陷加納城討伐此人。」

總之，他們要求追殺庄九郎。

庄九郎身在何處呢？

他並不在自己的加納城裡。忘了交代，加納城也同樣被數千人包圍著。

大膽的庄九郎就在賴藝的川手城，隱身在一間屋子裡。

書院前擠滿前來請願的人，庄九郎無所事事，只能每日借酒澆愁。

「主公，陪我一起喝吧！」

他邀請賴藝道。

賴藝也無意拋棄這個將自己送上今日榮耀地位的庄九郎。

比起無知粗俗的同族和國侍（住在大名領國的家臣，編按），庄九郎更合賴藝的心意。和庄九郎有共同語言，例如牧谿（中國宋代的畫家。擅長水墨畫，尤其精通龍、虎、猿、鶴、蘆雁、山水樹石和人物。在日本的評價甚至高於本國，被譽爲這個時代最偉大的畫家）等。而身邊的這些人，根本不知道牧谿是何方人物。如果賴藝被流放到無人島上，只能選一人作伴的話，想必會毫不猶豫地選擇庄九郎。

然而。

請願的人不管這些。

「那我們就自己動手。誅殺也好，或是逼其自盡也好，主公大人您都不要插手。」

賴藝無言以對。

於是，他們退出川手城，在野外等候的五千騎兩萬人聽命於各自的族長，一齊準備攻城。

他們瞄準的是庄九郎的加納城。

在如此聲勢浩大的兵力前，加納城恐怕不堪一擊。

庄九郎躲在川手城城樓上的箭孔裡，俯瞰著這一切。

他的表情逐漸凝重。

（這次是逃不過了。）

他直覺。

（做得有些過火了。）

雖然不後悔，卻也感到自己最近確實有些得意過頭。

（蠢貨們團結起來也不能小看，我忘了這一點。）

庄九郎也對這幫人無可奈何。

（怎麼辦……）

庄九郎絞盡腦汁，卻無計可施。

雲隱道三

庄九郎從城樓上下來。

看上去泰然自若。

（接下來要幹什麼呢？）

可以說已經走投無路。

向來足智多謀的庄九郎竟也束手無策。

「哈哈，原來人的本事也不過如此。」

他用扇子敲了敲腦袋，仰躺在木板地上。

形勢急迫。

必須馬上採取行動。

「嗯，再想想……」

庄九郎手下的兒小姓端著茶進來了。

是十二歲的菊丸。這名少年似乎也感覺到自己的主人正身陷危機，臉都變白了。

「菊丸，你爲什麼發抖？」

庄九郎微笑著說。

「沒、沒什麼。」

少年脹紅了臉，看上去意志還不弱。

「人的一生當中，」庄九郎說：「總會碰到兩三次這種事情。」

「嗯。」

少年恢復了常態。
「這種時候，」
「嗯。」
「就能看出英雄和凡人的區別。」
庄九郎像是在對自己說。
對方是個少年，最適合現在的對話了。只需點頭即可。
「我練過長槍，也用太刀數次鬥過敵人，一舉起刀……」
庄九郎停頓住。
「舉刀時您在想什麼？」
「我正在回憶。已經想不起來了。……這種時候，腦子裡、心裡、全身上下都一片空白。就像被風掃蕩了一樣空空如也。」
「眞有意思。那大人豈不是變成風了？」
「風？」
庄九郎歪著腦袋想。

「不對。風可以寫成文字，吹在臉上也能感覺到。連風都沒有。怎麼說呢，應該是無吧。反正類似於無這種東西。」
「是放下嗎？」
「妙極了，正是它。」
庄九郎拍手叫絕。
少年一句不知從哪兒聽來的禪語，讓庄九郎茅塞頓開，重見天日。
「就是它，放下。」
禪家認爲，只要捨棄各種塵緣，就能進入忘我的境界。這種捨棄就是放下。
少年不解地側著頭：
「您舉刀時心裡想著放下，那時——」
「那時？」
庄九郎略微遲疑後，如釋重負地笑了。
「不是那時，是現在，從現在開始放下。菊丸。」
「在。」

「你就像觀音菩薩。」
「……？」
菊丸丈二金剛摸不著頭腦。
庄九郎站起身說道：「獻上一曲作爲回禮。」
他開始起舞，跳的是幸若舞的「敦盛」。

人間五十年
與天地長久相較，
如夢又似幻

人的一生，就像一首舞曲——有生就有死。
這一節是庄九郎最喜歡的。後來成爲庄九郎的女婿，視岳父庄九郎（即齋藤道三）爲尊師的織田信長也不例外。
「這首歌太讓人難過了。」
菊丸聽得眼圈都紅了。
「我說菊丸，」庄九郎卻爽朗地笑著：「沒有比這首歌再讓人高興的了。生爲男兒，想成就大業者，必須有這樣的決心。置生死於度外，去私心斬惡緣，才能做大事。」
「小的不懂，小人只覺得難過。」
「哈哈，我也突然……」
「突然？」
「有點難過。」
庄九郎用手背拭去眼淚。
但這決不同於弱女子的眼淚，只有男人才能體會這種油然而生的悲傷。
「菊丸，端熱水和拿剃刀來。」
庄九郎吩咐道。隨後他解開衣帶，渾身上下脫個精光。
菊丸端著滿滿一盆水進來，看見此情景不禁嚇了一跳。
主人竟然一絲不掛地席地而坐。
「大人，您幹什麼？」

「把頭髮剃了！」

要做回原先的和尚。只要恢復從前的身無一文，就什麼都不是了。

「我的刀也送你了。」

ঌ

賴藝幾乎不敢相信自己的眼睛。

庄九郎穿著不知道從城裡哪兒找來的黑乎乎的破衣服，腰間繫著草繩，正盤腿坐在自己面前。

「我要回京都做回窮和尚了。」

庄九郎一副悠然自得的樣子：

「領地和城池都還給主公大人，加納城裡的深芳野和眾家丁聽您處置。既然已身無一物，也就沒什麼再放不下了。沒有放不下的，就什麼也不怕了。」

「……」

事情發生得太突然，賴藝不知說什麼好。

「我要離開美濃了。」

「你、你要丟下我不管？」

「最後有個要求。」

「什、什麼？」

「請賜酒一杯。」

賴藝馬上吩咐備酒。他在想，用什麼辦法才能留住庄九郎。

酒送來了。

庄九郎幾杯下肚，有了醉意。

賴藝的心腹立即將此事洩漏出去，很快就傳遍川手城，自然也落入守在城外的美濃眾耳裡。

「說什麼？那個人要放棄領地家臣做回和尚？」

「騙人。」

有人不信。當然也有人相信。

（沒想到這人還挺有骨氣。）

庄九郎的成功轉身，似乎打動了來自美濃山裡的淳樸武士。

再說庄九郎。

還在賴藝面前——

要當和尚絕對出自眞心。雖說他的心思並不單純，但是至今爲止的每件事，他都出自眞心實意。僅憑幾句花言巧語，京都的奈良屋（山崎屋）絕不可能變成京洛最大的油鋪，他也不會區區幾年之內就能在美濃居此高位。

但也不僅僅是眞心。

背後還有他與生俱來的算計和謀略。

這次也是如此。

「請賜酒」的請求，也是爲了爭取時間，好讓川手城裡外都知道「自己要當和尚」的消息。

必須讓所有人都知道，這將爲他日後的行動埋下伏筆。

「在下這就告退了。」

「等等，新九郎。」

賴藝叫住他。

「在下惶恐，這個名號已經奉還主公大人。我也剃度出家了，自有法號。」

「什麼法號？」

賴藝問。

「道三。」

庄九郎連同文字的寫法一併回答。這是菊丸給他剃頭時想出的名字。

「道三，這個名字還眞是少見。」

「因爲我要三度出家。」

「爲何？聽說你以前在京都的妙覺寺本山稱作法蓮房，深諳佛法奧妙，這次不是第二次嗎？爲何不叫道二？」

「還會有一次。」

「何時？」

「死的時候。」

道三對答如流。佛法認爲死並不僅僅是死，生死輪迴，死即是成佛。庄九郎兩次出家，並打算活下去直到第三次輪迴。

「主公，再會了！」

一身和尚裝束的庄九郎丟下滿臉茫然的賴藝，轉身退出，來到城裡的馬廄裡牽出一匹栗毛馬，翻身上馬衣袂飄飄而去。

轉眼出了城門。

美濃的豪族家臣一擁而上，舉著明晃晃的長槍。

「讓開！」

這名突然出家的和尚仍具有威懾力。

「你們都聽到了，我拋棄所有的城池和領地。僧侶乃三寶之一，誰敢碰我一定會遭天譴下地獄的。」

他嗖地從眾人頭上掠過，猛一揚鞭，朝北疾馳而去。

「他居然……！」

眾人瞠目結舌地目送他的身影。

庄九郎到了稻葉山腳下，扔下馬，敲響常在寺的山門。

時值深夜，小和尚嚇得趕緊來開門，只見外面站著一名僧人。

「日護上人在嗎？」

「在是在，只是此刻已經睡了。」

「馬上叫起來，給我準備一間房。對了，南邊有個草庵，把被子抱過去就行。」

這座寺廟再熟悉不過了。

他大步流星地走到草庵前，開門進去。

寺裡開始嘈雜起來，傳來小和尚和寺裡的喝食（寺小姓）來回奔走的腳步聲。

庄九郎房裡的蠟燭點上了，又送來被子。

日護上人很快來到。

「半夜三更的這身怪打扮，出什麼事了？」

「我出家了，叫我道三吧。」

庄九郎大致講了一下前後經過和現在的心情。

「法蓮房，」日護仍喚著他學生時的舊名：「你拋棄美濃了嗎？」

「南陽房，」庄九郎也喚著他的舊名：「我大義滅了你的俗親長井藤左衛門，他畢竟是此國的小守護。雖然我是爲了土岐家著想，沒想到小守護死了後還有這麼大的勢力，鬧到這個地步。」

「先不說你手段如何，當初我讓哥哥長井利隆把你推舉給賴藝大人時，就說過重建美濃都要靠你。雖然最近覺得你有些過火，卻還是相信以你的聰明才智一定能對付，所以我什麼都沒說。沒想到你會出家。」

「只是回到原樣而已。」

「我看見你穿的衣服了。」

日護上人只好苦笑。

「一頂斗笠一根竹杖，從此浪跡天涯。」

「不想入其他人的家門嗎？」

日護上人追問，他對庄九郎仍然心存希望。

——這樣下去，美濃會垮的。

這名和尚抱有強烈的危機感，他覺得，只有庄九郎才能在這個平坦的大國建立起強大的軍事強國。

「哥哥長井利隆也說，這樣下去美濃遲早會落入他國之手。這個國家已經老朽了。」

正如上人所言，美濃的統治體系早在鎌倉時期就確立了。最早由賴朝建立，兩百年前的足利尊氏不過是再度認可而已。

當時的社會，幾乎不存在所謂的商人。打仗的方法和軍隊的組織都是騎馬武士單槍匹馬的一對一決鬥，尚未出現現在的足輕步兵部隊。

「鎌倉時期可沒有像你這樣無官無位卻腰纏萬貫、來歷不明的傢伙。」

「來歷不明？」

「商人之類的。」

「這樣啊？」

庄九郎不禁苦笑。

「一切都在變，往後會變得更快。落後於時代的只會消亡。法蓮房……」

「嗯？」

「如果我是你，也會殺了長井藤左衛門。」

「呃。」

庄九郎似乎發現了看似溫和的上人的另一面。

「我們的宗祖是日蓮菩薩。元寇的時候預言國難來臨，由於激烈批評當時的朝廷，招致殺身之禍。」

上人說道：「鎌倉幕府昏庸無道。幸虧有時宗（譯注：北條時宗，任鎌倉幕府的第八代執權）這種英雄才趕跑了元寇，否則日蓮菩薩就會舉兵推倒幕府了。國家有難時，無能、陋習和安逸主義才是最不能容忍的。」

「眞讓人刮目相看呢。」

「長井藤左衛門這個人，」日護上人接著說：「並不是壞人。然而他手中的組織，卻是腐敗透頂的美濃舊勢力。藤左衛門作爲代表，不推翻他的話，美濃就無法像近江和尾張一樣進行變革。」

庄九郎默默地聽著。

「我說法蓮房，」日護上人沒有停止：「你就留在美濃，這件事就交給我辦吧。首先……」

上人變得能言善辯。

「常在寺是守護不入之地。」

所謂守護不入，是指寺院被賦予的特權，相對大名的統治權擁有「治外法權」。因此追捕庄九郎的人，是進不了這座山門的。

正因如此。

（我才逃到這裡的。）

庄九郎暗暗想道。

嘴上卻口是心非：

「我已經膩了。從今往後，我要行雲流水，與風月做伴雲遊天下。」

倒也是眞心話。野心越大，厭世情緒就越強烈。兩者並不矛盾。

歸來

南無妙法蓮華經

南無妙法蓮華經

……

……

一名雲遊僧人走過三條橋，一邊唱著一邊向天空多雲的京都街市走去。

他頭戴斗立，身攜捲好的席子，像名行腳僧，脖子上垂著一百零八顆鐵珠串成的大佛珠項鍊，身穿麻衣，腰間別著一柄防身的短刀。

怎麼看都像個沿街乞討的流浪和尚。

只見他走進京洛一帶最有名的油鋪山崎屋，問道：

「萬阿在嗎？」

萬阿正好從裡間出來，剛要下到店前的土間。

「萬阿，是我。」

一身怪異打扮的庄九郎藏在斗笠下的一雙眼睛寬慰地笑了。

「天啊，夫君！」

萬阿吃驚得話都說不出來。

「你、你怎麼這副打扮？」

「待會兒再說，先把沖洗的水拿來。」

「是夫君你沒錯吧？」

萬阿直盯著斗笠下庄九郎的臉。

「不會有假。」

沖了沖手腳，拍掉身上的灰塵，庄九郎進了房間，吩咐道：

「我餓了。」

隨後又簡潔扼要地說道：

「冷飯就行。酒要倒滿大杯。再鋪好床，其他什麼都不要。先睡上兩天。」

身在美濃的主人突然回來，店裡頓時鬧烘烘。烤魚的、端著酒壺在走廊上小跑的、在土間摔了一跤受呵斥的……

「眞是熱鬧啊！」

裡間的庄九郎抬起頭來時，兩碗飯已經下肚。

「我說……」

萬阿乘著添飯的機會想問個究竟。

「不急不急。」

庄九郎不急不徐。

他大口吃著飯、喝著酒，就著烤魚，酒足飯飽之後，猛地甩了一下光禿禿的腦袋說：「我要睡了。」

「那萬阿也一起睡……」

雖說剛剛日落西山，卻是庄九郎每次回京的習慣。

「回頭再說吧。」

庄九郎擺擺手，一個人睡下了。

（蹊蹺得很。）

萬阿愣住了。一向精通處世之道的夫君，這次卻好像有些反常。

這天的晚飯，萬阿比往常吃得要晚，然後舉著蠟燭出了走廊。

她走到庄九郎的臥室前，悄悄地拉開門，藉著蠟燭的光亮朝裡張望。

「杉丸、杉丸，」萬阿喚來管家杉丸，一起從門外向裡看著：「我問你，的確是萬阿的夫君不假吧？」

「嗯，」杉丸側了側腦袋：「是有些不一樣，不過確實是當家的。」

「不可靠。莫非是鴨川的水獺變的？」

「這麼一說，剛才當家的可愛吃鴨川的香魚了。據說水獺就是喜歡吃香魚的。」

「杉丸！」萬阿伸手在杉丸臉上擰了一下。

「疼，真疼。」

「活該！」

萬阿壓低著聲音笑著。雖說有些可疑，但是庄九郎回來還是讓她很高興。

第三天黃昏，庄九郎出了臥室來到後院，從井裡舀水清洗身體。

雖然已經是春天，水還是很涼。

庄九郎從小在妙覺寺本山修行時，就習慣用冷水沖洗。

萬阿備好新束帶、連同和尚常穿的白衣、黑衣，在走廊邊等著。

「萬阿的心真細。」

庄九郎用麻巾擦拭著身體，說：

「頭也濕了，給我重新繫一下髮髻吧。」

「嘻嘻……」

他好像忘了自己的禿腦袋了。萬阿笑了，卻不說話。

「哦。」

庄九郎摸摸剃得發青的腦袋，似乎想起來了，卻面無表情。他緊盯著坐在走廊邊的萬阿裙腳下露出的襯裡。

「萬阿，好久沒見了啊！」

「怎麼到現在才說？」

萬阿慌忙整理好裙子。

「咱們去裡面好好說說話吧。有酒嗎？」

「還有香魚呢。」

「還是你想得周到。」

「好像水獺也很喜歡吃香魚呢。」

萬阿一半玩笑、半認眞地觀察著庄九郎的臉色。

「水獺？」

庄九郎並無興趣。他走了過來。

「萬阿，」裡屋的庄九郎邊倒酒邊說：「我又改名了。」

最早是妙覺寺本山的學生法蓮房，接著是松波庄九郎，隨後搖身一變成爲奈良屋庄九郎、山崎屋庄九郎，去了美濃後又變回松波庄九郎，然後地位逐漸升高，改名西村勘九郎、長井新九郎，短短時間內屢次更名改姓。

每次改名時，他的處境都面目一新，也就是說不斷地踩著台階向上攀登。

「什麼樣的名字呢？」

萬阿問道，就像要翻開書裡新的篇章一樣充滿期待。

——夫君遲早要當將軍的。

萬阿一直深信不疑。就算不能當將軍，起碼也能當上國主或大名。

倘若不是這樣，我幹嘛要在這乾守著山崎屋的家產呢？

很自然的，萬阿覺得庄九郎肯定又離大名、將軍之位更近了一步。

「眞有意思。」

萬阿覺得十分有趣，丈夫就像在自己眼前展開一部傳奇小說。

「換成什麼名字了？」

「道三。」

「什麼？道三是什麼？」

萬阿沒反應過來。

「法號。」

「也就是說，夫君穿著那身衣服是變回和尚了？」

「正是，回到原點了。」

「原點？這麼說，這次沒得到封地和俸祿？」

「當然，沒有沒有。」

「你的意思是？」

「又當回要飯的和尚了。我被趕出美濃了。」

「啊？」

萬阿怔怔地張著嘴。

她從心底感到莫名的滑稽，先開始拚命忍住笑，直到臉脹得通紅，再也忍不住了。

「哈哈……」

她笑得豐滿的身體上下亂顫。

「怎麼了，你笑什麼？」

「真好笑。」

她笑得益發厲害了，不由得彎下身子，姿勢也從端坐變成伏在地上。

「喂，喂，」庄九郎臉色很不好看：「別笑了。成何體統？到底笑什麼呢？」

「難道不是嗎？」

「是什麼？」

「夫君，你不過就是個油商，也太能唬弄人了不是嗎？一去美濃就變成奉公的武家大人，然後有了城池，繼承西村和長井等等美濃名家的姓氏，又當上美濃守護職大人的總管……這故事也實在太離奇了。你說呢，夫君，哦不，水獺。」

「水獺？」

「住在鴨川的野獸，專門騙人。不過總不能一直被你騙吧。也就是我萬阿上了你的當。」

「喂，我說……」

「啊，真糟糕。」

萬阿慌忙用手拂了拂膝蓋，她把酒灑在身上。面前這個女人到底是個有心計的聰明人，還是純真如同少女，庄九郎至今未能知曉。

「我不曾騙過萬阿。」庄九郎面露苦澀。

「是這樣嗎？」

「你何必懷疑。放眼天下只有萬阿可以依靠，我這才不顧一切回到你身邊來。」

「這回是道三大人——」

萬阿又開始捧腹大笑。庄九郎一本正經的和尚打扮以及剃得發青的禿腦袋實在是惹人發笑。

「這回的樣子，可眞是出人意料啊！」

「如果不這樣，恐怕就逃不出美濃了。」

庄九郎看了一眼自己怪異的打扮，將大致的經過講了一遍。

「還眞有趣。」

萬阿就像聽故事書一樣聽得津津有味。

「那以後怎麼辦呢？丟掉作將軍和國主的美夢，一輩子待在山崎屋嗎？」

「我說萬阿，」

和尚道三娓娓道來：

「人生在世本無失敗，都是來自因果罷了。我確實是由於昨天的惡因導致今天的惡果，但是愚人才會把它看成是惡因惡果。我在妙覺寺本山學過的唯識論和華嚴論裡沒有絕對的惡這一說。善惡各占一半，善中有惡，惡中有善，能把惡因惡果扭轉爲善因善果之人，才是眞正有膽有識的英雄。」

「眞難懂。」

萬阿的思維難以跟上庄九郎的巧辯。

「萬阿只是想知道，夫君會不會一直留在山崎屋呢？」

「不知道。」

庄九郎答道：

「知道的話就不會這身打扮回來了。先賣個幾天或幾個月的油看看吧。」

庄九郎酒過三巡，已經酩酊大醉。

他翻身躺下來。

「躺我腿上吧。」

萬阿靠了過去，將庄九郎飽滿光潔的腦袋放在自己的膝蓋上。

「眞舒服啊。」

「那就別再作美濃的白日夢了，回到我膝上過日子吧。」

「好騷。」

庄九郎一頭拱進萬阿兩腿的膝蓋之間。

「眞壞。」

「怎麼能說壞呢。我庄九郎在美濃可是正人君子，在老婆這裡才能如此。」

庄九郎嘴裡哄著萬阿，眼睛卻飽覽春色。

「萬阿的這裡，就是《法華經》裡所說的靈鷲山了吧。」

「聽到南無妙法蓮華經了嗎？」

「聽到了。經文這麼唱著——我土安穩充滿天人，園林堂閣諸寶莊嚴，寶樹花果眾多，乃眾生遊樂之所也。……」

「噢。」萬阿天眞地喊著：「我的寶貝裡，唱著那樣的經文呀。」

「小傻瓜。」庄九郎眞拿萬阿沒辦法：「我說的是佛祖居住的靈鷲山，就好比萬阿的那裡一樣。」

……………………………………………………

「沒意思。」

萬阿吃吃地笑著。庄九郎的手開始不安分了。

「我說大和尚，」萬阿說：「佛門弟子可以不守清規嗎？」

「管他呢。」

庄九郎站起身，猛地抱起萬阿。

他想回臥室。

這時，走廊上響起腳步聲，到門口停住了。

「誰呀？」萬阿問。

「杉丸。」

「什麼事？不急的話明早再說吧，我現在和老爺有重要的事要辦。」

「哦，只是……」杉丸似乎猶豫不決。

「你要說的，」庄九郎說：「是不是耳次從美濃趕來了？」

「正是，耳次也在這裡。」

「耳次，你說吧。」

「是，」耳次的聲音響了起來：「日護上人四處奔走，說服主公大人召集了美濃一國的主要侍從。」

「要幹嘛？」

庄九郎已經大致猜到。

他可不是僅僅披了一件袈裟回到京都的。

心腹都安排留在美濃各自活動，準備迎接他回去。

最大的功臣當然是日護上人。

「詳情明天再說，你們先下去休息吧。」

「是。」

耳次和杉丸退了下去。

法師白雲

第二天一早，耳次前來拜見：

「有吉報。」

庄九郎支走萬阿，讓耳次上前。

「說吧。」

耳次急忙伏地跪拜：「美濃主公的規勸和日護上人的奔走奏效，國眾（亦稱國王眾，地方豪族，在地領主，編按）紛紛散去了。」

「散了？」庄九郎扯下一根鼻毛。

用耳次的話來說，都是日護上人的功勞。他鼓勵優柔寡斷的賴藝：「您能當上美濃的國主還不是此人的功勞？」

還嚇唬他：「如果這時你見死不救以後將要下地獄的。」

又勸他：「如果失去此人，主公大人不久就會被趕出美濃，您弟弟將奪去您的地位。古語云，唇亡齒寒，大人和此人正是唇齒相依的關係。切記切記。」

賴藝也正有此意。於是他叫來國眾的代表，和日護上人一道勸說他們。

比起賴藝，國眾更折服於長井一族出身、德高望重的日護上人。

——既然上人這麼說，我們遵命便是。此事就到此爲止吧。

他們各自都回到自己的領地去了。

（還是同學好啊。）

庄九郎心中感激不已。

庄九郎畢生感激日護上人的恩德，他成爲名揚天下的齋藤道三後，把年產兩千石的日野、厚見村奉獻給常在寺。

「暫且大致解決了。」庄九郎苦笑道，順勢扯下好幾根鼻毛，疼得直打噴嚏。

「看來，美濃的國眾暫時不會鬧事了。」庄九郎喃喃自語。

順帶一提，這個時代的武士平時都待在自己所屬的村裡，有事時才聚在一起。把武士集中到城下町居住源自道三的做法，之前，他們要想集合很不容易，缺乏團結力和靈活性。庄九郎之所以能在美濃盡情施展，正是利用這一盲點。

「那您要不要馬上回國？」

「我想在京城轉轉。好久沒回來了，眞是不錯。要不乾脆在京城萬阿身邊待下去算了。」

「這、這——」

耳次吃了一驚。不回美濃，意味著自己將被解雇。耳次是美濃武士庄九郎的家丁，可不是京都山崎屋庄九郎的管家。

「耳次要難過了。」

他說的是眞心話。不只是耳次，道三在美濃的家丁比起其他家，都對主人道三心服口服。

「你把這句話轉給日護上人。」

庄九郎說。當然不是他的本意。但是，庄九郎豈能像個賊貓一樣偷偷摸摸地回去？除非通過日護上人傳話，賴藝正式派遣使者送來「請回吧」的親筆信，否則他是無法以相同面目回去的。

「我懂了。」

耳次生性率直。他心想眼下只有趕回美濃傳話給日護上人，強令庄九郎回去了。

「我這就回美濃。」

他匆匆告退。

幾天後，稻葉山山腳下刮起風來。到了晚上，下起陰冷的小雨。

適合此情此景的一幕正在上演。

位於山腳下、如今的藤左衛門洞的長井家府邸，正在爲已故的美濃小守護藤左衛門舉行葬禮。

領頭的和尚年紀很輕。

這麼年輕就能領著眾僧誦經超度，可見其出身不凡。

他的眉毛顯得很突兀。眼光銳利，臉頰消瘦得像被刀削過一般，嘴唇向外翻著。倒也相貌不俗。

卻不像是能修練終生功德圓滿的高僧。

他閉著眼睛，時而忽然睜開，誦經的聲調也忽高忽低沒有規律。看得出，他心底一定有難平之事。

他叫白雲和尚。

此人是藤左衛門最小的兒子，經歷比較複雜。還很小時，就繼承了長井家宗家齋藤的衣缽。

同時他改名爲齋藤利賢，由於齋藤家已經無後，他便和已故的長井藤左衛門、庄九郎道三的保護人長井利隆共同掌管著齋藤家的封號、陵園和殘留的一小塊田地。

——反正這家也再無旁人，還不如出家爲僧看守陵園，爲齋藤家的先祖守靈供奉。

遵從家族的意見，這名少年雖然繼承齋藤這一俗姓，卻馬上受戒出家，前往臨濟寺本山的大德寺修行了幾年。

倒不是說他「大徹大悟」了。

而是同族爲他建了寺院，讓他回來當住持。

在美濃，有「一人出家九族升天」的習慣，日護上人也不例外，他所在的常在寺就是同族建的。雖是題外話，岐阜縣直到最近還保留著這個習慣，很多和尚都是這裡出身的。

白雲也是，年紀輕輕就掌管著齋藤家的菩提寺（大名等家族埋葬歷代先石遺骨的寺院，編按）。

不久前，親生父親藤左衛門被京都來的那個流浪漢給殺了。雖然國眾鬧了一陣子，賴藝和日護上人出來打圓場後，也就不了了之。

（都怪哥哥們沒用。）

他有兩位哥哥，一人天性魯鈍，一人形同廢人，雖然年過三十，一到人前就直打哆嗦無法安坐。只有白雲還像個武家之子，而且有模有樣，刀槍箭術樣樣精通。就是性格有些異常。

雖說是題外話，白雲和尚後來還俗後娶妻生子，兒子叫齋藤利三。被庄九郎道三寵愛的明智光秀收做家老，利三的女兒就是德川三代將軍的乳母，在大奧勢如中天的春日局。也就是說，春日局就是白雲的孫女。

且說白雲法師此時睜開眼睛。

念經聲戛然而止。

「父親大人。」他叫道：「讀了這些經，您一定能成佛吧。不行，如果奉上那個賣油郎的人頭，一定能勝過千萬和尚的誦經。」

「這、這是，」同族的長輩屈膝爬到白雲跟前，拽著他的袖子：「接著念啊。」

「膽小鬼！」他喝斥左右，扔下佛珠，站了起來。眾人都不安地站起來，他徑直走到下雨的院裡，把大刀夾在腋下奔跑起來。

只聽見重物墜地聲——

院裡一棵老茶花樹被劈成兩截。

「這就是那個人的下場。」

說完便從葬禮上消失了。

京都也下起雨來。

葬禮大約過了十天。

一天夜裡，和尚庄九郎正在念經，防雨的木窗微微發出聲響。

（……？）

難道是賊晚上來偷東西？庄九郎取了身邊的數珠丸寶刀在手走到門邊。

窗外院裡傳來輕輕的腳步聲。

（奇怪。）

腳步聲太輕了。

「是誰？」

他低聲問道，自然無人回應。腳步聲還在繼續。

一定是刺客。

「來人！」

他小聲地喚來下人，吩咐在走廊、廚房、茅廁和所有的房間都點上燈。

「出什麼事了？」萬阿被吵醒了。

「有刺客。」

萬阿嚇得連忙拽住丈夫的胳膊，卻好奇地張望著：「在哪兒？」

「好像在院裡。也可能是漏雨的聲音，是不是哪兒的漏水管壞了？」

「沒有啊。」萬阿搖搖頭。

這時，有個下人舉著燈在走廊上巡視，無意中打開木窗。

「哎呀！」

有個黑乎乎的東西夾著風雨撲上來，一口咬住他。

「是狗。」

庄九郎正要叫喊，一向膽小的萬阿卻離開庄九郎的身旁想去救人。這些下人，都是從小和萬阿一起長大的，萬阿待他們很親。情況緊急，萬阿也顧不上想別的了。

「萬阿，讓我去。」

庄九郎說這句話時，猛犬已經朝著萬阿的脖子撲過來。

萬阿嚇得在走廊上奔跑。

猛犬一路窮追。

庄九郎舉著刀在後面追。

這時，一條人影出現了。

此人一副僧兵模樣，光光的腦袋用五條袈裟（譯注：袈裟的一種，由五塊布條縫製而成）裹著，只露出兩眼，腰裡掛著大刀，全身上下披著護甲。

一名下人沒出聲就被他殺了，看來早有準備。

他又登上走廊，跑到庄九郎的身後，一聲「看刀！」便刺過去。

眼看就要刺中，庄九郎轉過身，用數珠丸的刀鞘擋住第二刀，拔刀後就地扔了刀鞘，同時向後躍去。

「來者何人？」

「長井藤左衛門之子，雖入了佛門塵緣已斷，終究是人子，你可有印象？」

「賊人！」庄九郎大喝一聲，閃身便跑。萬阿正在猛犬身下掙扎。

庄九郎要去救她。

這正中刺客的下懷。他瞄準庄九郎的空隙，一刀緊扣一刀刺了過來。

庄九郎一邊接招，一邊趕著猛犬。

刺客步步進逼。

庄九郎心下一橫，向猛犬和萬阿身上倒去。

猛犬一驚，咬住了庄九郎。

「萬阿，快跑！」

庄九郎喊著，空氣中彌漫著血腥味。猛犬聞到後更加興奮了。

「相、夫君，」萬阿緊緊抓著庄九郎的右手，庄九郎罵了句：「傻瓜。」

把她踹倒，同時反手一刀，猛犬頓時身首異處。

這時，白雲法師的大刀砍了過來。庄九郎彈出又跳回，揮刀刺向對方的右肩。

刀刃卻打滑了。

（這人穿著護甲。）

刀不起作用。

幸好對方又衝了過來，他用刀柄擋住，並順勢上前踩住敵人的腳。
同時用兩臂用力一推。
一鬆腿，對方就轟的倒了下去。
庄九郎立刻騎到他身上，使對方動彈不得。
然後用左腕使勁壓住他的喉嚨，對方掙扎了一會兒，便昏了過去。
「萬阿，傷著了沒有？」
他抱起萬阿檢查傷口，發現只有輕微的咬傷，並無大礙。
「有可能是瘋狗。」
他又讓人拿來燒酒，當場褪去萬阿的衣服，爲她清洗傷口。
酒精滲到肉裡，一陣鑽心的疼痛，萬阿昏了過去。
又塗上膏藥後，讓杉丸等人送她回房。
「老爺的傷怎麼樣？」
杉丸滿臉擔心的樣子。庄九郎兩隻手腕上的傷口還在滴血。

「無妨，這點小傷不算什麼。」
他笑笑，走到法師身邊，舉著蠟燭一照。
「長得不錯嘛！」
庄九郎喜歡欣賞年輕魁梧的男子臉孔，就像觀察一件藝術品似的，嘴裡說道：
「想不到那個蠢貨藤左衛門竟有這樣的兒子。」
他心情似乎很好。
「杉丸，你們把這人脫光了，擦擦臉和手腳，隨便穿上些衣服後綁住手腳扔到我房裡去。」
他吩咐道。
然後，要爲死去的下人送葬。
庄九郎親自爲他擦淨身子，又讓人用溫水清洗後放入棺材中，叫來僧人守夜。
大家都很受感動，杉丸等人哽咽著說了好幾次：
「老爺，真是謝謝您，謝謝您啊！」
庄九郎並不是在做戲。
可以說是他的美德。卑賤的出身使他更加愛護身邊的人，這一點，美濃那些村落貴族化的國眾是無法相比的。

「要不要叫醫生給小姐看看？」

杉丸問。

畢竟山崎屋的中心人物還是萬阿。

（萬一有個三長兩短，我們怎麼辦？）

杉丸想都不敢想。

「好。」庄九郎說：「我有經驗，我來照顧她吧。」

折騰了一夜，天也亮了。

這時，美濃發生了一件再次改變庄九郎命運的事情。

尾張的織田信秀率領大軍攻打美濃。

美濃的部隊潰不成軍。

得到這個消息是在下人守靈之夜的第二天清早。

是耳次帶來的。

雜話

從書齋的窗戶望去，外面是一片春天的新綠。

（時間過得眞快啊。）

我有些吃驚。從開始寫這本書到現在，正好剛滿一年。

這麼一想，就換個姿勢抽根菸歇歇。

趁著休息這會兒，眞想把庄九郎拉過來聊聊天。

不過，和此人同席而坐的話，說不定茶水裡會被下毒。

「不管怎麼說，那人可是美濃的蝮蛇呢。」

作者想必會一邊和他調侃，一邊保持警戒吧。

「不是的。」庄九郎一定會無可奈何地辯解道：「我從未用過這種陰險的手段毒死過誰。」

「那倒是，你的行爲向來光明正大。」

我不得不說，庄九郎的世界，來自他相信自己的行爲是善和美的。

接著庄九郎還會要求我：

「前期把我看作革命家，後期就視爲武將吧。」

的確如此，革命是以善和美爲目標的。所有的陰謀、暗殺和篡權奪位，都是革命家本身爲了實現自己理想世界的手段而已。
對革命家而言，目的可以淨化手段。
即使是「不可爲」之事，也要去做。
幕府末期的維新志士，同時也是盜賊，或是殺人犯。
然而，他們爲了實現理想淨化了這些行爲，而把這種偷盜稱爲「尊王攘夷」，把殺戮歌頌爲「天誅」。
庄九郎也不例外。
不過，和日本幕府後期以及其他國家的革命家不同的是，這些革命是由他自己單獨完成的。
如果是集團組織，或許可以稱爲御用盜賊或是天誅之類的，正由於他是隻身一人，因此不得不承受與這些詞義相反的各種罵名。
「其實，」庄九郎一定會喝著茶說：「這些罵名都是出自德川時代的道學家之口，和我活在同時期的人可沒人罵我。」
讀者一定會捧腹大笑。這正是庄九郎的人性特點。即使在庄九郎的那個時代，大家稱他「蝮蛇」並在背後說他的壞話，卻不會傳到庄九郎的耳朵裡。他原本就是個聽不到別人說壞話的人。最起碼，他不是那種聽到別人說自己壞話就鬱悶糾結的人。
所以，他毫不在意。
如果在意周圍無形的罵聲，他的行動將會受限，更別提庄九郎表現出的狂野行爲了。倘若將此人的思想和行爲比作竹子，肯定會是長得粗壯結實的孟宗竹，反過來說，耳朵並不一定非常靈敏。凡是革命家這種否定舊秩序的人，無論大小，性格大多如此。
雖說是雜談，我想預告一下這個故事的結局。
這個故事描述的是庄九郎如何像破繭化蝶一樣變成齋藤道三的經過，然而在他有生之年並未完成盜國的大業。道三的思想和方式，被兩名「弟子」傳承下去。

弟子這一稱謂也許不嚴謹，然而不管怎麼看都應當稱他們爲弟子。

道三有個女兒，織田信長做了他的女婿。信長和道三可謂交情深厚，道三身上具備的對新時代的憧憬、獨創性、權謀術數，以及他採取的經濟政策或戰爭手段等顛覆舊秩序、開創新世界的所有東西，信長都加以吸收。

道三的妻子有名外甥，從小就拜道三爲師，和信長學到同樣的東西。然而，兩人吸收的方式有所不同。信長吸取道三無視先例的獨創性，另一名弟子卻嚮往道三擁有的古典教養，他掌握的「道三學」帶有這種強烈的色彩。這名弟子就是明智光秀。

可以說，歷史就像一齣戲。

之所以這麼說，是因爲這對師兄弟後來成爲君臣關係，最終在本能寺刀劍相向。

本能寺之變，也是道三兩名弟子之間的戰爭。喜歡南蠻文化，戴著寬簷帽披著斗篷騎馬上京，去安土看歌劇的革新派信長，卻死於與己截然相反、喜歡連歌的古典派明智光秀之手。

光秀是舉兵謀反。

不過，光秀肯定不認爲是謀反。他不過是將「道三式的革命」付諸實踐而已。

因此，這個故事的後半部，會講述這兩名弟子的故事。

「等等。」

故事在目前這個階段，庄九郎一定會出面阻止。因爲這個時候，他還沒變成「齋藤道三」，而明智光秀也是剛剛出世，織田信長尚未來到人間。

「還早呢！」庄九郎說。

的確如此。

現在，庄九郎正藏在京都的山崎屋裡過著亡命生活。

上一章講到長井藤左衛門之子白雲和尚來找庄九郎爲父報仇。

這個故事的主人公遭受襲擊差點喪命，好不容易才扭轉局勢。

這時。

從美濃傳來事變的急報。事變是指鄰國尾張的強大豪族織田信秀攻打美濃，並且連戰連勝。

尾張的信秀就是織田信長的父親。故事剛剛到這裡。

各位讀者。

再喝杯茶，聽聽作者的雜談吧。

關於尾張的信秀。

並不是什麼名門之後。

一如美濃的土岐家，尾張也有世代沿襲的守護職，即斯波氏。本國人尊稱爲「武衛大人」。同樣，武衛大人也是形同虛設。

尾張的守護代織田相當於被道三除掉的美濃守護代（小守護）長井藤左衛門。然而，這裡的織田並非信秀、信長的「織田」。

「守護代織田」到室町末期分爲兩支，即尾張清洲城的織田和尾張岩倉的織田，兩者爭權鬥勢。其中「清洲織田氏」的家臣織田，就是信長的父親信秀。在守護職斯波氏看來，是低三個級別的陪臣。

信秀暗藏野心。他看到尾張一國日漸鬆弛，便心想：

「我要發展勢力，吞併鄰國，一統天下。」

他的做法和庄九郎如出一轍，都是「下剋上」。所幸，織田信秀擁有過人的軍事和謀略才能，就野心和體力來說，他在四十二歲離開人世時膝下竟有子女共十九人，可見一斑。

也可稱之爲「惡黨」。按照一般的說法，稱爲英雄也無妨吧。

他用盡手段推翻姻親，趕跑本家，攻打主公，成爲半個尾張國實質上的統治者。

有一段插話。

庄九郎目前所處的年代是享祿年間。

尾張名古屋（那古屋）城城主今川氏豐和織田信秀都喜歡連歌，有多年的文雅之交。京都的連歌師牧宗往來於織田和今川之間，可見交情不淺。

今川氏豐雖在尾張境內擁有城池，卻是駿河．遠江守護職今川氏的分支，乃名門之後，爲人也十分圓滑。

「當今世上，能互通風雅的只有彈正忠（信秀）。」

他很尊重信秀。

然而時逢亂世，兩人又都是一城之主，難得有機會見面，只好用寫信的方式交換連歌。

今川氏豐有些耐不住了。

「這樣太麻煩了。」他在信中寫道：「相聚一晚，吟歌暢飲，抒懷談心如何？請來名古屋城一敘，定當盛情款待。」

「求之不得。」

織田信秀也在回信中表示感謝，不久就商量好日子，帶幾名隨從出了自己居住的勝幡城。

信秀留在名古屋城，隨從則住在城下的武士家裡。

今川氏豐對信秀百般招待。

兩人吟詩作曲，開懷暢飲，不知疲倦。

孰料織田信秀突然病倒，腹中就像有利器在攪動一樣，痛苦不堪。

「怎麼了？」

今川氏豐很吃驚，叫了侍醫，又開了藥，卻不見好轉。

病情反而益發嚴重。

「看樣子，」織田信秀說道：「是好不了了。雖有很多未盡之事，或許是天命已到。」

「您可不能洩氣啊！」

今川氏豐在一旁安慰鼓勵。然而，不能說他沒想過——如果信秀死了，孩子又小，勝幡城織田勢力減弱，最後落到我手裡。

富麗堂皇的客堂裡，侍女和醫師寸步不離地看守著臥床不起的信秀。

「有一事相求。」信秀開口道：「以防萬一，我想留下遺言。麻煩把逗留在城下的家臣叫來。」

「什麼遺言，太不吉利了。」

今川氏豐皺了皺眉，不過信秀的要求確實在情在理，便讓人去請織田家的家臣。

家臣們進了城。

當天夜裡，臥床的信秀卻精神抖擻地指揮家臣在城裡放火，並趁亂殺了今川的守夜隨從。

「今川氏豐在哪兒？」

一路叫囂追趕，一個晚上就佔領名古屋城。氏豐慌忙棄城逃跑，才撿回一條命。

「這就是信秀的本性。」

隱居在京都山崎屋的庄九郎也大致聽說過他的事情。

——而就是這個尾張的織田正在侵犯美濃的邊境。

聽到耳次送來的急報時，庄九郎腦海裡最先浮現的是尾張的惡狼織田信秀。

（小伙子，真了不起呢。）

在「蝮蛇」庄九郎看來，織田信秀雖然被視作凶狠的「惡狼」，卻透著一股幼稚。

這裡，筆者要補充一句。

此刻的信秀，還不具備能動用尾張一國兵力的實力，一定是借用舊主公部將的名義進攻美濃。

庄九郎接到消息後，立刻出了走廊。

天色已亮。

「還下雨呢？」

他從院裡仰頭望著天。

還下著小雨，估計下午就該停了。

（冒雨出發吧。）

庄九郎在走廊上踱步。

走著走著，忽然停下腳步。

左手邊有間屋子。

昨晚偷偷潛入的白雲法師就被扔在裡面。

庄九郎開門進去後，又反手關上門。

「醒了沒有？」庄九郎笑道。

被褥上睡著一個被捆著手腳的人，正是白雲法師。

他轉頭看著庄九郎，面露凶相。

「殺了我吧。」他喊道，緊緊地咬著嘴唇。

「白雲——」庄九郎叫著他：「鎌倉之世已經不講究爲父報仇了，你不用效仿古人。當然，要報仇也可以，我隨時奉陪。」

「要殺便殺。」白雲怒道。

庄九郎並不理會，接著說：「死也要死在沙場。」

「沙場？」白雲看著庄九郎，一臉不解。

「哪兒的沙場？」

「美濃的邊界正在打仗。」

「什麼意思？」

「——聽好了。」

庄九郎把耳次彙報的戰況講述一遍，說道：

「美濃人節節敗退，就是因爲沒有將領指揮。」

「將領讓你給殺了。」

白雲答道。他指的是亡父小守護長井藤左衛門。

（哼，藤左衛門算哪門子將領。）

庄九郎不屑地笑了笑：「白雲，我饒你一命，和我一起出征去救美濃吧！」

說完，他掏出短刀割斷繩子。

白雲一臉茫然。

「你不殺我？」

「不殺。爲了美濃，你應該活下去。先和我趕回美濃，馬上領兵趕跑尾張人。」

「仇人，你可不要籠絡我。」

他理直氣壯地盤腿坐著，眼光卻開始發虛。除了仇恨，他似乎對庄九郎有了新的看法。

「用得著籠絡你嗎？否則，也不用我費唇舌，早就把你殺了。」

庄九郎接著又說：

「你若想殺我，隨時恭候。只是如今美濃處在生死關頭，需要相救，否則美濃將滅亡。打仗需要幫手，我看你有器量和勇氣做我軍的一員大將。」

「想讓我做你的家臣？」

「哈哈，白雲，有器量者，大將也。次者爲副。仗打贏了就行。」

（這麼回事。）

白雲若有所悟，然而瞬間又恢復先前的凶相。

「不過，仇還是要報。」

「可以。」庄九郎點頭：「隨時來找我。但是你現在只能想著趕回美濃。」

當日午前，庄九郎和白雲一身蓑衣，頭戴斗笠，騎馬揮鞭出了山崎屋。

不久，便把京都拋在身後，消失在近江茫茫的雨中街道上。

松山交戰

庄九郎和白雲兩人兩騎，像疾風一樣馳入加納城。

「天啊，大人！」

大手門的眾守門扔了槍，伏地跪拜喜極而泣，目睹此景的白雲法師心潮起伏。

（此人如此受到家丁的厚愛。）

也難怪守門如此動容。

城主竟然歸隱佛門，這可是前所未聞的事情。

被主人拋棄的家丁因此備受全國各地的侮辱，惶惶不可終日。

（嫌棄我們美濃，回京都去了吧。）

（還是雲遊四海，天地爲家。）

城裡流傳著各種各樣的說法，幸虧赤兵衛竭盡全力才保住這座城。

全城上下處境艱難。

美濃的老臣們前往土岐賴藝的居所川手府城，紛紛進諫道：

——將那人認作逃亡者，派其他人接管加納城如何？

一味地表示反對，強硬主張「他一定會回來的」，是明智城的城主明智賴高。

雖說是來自賴高和庄九郎之間的友誼，但絕對不是形式上的，賴高打心底裡欣賞庄九郎的爲人。

——那麼就再觀望一段時間吧。

由此，加納城才得以保存。

就在此時，尾張的勢力跨過邊境的木曾川前來挑釁。

「加納城長期無主的話，恐怕尾張人會乘虛而入，把它當作侵略美濃的據點。」

有人這麼擔心。

確實是危機四伏。

川手府城和加納城，是離尾張邊境最近的兩座城。

庄九郎回來了。

可想而知守門爲什麼會痛哭流涕。

還有一點。

城裡城外的人都吃驚地瞪大眼睛，去找庄九郎報仇的白雲法師竟然和他一道回來了。

（究竟用了什麼方法？）

眾人都以爲庄九郎施了什麼魔法。

庄九郎進入大堂，向白雲法師介紹了主要的家臣後，立即問道：「仗打得怎麼樣了？」

赤兵衛等人一一作了彙報，庄九郎卻始終一副沉重的表情。

（不對。）

他氣得想罵人。無人親自到邊境附近觀察情況，這些彙報聽上去都不真實。

「把城裡所有的旗幟都掛起來。」庄九郎下令。

很快的，城牆上密密麻麻地豎起各種戰旗，迎著早春的微風飛舞。整座城都呈現出一種備戰狀態。

「白雲君，」庄九郎說道：「穿上盔甲吧，大將的令旗也交給你。我要離城兩天，如果敵人打過來，你就是守城的將領。」

「你要上哪兒？」

白雲對庄九郎的行動一無所知。

「我要去晉見守護職大人。」

「那種不急之事，不是應該等到退敵之後嗎？」

說著庄九郎卻已經揚長而去，兩天都不見蹤影。

他扮作割草的村民，潛入邊境細細地察看一番。

結果發現，所謂織田信秀率領尾張大軍入侵是誇大的謠言，其實不過是一些尾張的野武士（遭流放的武士，編按），渡過木曾川來掠奪美濃村莊儲藏的稻米而已。

不過人數很可觀。

有一千人。幕後的指揮是織田家出身的武士，表面上利用一些野武士，十分巧妙地指揮著軍隊的進退。

（後盾是織田信秀。）

庄九郎判斷。

他真正的目的，單單是掠奪軍糧嗎？還是想拖垮美濃的兵力？或是向美濃發出挑戰走向戰爭？

無從得知。

雖說意圖不明，但是戰術很高明，就算附近的美濃地侍派出小部隊圍剿，也總是被輕易擊敗。

所以耳次帶到京都的都是戰敗的消息。

總之，庄九郎決定，先不管織田信秀是不是幕後主使，眼前的敵人都是草賊。

他仔細偵察敵軍的軍營，裝著若無其事的樣子回來了。

夜裡，他向白雲面授機宜，並撥給他一百人馬，襲擊防守最薄弱的一個據點。

白雲是個血氣方剛的男子。他無視己方軍隊的傷亡，一氣呵成攻佔了敵方的地盤。

又按照庄九郎的計謀，沒有撤兵，而是守在敵人的軍營裡，夜裡點起熊熊篝火，白天豎起自己的戰旗大造聲勢。

更有甚者，他把砍下的二十名野武士首級晾在木曾川的河灘上，臉朝著尾張的方向。

盤踞在附近村莊裡的野武士見狀後大怒，蜂擁而來。

白雲的軍營位於木曾川前的小山丘上。

只有一條上山的小道，尾張的野武士沿著小道像潮水一樣湧來，放箭投石都不管用。

「擋住！」

白雲在山頂奔跑著指揮，難怪美濃軍隊都敗在他們手上，尾張的這些野武士強悍得讓人懷疑：眞的是草賊嗎？

野武士試圖用鉤繩爬上山頂。

白雲一邊鼓勵士兵，一邊親自揮槍擋敵，卻還是無法阻止敵人的進攻。

而且，庄九郎說好要來的部隊還不見影子。

庄九郎的計謀是讓白雲在軍營做誘餌，引誘敵人靠近，庄九郎率兵從後面包抄，兩軍前後夾擊一舉殲滅敵人。

然而還沒到。

（中計了──）

白雲咬著牙在山頂上來回奔跑。

（我失算了。）

這樣白雲就會死在野武士手上，庄九郎不用親自動手就能解決他。

山上密密麻麻地長著松樹。這裡的地名通稱爲松山，可以說不利於防守。敵人可以藏在松樹後，一邊放箭一邊靠近過來。

白雲全身濺滿敵人的血，他不停地奔跑殺敵，眼看就要支持不住了。

❦

庄九郎還在加納城。已經整裝待發。

他並沒想過要欺騙白雲，這個男人終其一生都恪守信用。

（能成就大事的人，經驗之談就是一個信字。）

凡事都講信用，這樣才能取信於人，身邊眞心相待的人多了，才能成就大事。

只是庄九郎的人手不夠，分給白雲一百人後，就只剩下一百人。

因此，他分別派人去向明智鄉的明智賴高和可兒鄉的可兒權藏借兵，可是至今未來。

太陽漸漸西斜，眼看就要下山。

天黑對敵人有利，庄九郎前後夾擊的戰術將不起作用。

「赤兵衛，還沒消息嗎？」

庄九郎「呼嚕呼嚕」地吃著泡飯。

「好像還沒動靜。」

「再晚的話，白雲就沒命了。」他提高聲調，臉色凝重。

「他要是死了，大人不就除去了眼中釘嗎？」

「不能這麼說。」

庄九郎喀蹦咬了一口醃菜。

「如果援兵不來的話，我只有捨身帶著手下的人去救他了。」

「什麼？」

赤兵衛甚是不解。

「到底還是和我們這些下等人不一樣啊。」

「你知道人要幹大事，什麼最重要嗎？」

「不知道。」

「一個義字。孟子說的。比孟子早一百年的孔子說是仁。然而身處亂世，哪有什麼仁人，頂多是天生的老好人罷了。所以孟子提出了義，是每個人都可以效仿的戰爭年代的道德。孟子的時代和如今的日本，就像照鏡子一樣相似。」

「孔子和孟子，都是古代中國講述聖賢之道的人吧？」

「沒錯。」

庄九郎攪弄著碗裡的泡飯。

「那麼，您是要走聖人的路了？」

「你說對了。」

庄九郎又往嘴裡夾了一塊醃菜。

庄九郎確實有此打算。就算是古代的聖賢，換成庄九郎所處的時代和立場，恐怕也會選擇奸雄之道。爲了平定亂國不擇手段，建立新秩序的國家之後，再實施自己的理想政治。

庄九郎視聖賢之道爲理想，使用手段謀略來克服現實問題。然而手段計謀是不能籠絡人心的。因此，庄九郎以「義」和「信」做爲自己要遵守的「道德」規範。

「不會來了吧？」庄九郎站起身戴上頭盔：「擊鼓出陣，牽馬來。」

他發號施令後，又命令赤兵衛：

「你留在這裡。明智和可兒的人馬到了之後，讓明智大人守城，可兒權藏則用作後援（預備隊）馬上來追我。」

「遵命，只是按照您的吩咐，加納城裡就空無一人了。」

「不是還有你嗎？別讓老鼠給拖走了。」

庄九郎飛奔出玄關，在大手門前翻身上馬，喝道：「開門！」

便揚鞭而去。

百餘人跟隨在後，像一簇巨大的黑影朝著木曾川畔的松山飄去。

一路上，他高聲說道：

「別小看對方是野武士，大家一定要拚命。」

「再強大，如果膽怯的話，會輸給弱小的勇者。大家出了城，就當作自己已經死了。死者之勇天下無敵。」

庄九郎的人馬並不見得戰術多高明，全在教誨。奔赴在死亡道路上的教誨，才是刻骨銘心的。

策馬奔跑了十町路左右，他告訴眾人：

「敵軍有上千人數。」

人數多得嚇人。

「只要聽我指揮，就一定會贏。」

「另外，」庄九郎喊道：「雖說是野武士的首級，一樣封賞。賞品是金銀珠寶。」

這麼說的原因是由於對方是野武士，野武士沒有土地，賞賜土地是沒指望的。這也是正規軍隊在與野武士或一揆（人民起義，編按）作戰時軍心不振的原因之一。不僅是美濃，其他國家在這種情況下也經常打敗仗。

而庄九郎還有京都山崎屋這一巨大的財富來源，他有賞賜金銀和高價布匹的雄厚實力。

隨從們一聽都振奮無比。不久，前面就出現一片亮光。

來自夕陽的反射。

已經臨近了。亮光的來源是夕陽反照在木曾川的水面上。眼前就是遭野武士包圍的松山。

「弓箭隊在前，長槍隊隨後。騎兵準備好半弓。」

庄九郎騎著馬迅速進行部署。

還沒有鐵砲。在一統天下時期發揮巨大威力的火器，是庄九郎進入中年後才傳入日本，包括庄九郎在內的武將迎來了戰國後期的歷史性飛躍，而此時的日本，可以說正處在弓矢時代的末期。

當時，唯有庄九郎的軍隊擁有高明的騎馬戰術，馬上的武士都在鞍壺裡備有半弓。

在使槍前，他們會給弓上好弦，放箭後才開始用槍。

「衝啊！」

騎在馬上的庄九郎下令道，他換了個拿槍的姿勢。

四周響起震耳欲聾的戰鼓聲、號角聲和部隊衝鋒聲，弓箭隊首先攻擊，他們沿著山坡不停地射箭，頓時擊斃五十餘人。緊接著，長槍隊又衝向前去。

長槍隊後面緊跟著騎兵隊。庄九郎的「二頭波頭」戰旗在隊伍中間飛舞。

山頂上的白雲法師抬起頭盔張望，看見援軍和庄九郎的旗幟。

「果然沒騙我。」他高興得跳了起來：「我們也吹號擊鼓，節奏快些！」

局勢瞬間扭轉。

野武士最怕被前後夾擊了，於是掉轉身開始迎擊自山腳向上行進的庄九郎部隊。

看見敵人從半山腰開始後退，庄九郎又命令部隊按照剛才的弓箭隊、長槍隊和騎馬隊半弓的順序反覆作戰，小規模地打擊敵人。

持續了一會兒，庄九郎大喊一聲：「跟我來！」

便如流星般疾馳到敵軍中親自揮槍衝殺。

而白雲的部隊從敵人身後開始襲擊，野武士終於守不住陣腳，開始向四周的田野、竹林、河灘鳥獸散。

一旦陣腳大亂，這些野武士就不堪一擊了。慢的人還在號泣猶豫，動作快的卻已經蹚過河逃往尾張方向了。

庄九郎和白雲則凶神惡煞般地追趕著賊兵。

太陽下山時，戰鬥結束了。

庄九郎在河灘上檢查敵人的首級，一顆不漏地記下來。

一共是六百七十顆。

這些首級排列在河灘上，好讓對面的尾張也能清楚地看到。然後收兵，一氣呵成地回加納城。

這場戰役和對他勝利的評價，爲日後庄九郎活躍在美濃國打下最堅實的基礎。

「海內第一勇將」的稱號，響遍美濃國中所有的街市鄉村。

想必也傳到庄九郎直到中年的頑固敵人——尾張的織田信秀——的耳中，他一定覺得不是滋味。

很快的，再沒人敢輕視他這個「賣油郎」了。

大戰告捷的第二天，庄九郎上川手府城向賴藝彙報情況。

小見之方

小女娃長成了亭亭玉立的少女。

庄九郎從明智鄉帶來的女娃在加納城中長大了。城主庄九郎的人生發生戲劇般的波折時，女娃也長大成熟了。

她就是明智氏的女兒那那。

（……差不多了。）

可以摘桃了。庄九郎一定在琢磨。

庄九郎早就打算親手栽培這朵美濃名門的鮮花，並娶她爲妻，讓那那的娘家明智一族成爲自己無二的盟友。

終於到了摘果的時候。這朵鮮花剛剛移植到自己府中時不過是一棵樹苗，如今已經長出花莖，含苞待放了。

爲了謹愼起見，庄九郎事先徵得明智賴高爲主的明智家族長者的同意。他們欣然應允，條件是要娶作正室。

然而——

身邊有個人必須說服。

正是深芳野。

這名賴藝原先的愛妾，是庄九郎用計從賴藝手中得到的。就連她也未能坐上「正妻」的位置。

「您只要得到手，就不再管我了嗎？」

一天夜裡，深芳野在枕邊發著牢騷。

「你是獨一無二的。」庄九郎答道：「我不是每晚都疼愛你嗎？」

只不過是「肉體上」的疼愛罷了。深芳野差點脫口而出，可是從不主動辯解的天性讓她保持沉默。

深芳野育有一子，並不是庄九郎的。她從賴藝身邊過來時，已經珠胎暗結。

「別告訴他，」賴藝曾在告別時悄悄對她耳語：「就說肚裡的孩子是他的。」

不久後生下一名男嬰，這在前面交代過了。乳名叫吉祥丸。

今年四歲。

長子是要繼承家業的，庄九郎很溺愛這個孩子。

吉祥丸的眼睛極大，五官長得一點兒也不像庄九郎。有時候，甚至讓人感覺和他的親生父親美濃守護職就像一個模子刻出來的。庄九郎卻絲毫沒有注意到，或是裝作毫不在意，儘管深芳野心裡藏著疑問，庄九郎對任何人也不曾談過這個話題。

（那麼聰明的人。）

深芳野深知庄九郎城府極深，不禁心存畏懼。

（他肯定察覺到了，只是裝作不知道罷了。）

家臣都議論紛紛。凡是明眼人都知道，吉祥丸，即後來的齋藤義龍並不是庄九郎的兒子。

首先，吉祥丸是深芳野進到庄九郎家中後第七個月出生的。類似的早產並不少見，不過早產的孩子一般都很小，吉祥丸卻是個超大的嬰兒，現在才四歲，看上去卻像七、八歲的大孩子。

怎麼看都不像庄九郎。

庄九郎卻儼然一副「他就是我兒子」的表情。深芳野反而覺得害怕。

庄九郎始終什麼也不說。

四年過去了。一天晚上，他熱情地愛撫了深芳野後，說出讓她更絕望的一番話。

「深芳野，」晚上，庄九郎抱著深芳野喃喃說：

「我想再給吉祥丸找個母親。」

深芳野當然是大吃一驚。

「求你了。」庄九郎說：「我有喜歡的女人。」

庄九郎撫摸著深芳野的頭髮，彷彿他嘴裡說的這個女人就是深芳野一樣。

「我很喜歡她。」

「她，」深芳野好不容易才發出聲音：「是誰？」

「小那那。」

庄九郎回答。他又喚了一聲深芳野，繼續撫摸著她的頭髮。

「讓我實現心願好嗎？」

「您看著辦好了。」

深芳野拽過寢襖遮住臉。

「別這麼說。我是個急性子，對你也是一樣。我的欲望比常人強一倍。」

「不，一百倍吧。」深芳野開始低泣。

「什麼一百倍？」

「您的欲望啊。」

「你是說很強對吧。這麼想就對了，不愧爲我的知己啊。」

庄九郎發自內心地稱讚。

（別唬弄人了。）

不知道深芳野怎麼想的，她只是一個勁地哭。

「別哭了。」庄九郎很有耐心，他仍然撫摸著深芳野的頭髮。

「我生來欲望就強，身體也比常人結實好幾倍。不光是意志心力，智慧更是過人，十個人都弄不懂的問題我一瞬間就能明白。可是深芳野，」

庄九郎摸向深芳野的下體，並沒有什麼含義，習慣而已：

「就算我再了不起，也不過和常人一樣活五十年而已。」

只有壽命，是庄九郎的力量無法企及的。

「五十年。」

恐怕庄九郎也要恨命運不公平吧。雖說上天賜給庄九郎數倍於常人的能力，然而命數一到，就和愚夫一樣難逃一死。

「像我這種人，」

庄九郎又說：

「同樣是五十年，如果不過上十人份的人生，精力就會鬱積體內而無法驅散，最後發狂而死。你也知道，我在京城另有妻室，在等著我當上將軍呢。她叫萬阿。」

「我聽說了。」

「她很可愛。」

庄九郎的話發自內心。

「你也很可愛。一般人如果擁有二女，自然會厚此薄彼，寵愛一個而冷落另一個。我卻不會。我對萬阿和你的感情一樣濃，一樣深，一樣新鮮。深芳野，你能體會到的，從我的心和我的身體。」

「……」

除了哭，深芳野不知道還有什麼方法可以表達自己的感情。

「我愛你。」

庄九郎在黑暗中大睜著眼睛。即使要向天地神明起誓，他也會毫不猶豫地說，我以一個常人全身心地愛著深芳野。對萬阿也是一樣。

「不過，」庄九郎又開了口：「還可以再愛一個人。」

面對虛空的神靈，他的語氣堅定。

深芳野已經停止哭泣。對著這個男人哭泣，似乎毫無價值。

（世上竟有這種男人。）

她從寢襖的領口露出眼睛，重新審視庄九郎。雖然黑暗中看不清楚，但是能望見臉上的輪廓，確實與常人不同。深芳野忽然覺得好像第一次認識他，不禁笑了出來。

「喔，你笑了。」庄九郎把手放在深芳野的肚子上，能感覺到顫動。

「我哪裡笑了。」

（女人眞是奇怪，不是哭就是笑。）

庄九郎手掌捂著深芳野的肚子，陣陣痙攣從掌心傳來，竟有說不出的誘惑。

他心底又湧起一人份的情欲。雖然不久前剛消耗了一人份的情欲，好像又湧出新的。難怪他一人可以過著好幾人份的人生。

「深芳野，我又想要了。」

他的手掌撫上纖纖細腰，一把挽了過來。

「不，不要。」

「別任性了。」

庄九郎的手掌已經換成手指，遊走在深芳野的幽谷中。

深芳野扭動著身子，身體的一部分開始濡濕。她極力忍著不發出聲音來。庄九郎的手指巧妙地操縱著她身體的旋律，她就像在庄九郎的指尖上起舞。可悲的是，她的舞步越來越美妙。

「蕩婦。」

深芳野小聲叫喊著責備自己。

「才不是蕩婦呢。」

庄九郎低聲說道。他並不是在安慰深芳野。男女之事本來就透著一股誘人的曖昧氣息，這才是偉大之舉，庄九郎用他獨有的抑揚頓挫語調在深芳野耳邊呢喃。

庄九郎娶了那那。

名字也改成「小見之方」。

她是庄九郎接觸的第一個處女。

不久後，小見之方生了個女兒。女兒長大後稱作濃姬，嫁給年長一歲的織田信長。

庄九郎很寵愛小見之方。當然，也同樣寵愛著深芳野。

兩人都住在稱作「奧」的府邸中，雖然正妻的小見之方地位較高，然而從小在這座城裡長大的她，很尊敬深芳野，叫她爲：

「深芳野小姐。」

她從小就仰慕深芳野的美貌。美濃第一美女，曾深得土岐賴藝寵愛，又是丹後宮津城城主一色左京大夫的親女兒，國人對她有一種對故事女主角般的嚮往。

「深芳野就像仙女下凡，心思純淨。」

那那還小時，庄九郎就一直這麼說。

「她是父親一色左京大夫的厄運之年生的，所以被當作姊姊的陪嫁來到土岐家，看她的人生離奇得很，也許她根本就不是人類的孩子，而是神仙菩薩故意把她送到人間來的。」

小見之方自是深信不疑，因此她們的關係一向很要好。

一天晚上，庄九郎來到深芳野的房間，躺下了。

「你是世上唯一純潔的女子，不是仙女，就是神仙菩薩的化身。」

「我雖然會跳仙女之舞，」深芳野傷感地說：「卻百分之百是凡間的女子。要不，我怎麼會妒忌小見之方呢。」

「那可不好，剛誇你是仙女。」

「不，我是凡人。」

深芳野看穿了庄九郎治理妻妾的手段。他誇自己是「仙女」，一方面爲了鎮住小見之方，同時想讓深芳野自己恪守規矩消除妒忌心罷了。

「我就是凡人。」深芳野的堅持，是她對這個男人所能做的唯一的抵抗：「您不是說過，要在人生的五十年過上好幾個人份的日子嗎？」

「嗯。」

「那麼，普通的男子都要忍受的女子的嫉妒，您也要能忍受好幾個人的分量才是啊！」

「不行。」庄九郎卻沒說出口。

「那好吧。」他說，然而他也發現，深芳野的性格執拗到一定程度，也是很可怕的。

「您要有所準備。」

「太誇張了吧。」

庄九郎望著深芳野，後者卻移開視線，看著外面黃昏籠罩的院子。臉上卻不帶一絲笑容。

（難辦啊。）

雖說要過好幾個人份的人生，然而要讓這三個老婆和睦相處，看來不是件容易的事。

萬阿不是問題，小見之方也沒關係。因爲萬阿原本就是「山崎屋庄九郎」的正室，又掌管著油鋪。小見之方就更不用說了。兩人都有足以誇耀自己的門面。

小見之方當上正室以後，深芳野的希望也就破滅了。她的存在僅僅是爲了迎接和送走前來過夜的庄九郎。雖說和以前沒什麼兩樣，現在這種地位卻是確定了。

（受不了了。）

她心想。庄九郎可以過好幾個人份的人生，自己的人生卻連一席之地都得不到。

兒子。

深芳野的救命稻草。她只有在和吉祥丸玩耍時，才覺得擁有自己的人生。

有時候，她幾乎衝動得就要脫口而出：

「你的父親不是那個人。」

她卻極力忍耐著。但她眞的害怕自己有一天會忍不住說出眞相。

且說庄九郎的「工作」進展情況。

總體上很順利。受到美濃群臣反對的府城搬遷也取得成功。

枝廣的別墅建得精巧雅致，賴藝一聲讚歎：「眞不錯。」就輕輕鬆鬆地從川手城搬出去了。

也就是說，賴藝保留著美濃守護職的現職，卻隱居起來。
（還是男人好對付。）
庄九郎得出結論。
這陣子，賴藝沉迷於畫畫。畫的還是老鷹，只是搬到枝廣的新城後，畫風馬上增色不少。
賴藝也洋洋自得，說道：「因爲這裡沒有煩心事打擾我。」
在川手府城時，身爲守護職總是有這樣那樣的雜事。搬到這座長良川畔的新城後，自然沒有了。
賴藝每天起床之後都手持畫筆，一直畫到太陽落山。累了乏了就飲酒作樂。這個貴族之後貪婪地汲取著生命中香甜的那部分。
對世事也漸漸感到淡漠。
加納城主庄九郎便駐紮在川手府城打理這些世事。
日子悄悄地滑去，轉眼到了天文三年（一五三四）的九月六日。

雨

天文三年的夏天，美濃大地被烤得焦乾。

長良川為主的河流都乾涸得露出白花花的河床，草木枯萎，牆壁都乾得裂開了縫。

各村都燒香跪拜祈求下雨，卻不見靈驗，一晃就到了秋天。

（今年看來收成會很糟糕。）

打初秋開始庄九郎就在想，這個魚米之鄉可能會迎來可怕的饑荒。

「赤兵衛。」

七月的某一天，庄九郎喚來這名得力的手下，讓他去了一趟京都。

「這個秋天美濃會鬧饑荒。你去告訴萬阿，京城下了新米要買了囤積起來。」

「米嗎？」

「對，讓她多買些。有個上千石應該夠了。一旦美濃鬧饑荒，馬上雇京城和大津的車借・馬借（運輸業者），派上護衛隊運過來。」

「要乘機賺一筆嗎？」

「愚蠢。要成就大事的人，能只看著眼前這點蠅頭小利嗎？」

「那您是要佈施？」

「沒錯。區區一千石米雖然對付不了美濃的饑荒，熬成粥的話每個人總能吃上幾粒吧。這樣老百姓才會打心眼裡記得我的好。」

「遵命。」

赤兵衛領命而去。雖說離秋天還早，但是大量採購米是要費工夫的。到了京都，要和京城、近江和丹波以及攝津的米商接洽。

（真的會鬧饑荒嗎？）

赤兵衛心存疑問。如果只是美濃一地鬧饑荒也就罷了，如果殃及京都周邊，那不就無計可施了嗎？而且，運米到美濃要經過近江，一旦近江也鬧饑荒，那裡的土匪強盜眾多，還不把米給搶了？

（您有把握？）

赤兵衛出發前，又向庄九郎確認一次。庄九郎笑道：

「觀察天文、天象加以判斷，並付諸行動的才是英雄。倘若不準，我就不是英雄了。」

他誇下海口。

（既然如此，一定不會有錯。）

赤兵衛放心地離開美濃，前往京都。然而，到了八月立秋時分，各國都下起及時雨。

逗留在山崎屋的赤兵衛不禁對杉丸道：

「杉丸君，京城周圍的農田也都緩過來了吧。美濃不知道怎麼樣，這邊是不會鬧饑荒的了。」

「不會吧。可不能鬧饑荒啊！」

「我的主人，也就是你的老爺，在妙覺寺本山時學識淵博，巧舌如簧，可還是不懂老百姓的事啊！」

「他對油可是行家。」

「我說的是米。米他還是不懂啊。」

每隔十天，耳次就會從美濃捎信過來。

據說，美濃的農田也受到甘霖滋潤長勢喜人，這麼一來，赤兵衛覺得自己在城裡到處找人訂購米簡直讓人笑話。

「那我回去吧。」

「不行，主人說讓你在此待命。」

耳次轉達了庄九郎的意思。米買得再多也不會浪費，在京城裡賣光就行了。

進入九月，美濃的天氣開始變陰。

最近庄九郎經常騎馬視察領地裡的農田。

他並不盼著歉收。作爲領主，從利害關係和感情上自然是希望領地大豐收，這是當時的經濟決定性力量，一歉收就會對兵力造成影響。

天開始下雨。

這天，庄九郎也穿蓑衣戴斗笠，騎馬帶著幾名隨從走訪領地內的大戶人家和中等百姓，還站在田邊的小徑上向農民打招呼。

美濃還從未有過這樣的領主，村民都歡喜雀躍。

庄九郎在巡視各家各戶時，如果發現眼尖的、動作快的、力氣大的，都會勸說對方「跟著我吧」，收作小姓。他想培養自己的譜代家臣。

一天，他來到城北一座村莊，看見有個人站在田間的小路上，仰頭望著北邊飛驒的天空，嘴裡自言自語。

「怎麼了？」

他騎在馬上問道。那人甚至忘了要鞠躬下跪，眼神也飄浮不定。

「飛驒上空的雲有妖氣。」

他說。等到旁邊有人問他爲何有妖氣，他才發現對方是庄九郎，慌忙伏地跪倒，再問他卻什麼也不說。想必是害怕被扣上妖言惑眾的罪名。

（飛驒的雲。）

回到城裡又問過見多識廣的家臣，也無人知曉。

（雖不明所以，但恐怕要出事了。）

這一年從夏天開始，庄九郎的心裡就感到躁動不安。具體是什麼，他也說不清楚。

九月二日開始下雨，雨勢越來越猛，入夜後更是狂風大作。

（是不是要發洪水了？）

第二天早上，風卻停了。濕霧籠罩著美濃平原，靡靡細雨打濕了美濃四百里方圓的森林、竹叢、村莊、河堤和城池。

雨一直下了三天，到五日深夜，天象劇變。平地刮起像要移天動地的暴風，在黑夜裡肆意咆哮，吹得原野森林一片狼藉。

「律兵衛聽令。」

庄九郎叫來步兵隊長林律兵衛，讓他做好暴風防範。

「大人，您要上哪兒去？」

「枝廣。」

庄九郎已經戴好斗笠，用蓑衣把自己裹得嚴嚴實實。

庄九郎爲美濃守護職土岐賴藝建的別墅就在枝廣。

「只是這麼大的風雨……」

律兵衛吃驚不小。這種天氣，確實不適合出門。

此時，庄九郎的動機既非出自禮貌也不是個人私欲。這個愛恨分明的男人，是眞的擔心賴藝的安危。

枝廣位於長良川支流津保川的河畔，賴藝的新城依水而建。

（河堤會不會塌了？）

庄九郎焦急萬分。他一刻也不能多等，騎馬衝出加納城。此時的他，滿腔誠摯。

出了城門，迎面吹來一股勁風，庄九郎的斗笠繩扣從下巴上滑落，捲向空中。

（該死的破斗笠，難道連你都要跑到飛驒的山上去嗎？）

他不停地揮動馬鞭。

馬蹄卻屢屢受阻，有時甚至無法前進。

「怕了是嗎？」

庄九郎又抽了一鞭，胯下的馬發出悲鳴，卻還是邁不開步。

就這樣，又哄又罵，中途或在大樹後避風，乘著風勢小的空兒不斷前進。

在庄九郎有生以來的四十年間，遇上這麼大的風還是頭一遭。

（連馬都害怕了。）

馬在風中掙扎前行。馬上的庄九郎穿著的蓑衣早就被吹落，連手上的馬鞭幾乎都要被捲了去。

漆黑的夜裡難以辨別方向，靠著馬眼跑了兩個小時左右，眼前的黑暗中突然傳來流水聲。前面有河，應該就是津保川吧。

庄九郎尋找著渡河的橋。在枝廣建城時，曾經臨時搭建過一座橋。

好不容易找到，卻由於河水暴漲，橋墩又低，好像隨時會被沖走似的。

（要不要過呢？）

馬畏懼得不敢舉足。橋在搖晃著。如果人馬上了橋，由於受重而使橋觸到水面，想必連人帶橋都會化作木片被水流吞沒。

（怎麼辦，庄九郎？）

庄九郎在馬上問自己。

所幸，風雨勢頭小了些。只有水聲嘩嘩作響。

（豁出去了！）

庄九郎猛一揚鞭，使出全身力氣踢了一腳馬腹，疾風似地從橋上飛掠而過。

剛一落地，只聽見身後一聲轟然巨響，回頭望去，剛才的橋已經不知所蹤。

（菩薩保佑啊——）

一人一馬進了城。

看到淋得像落湯雞的庄九郎，賴藝就像看到救命菩薩一般欣喜若狂。

「還好，幸虧沒事。」

賴藝深知關鍵時刻才能考驗人心，如果庄九郎真是世上所說的阿諛奉承之輩，就不會豁出性命來到此地了。

「難爲你了。」

「主公，請讓人備船吧，我來帶路。」

「坐船上哪兒去？」

賴藝一臉驚訝。

「您別擔心。」

庄九郎笑了。如果在這種激流中划船，瞬間就會粉身碎骨被河流吞噬。

是爲了萬一發生洪水時做準備。

城牆建在稍高的丘陵上，除發生特殊情況外無須擔心，但還是小心爲妙。

整個晚上，城內無人入睡。賴藝有時忽然露出恐懼之色，抬頭問道：

「什麼聲音？」

「下雨的聲音。」

又下起雨來了。就像從城裡的屋頂傾注而下，其勢頭已經不能說是雨，而是瀑布。

「天要塌了。」

庄九郎自言自語。隨後，天文三年九月六日這一天，史無前例的大洪水席捲美濃平原。

轟隆，大地發出悲鳴。

「地震了嗎？」

「不是。」

庄九郎扛著六尺長槍飛奔而出，站在石頭上立身張望時，連他都打了一個寒噤。

美濃已經變成一片汪洋。

洪水嘩嘩地向西沖瀉而去，房屋、森林和村莊都被淹沒，有的被捲走。

（末日來臨了……）

他預感到。東方的天空開始泛白，很快就亮了起來。仔細一看，方圓一里內唯一浮在水面上的，只有這座枝廣城，露出水面的城牆也只有三尺左右。從遠處看，就像一片漂浮在水上的枯葉一般，教人膽戰心驚。

之後的數百年，這次的洪災以「中屋決堤」之名被記錄下來。長良川在稻葉郡的中屋村（今各務原市）潰堤。還不僅僅這一處。

如果把長良川這條大河比作巨龍，那麼它就是在中屋村興風作浪，搖著龍尾甩出兩里地。

河道移位了。

橫沖過兩里地的寬度，匯入枝廣城前的津保川。

津保川也成了汪洋。庄九郎等人聽到的大地轟隆聲，就是這條河的河堤徹底被衝垮時發出的聲音。

自從這次氾濫之後，長良川便一直與津保川交匯至今。在此之前，長良川位於現在的岐阜市往北七公里處，呈半圓狀迂迴，與伊自良川交匯。

可以說是改天換地了。

這次的水災在平原地區也是史無前例，被沖走的房屋達數千棟，死傷兩萬多人。

庄九郎撐著船。

二十餘艘船上載著賴藝和他的家丁、妻妾在濁流中漫無目的地漂流著。

天空烏雲密佈，昏暗得看不見女眷蒼白的臉色。

「咱們去哪兒呀？川手城和加納城也不知道怎麼樣了？」

賴藝問道。這兩座城都位於平原，不知道現在會是什麼情況。

「不清楚。」

庄九郎喃喃說著，仰頭望著天上的烏雲。洪水把美濃給沖垮了，長期以來的苦心經營，瞬間化爲烏有。

「當洪水以前的日子，」

《聖經．馬太福音》第二十四章中寫道：

「人照常吃喝嫁娶，直到挪亞進方舟的那日。」

庄九郎自然不會知道這個遙遠國度的神話，然而他的預感與其驚人的一致。

死裡逃生。

在濁流和泥土中漂流整整一天後，終於抵達庄九郎的領地加納城。這座城也只剩土壘浮在水面上，但比起枝廣來要安全得多。

「先在此地休息一陣吧！」

他安頓好賴藝一行。

又過了幾日，天終於見晴。然而美濃一帶的田地都已化作泥濘，今年的收成根本沒指望了。

庄九郎馬上派耳次前去京都通知赤兵衛運米，自己則每天踩著泥濘指揮領地和賴藝所轄各村的救災工作。

他還以賴藝的名義，向三河、尾張和伊勢發出求援書信。

小麥和味噌等救援物資源源不斷地運到美濃，並分發到美濃境內地侍的手上。

自古以來，領主都只是從百姓身上搜刮民脂，庄九郎的做法無疑世上少見。也許正因爲他出身低微，又長期經商，才會具備這種感覺和能力。

由此，庄九郎在自己和別人的領地都獲得百姓的愛戴。

「美濃的救護神啊！」

各村的村民口口相傳。這時，赤兵衛也從京都運來米。村民喝到米粥，對庄九郎更是感激涕零。

庄九郎巧妙地利用了洪水。

不僅如此，可以說，他把洪水變成手段。

「看來枝廣是不能住了。」

他勸賴藝，後者也接受他的建議，繼川手城、加納城（都位於今岐阜市）之後又搬到向北五里處的山區。

有一座大桑城。

原本是飛驒大桑山上的一座古城，庄九郎親自監工，把它改造得煥然一新、富麗堂皇。而且由於地處山頂，再也不會受洪水之苦。

賴藝原本就畏懼洪水，高興得手舞足蹈：

「早些搬到那兒就好了！」

他做夢也未曾想到，其實自己被趕出來了。

庄九郎當然不會去大桑城那樣的偏遠地帶，而是往返於美濃平原的加納城和川手城之間，代替賴藝處理政務。

不過——

他開始不滿足於這兩座平坦之地的城池。雖然在政務處理上比較方便，然而在交戰、洪水面前卻毫無抵禦能力。

（是時候考慮在金華山—稻葉山蓋一座三國之最的巨城了。）

洪水過後，庄九郎開始思考。

自從庄九郎來到美濃後，在金華山上築城的念頭一年比一年更加迫切。

改姓齋藤

「美濃蝮蛇。」

令戰國諸侯聞風喪膽的齋藤道三也就是庄九郎，得到後來載入史冊的齋藤一姓，是在天文五年（一五三六）的春天。而這一年，後來成爲道三女婿的織田信長已經呱呱墜地，虛歲三歲。

信長的妻子，也就是才貌雙全的庄九郎和小見之方所生之女「濃姬」，此時正好兩歲。

都還在牙牙學語。

同樣在庄九郎改姓齋藤的天文五年元旦，鄰國尾張中村的一間破舊房屋裡誕生了一名男嬰。他就是後來的豐臣秀吉。

也就是說這一年，揭開了道三、信長、秀吉這一戰國系譜的序幕。

再補充幾句。

日本人的姓氏中最爲常見的齋藤，出現於平安朝初期。

平安初期，鎮守府將軍藤原利仁生了個兒子叫敘用。具體情況不詳，但藤原敘用此人原是齋藤這個姓氏的先祖。

藤原敘用入仕途後掌管伊勢齋宮（齋宮寮頭），官居從五位上。

朝廷的群臣中藤原姓氏居多，由於難以區分，便用京都府邸所在地的街道名加以區別（如近衛、一條、三條等），而遷徙到外地居住的子孫則加上地名，例如到加賀的人稱做加藤。

敘用當上了齋宮寮頭，於是被簡稱爲「齋藤」。

他的子孫分散到各國。由於是鎭守府將軍利仁的直系後代，他們在各國都享有特權，例如羽前、武藏、加賀、能登、越中、越後以及美濃等國，特別是北國、東國和坂東的勢力更是盛極一時。在《平家物語》裡白髮蒼蒼奔赴戰場的平家老侍大將齋藤別當實盛就住在武藏國長井，歌謠〈安宅〉中所唱的加賀守護職齋藤富樫介一族則在加賀聲名顯赫。

美濃的齋藤氏早在足利幕府末期，就出了一位叫做齋藤妙椿的武士，除了美濃守護職土岐家的家老這一身分外，還精通詩詞，時常邀請京都的公卿前往美濃相聚，名揚京城。

庄九郎當時的美濃齋藤家，由於與國主土岐家之間聯姻而地位相當，和長井家並列爲美濃的名門，前面已經數次提到。

「你繼承齋藤家好了。」

國主賴藝提議道。雖說庄九郎有意朝此方向行動不假，然而齋藤的宗家幾乎無後——一代名門就這樣沒落未免可惜。

這個理由再正當不過了。

只是，美濃齋藤家的分支散在國內各地，要繼承宗家也輪不到毫無關係的庄九郎，而應該是那些血親。

因此，此一舉措並不名正言順。

或者說，庄九郎硬是以「領賴藝之命」爲由搶過這一名號安在自己頭上。

庄九郎給自己安的名字是：

齋藤左近大夫秀龍。

到此爲止，庄九郎來到美濃，已經耗費了整整十五年的光陰。

改姓後，庄九郎立刻喬裝打扮悄悄回到京都，在春色盎然的京城逗留數日。

到了京都的山崎屋，他又變回油鋪的主人「山崎屋庄九郎」。

「萬阿，過不了多久，美濃就是我的了。」

他說。接著又把剛改的新名字告訴萬阿。

「齋藤・左近大夫・秀龍。」萬阿鋪開紙一一寫出假名，笑著說：「太拗口了。」

她又在口中反覆念了幾遍。哪能身爲妻子，連丈夫的名字都不知道。

站在萬阿的角度，想必世上沒有比庄九郎更出格的丈夫了。這個男人到底改了多少名字？最早是松波庄九郎，到妙覺寺本山求學時叫做法蓮房，還俗後又改回舊名。入贅奈良屋娶了萬阿後叫奈良屋庄九郎，換了商號後改稱山崎屋庄九郎，後來又繼承美濃無後的西村家叫做西村勘九郎，不久後又換到長井名下爲長井新九郎，簡直讓人眼花繚亂。

「究竟換了多少個名字，連我自己都記不清了。」

庄九郎笑了起來。

「名字不過是個符號，萬阿只要記住一個庄九郎就夠了。」

「你什麼時候當將軍呢？」

萬阿這麼問，並不是盼望庄九郎早點當上將軍，而是他們曾經約定，庄九郎當了將軍就回到京都，和從前一樣與萬阿每日廝守。

「是啊，會是什麼時候呢？」

庄九郎也輕聲笑起來：

「萬阿，其實想想，當將軍也挺無聊的。」

「怎麼了？」

「我要是當上將軍，統一天下，就沒事可幹了。想必會精力過剩。」

「夫君。」

「嗯？」

「你不想當將軍了嗎？」

萬阿突然換了一副口吻。

「如果你不當將軍了，就早點從美濃回來，接著賣油吧！」

「喂，我說。」

「因爲夫君是屬於萬阿的。美濃的那個什麼深芳野、小見之方什麼的，只是暫時替我照顧你而已。」

「萬阿，話不能這麼說。」

說著說著，天黑了。歸根結底，不過是兩口子的私房話而已。

晚上，庄九郎和萬阿在床上纏綿許久。作爲丈夫，雖然每年只能回來兩三次，每次都停留區區數日，卻竭盡所能滿足萬阿，恨不能抵過普通男人的一千夜。

夜深人靜，月色如水。

枕邊灑進淡淡的月光。萬阿起身去解手，過後到院裡用竹筒接水洗手，忽然覺得一陣暈眩，經過剛才的床笫之歡有些虛脫。

回到房裡。

「忘了問你，」萬阿開始在枕邊私語：「那個齋藤左近大夫秀龍是個什麼身分？」

「國主代理。」

齋藤宗家是美濃的小守護（守護代），也是土岐家的家老，可以說是實際上的國主。

「其實，家名、家世都是腐朽時代的亡靈，竟然大白天地出現在美濃嚇唬人，真是荒唐。我要按照我的想法重建美濃。但是爲了實現這些，剛開始要借這些舊亡靈的力量，所以我姓齋藤了。」

「不過……」

萬阿心存疑問。庄九郎利用守護職土岐賴藝的無能，借他的權威不可一世，美濃的國侍怎麼可能坐視不理呢？

「美濃是強兵黷武之國，美濃武士，震懾四方。你繼承了齋藤家，那些人要是老老實實地待著才奇怪呢。」

「你眞有眼光。」

庄九郎取了枕邊的酒壺，在杯裡注上酒，用左手小指蘸點柏樹葉上的味噌舔舔，右手則舉杯送到嘴邊，啜了一口後乾掉。

「回去後該有一場大仗要打了。」

蝮蛇輕描淡寫地說道。眼睛始終半睜著。

他好像在想作戰的事。

庄九郎的敵人，此刻正在美濃準備開戰。

這些敵人的面孔是：

國主賴藝的三個弟弟：揖斐五郎光親、鷲巢六郎光敦和土岐八郎賴香。

再加上齋藤家族的齋藤彥九郎宗雄。

他們動員的國眾美濃八千騎的村落貴族中，有三百騎毫無疑問會加入，按兵力算，一騎有五人跟隨的話則有一千五百人之多。

庄九郎這邊，自己人加上聽從賴藝命令的國侍，五千騎一萬五千人是有把握的。

剩下的，應該會保持中立吧。

於是，反對庄九郎的一派，背地裡開始勾結北方鄰國的越前國主朝倉孝景和西方鄰國近江的六角定賴，求助道：

「蝮蛇想吞噬美濃。請出兵美濃，和我們一道取他的項上首級。」

朝倉和六角二人也爽快地回信道：

「眞讓人同情。」

其實，他們想乘著這場內亂混進兵美濃，瓜分領地。

越前朝倉和近江六角等人進行協商。

就算不能馬上把美濃據爲己有，然而打倒美濃的庄九郎本身就具有重大的意義。

他們害怕美濃在庄九郎的手裡變得國富民強。鄰國的富強才是心腹大患。

途經美濃前來越前和近江的土匪和路人中，有人稱讚庄九郎說：「雖說此人平步青雲，倒也稱得上是個百年罕見的英雄豪傑。」

美濃的內亂，正是出兵的好機會。

他們進行了幾次軍事密談，這些消息也傳入庄九郎的耳裡。

庄九郎成爲齋藤左近大夫後，除了以前的輕海城和加納城，還擁有稻葉山城和別府城，又掌管著府城川手城，有時候還前往賴藝所在的大桑城朝見，行蹤不定。

「此人居所不定，到底在哪裡的時間最多，要好好查查。」

庄九郎的敵人開始蒐集情報。

那時，庄九郎正好去了一趟京都。這件事連他的心腹都極少有人知道。他平時本來就居無定所，就算消失，家臣也會以爲「去另一座城了吧」。

身兼好幾座城的城主，來去就像一陣輕煙飄忽不定。

庄九郎本想大張旗鼓地在稻葉山城（金華山城、後來的岐阜城）的天險處建城，卻考慮到目前時機未到。

他一從京都回到美濃，首先做的就是：

「立別府爲大本營。」

其實他是爲了掩人耳目。

不僅是敵人，對小見之方和深芳野也加以隱瞞，很快就把她們遷到別府城中居住。

赤兵衛不由得大吃一驚，問道：「您不會是眞的吧？」

別府城位於現在的穗積町（岐阜市的西南二公里處），用挖城河的泥土砌成土壘，上面建了一圈城牆而已，一旦有敵人攻打將不堪一擊。

而且它處於一望無際的美濃平原正中央，缺少有利地形，如果被大軍包圍，半天就會陷落。

而且很容易被敵軍包圍。

「這座城就像雞蛋一樣，您想讓它被敵人砸個粉碎嗎？」赤兵衛極力反對，一個勁地勸庄九郎：「何不在稻葉山上建城呢？」

「傻瓜！」庄九郎不怒反笑。

按照他的作戰計畫，是把別府城當作誘餌盡可能地吸引敵人上鉤，在平坦的原野上決一死戰，一舉殲滅國內外的敵人。

（千載難逢的好機會。）

他想。

首先需要招兵買馬。他馬上到大桑城拜見賴藝：

「揖斐五郎大人、鷲巢六郎大人和齋藤宗雄有意謀反。」

他講述了一下情形，賴藝大驚失色：「這可如何是好啊？」

卻毫無對策。他已經把腦力工作完全委託給庄九郎。

「請秘密向美濃國中的忠臣們發出軍令。」庄九郎請求道。

賴藝馬上親筆簽署軍令狀。

接下來，爲了讓他們能在短時間內從美濃平原的各個方向趕來集合，又在國內的二十個地方設置烽火台。

一切準備就緒後，庄九郎便進入別府城等待敵人的到來。他每天都傳喚附近的地侍大擺酒席。

「齋藤左近大夫在別府城。」

他向所有人發出此一訊息。庄九郎連同整座城，都成了誘餌。

這一年的九月。

庄九郎做好了邀請京都連歌師的安排，早在兩個月前就公告全國：

「當日歡迎文雅之士參加。」

這個消息當然也落入揖斐五郎和鷲巢六郎等人的耳裡。

（那個人暴露出行蹤，那天一定會在別府城中。）

他們判斷道，並遣密使去通知越前和近江做好出兵準備。

九月到了，舉行連歌大會的日子就定在十日。

庄九郎等著這一天。

隨著日子一天一天逼近，他接到越前、近江已經出兵的諜報，到了九日，越前的軍隊從北國街道南下，近江軍隊沿著美濃街道朝東挺進，在兩條街道的交匯點美濃的關原匯合。

庄九郎接到這個消息時，正在別府城中休閒地下著棋。

探子不斷來報，庄九郎卻文風不動，拒絕道：

「一定是弄錯了。」

他不僅不做任何準備，還故意大聲說：

「五郎大人和六郎大人就算對政務心有不滿，也不至於招引境外的軍隊。」

他的話被混入城裡的敵軍探子聽到，自然也就傳到敵人的耳中。

——那個呆瓜疏忽大意，連守城的準備都沒做。

五郎、六郎聽後大喜。

終於到了連歌大會這一天，庄九郎親自四處奔走做好部署，快開始前卻不見蹤影。

人已經出了城。

他換上茶色的麻衣，一副尋常百姓的打扮，直奔東南方向進入稻葉山城，穿上盔甲和戰靴。

不過，還沒到點烽火的時候。

不久，美濃、越前和近江的兩萬聯軍在關原匯合後開始朝著別府城行進，這才點烽火做信號。

烽火立即傳遍整個美濃平原，武士和士兵從四面八方趕來，按照事先的計畫集聚在金華山山腳下。

庄九郎騎在馬上。

他衝進人群中進行部署，人數越多包圍圈就越大，包圍別府城的聯軍做夢也沒想到，他們竟然中了庄九郎的埋伏。

揮鞭

偶爾，歷史會造就英雄。

但不是經常。理由是一個穩定的社會根本不需要英雄豪傑這類特殊人物。或者說，在穩定的社會秩序中，出現一個百年不遇的怪人反而會成爲一劑毒藥。

只是，這些秩序總是會變得陳舊。

舊的秩序腐朽潰爛時，如果原有的統治階層喪失統治能力，人們就會翹首盼望這劑毒藥能夠挽救他們。

在美濃十幾個郡中嶄露頭角的庄九郎就是這劑毒藥。美濃不時會遭遇長良川連年的氾濫、霜凍和蟲害，莊稼歉收，青黃不接的季節連地侍家庭都要挨餓。再加上鄰國的尾張、近江不斷騷擾國境，每逢豐收前夕便將這裡的農田洗劫一空。

「我要拯救美濃。」

庄九郎經常把這句話掛在嘴邊，漸漸地也滲透到農村。

農村，特別是庄九郎領地的人都把他尊爲神仙，大家都不叫他齋藤大人，而是喜歡他剃度出走時使用過的名字：

「道三大人。」

這個稱呼似乎聽起來更神秘，更接近救世主。

農民這麼愛戴庄九郎是有緣由的。在那場長良川大決堤時，庄九郎在自己的領地中免除了災區五座村莊的年貢。

百姓如獲新生，這個消息傳遍美濃的大小村莊，其他領地的百姓也紛紛表示：

「我們也想去道三大人那裡種地。」

長良川氾濫的第二年遭受霜凍，庄九郎又把當年百分之五十的年貢率降低到百分之二十。

也就是說，庄九郎僅從農民的收成中提取二成。連軍隊都養不起，更別說築城。既無法養活家丁，也無法採購武器，身居「公職」的庄九郎連維持生計都有困難。

「不過，」庄九郎也向農民開出條件：「你們的油一定要從京都的山崎屋買。」

他是絕不會吃虧的。

不僅如此。為了補充士兵人數的不足，他增加了「無足人」制度。所謂無足，就是沒有領地和俸祿，只要幹活就行。

這些人平時在農村種地，城裡響起號角聲時就扔下犁鍬集合，充做足輕。

「如果是為了道三大人的話。」

領地上大小村莊的年輕人都踴躍報名。

包圍揖斐五郎和鷲巢六郎等人的軍隊中，就有不少士兵是這種情況。

言歸正傳——

庄九郎完成對五郎、六郎部隊的包圍工作時，已經是拂曉時分。

庄九郎驅馬前往各個陣營鼓勵士氣，又親自到前線偵察敵情，心裡卻在嘀咕：

（這次能不能一舉殲滅呢？）

這個時代，在戰場上將對方斬盡殺絕也是作戰的手段之一。

之所以這麼說，是因爲敵人是代表美濃舊統治階級的頑固傢伙，他們打著反對庄九郎的旗幟組成聯軍。如果乘機消滅他們就可以免除心腹之患。

反對庄九郎的人，並不是單單因爲來自異國他鄉的庄九郎使用非常手段奪取功名而記恨在心。

而是因爲他們無法忍受庄九郎打破美濃的舊秩序。

首先在錄用人才上，庄九郎根本不考慮門第，只要從百姓中發現才華出眾的人，立刻就封爲武士。

對舊勢力而言，這些無疑是對舊秩序的破壞。美濃以及日本中世時期的社會都以血統爲貴，統治者的後代仍舊是統治者，秩序由此得以維持。

而庄九郎在守護職土岐賴藝的管轄領地以及自己身爲小守護的領地都廢除這些制度，對美濃的其他領土造成很大的影響。

其他地方的百姓開始動搖。

——道三大人的領地內只要有能力，農民也能當上官。

他們由此羨慕庄九郎的領民，而對自己的領主心生不滿。

不僅如此。

雖還未正式實施，庄九郎正打算在自己的領地內開設自由市場：

「樂市。」

「樂座。」

當時，縱觀天下，經商一律需要批准，可以說是一種專賣制度。

比如說庄九郎在京都的家業油鋪，就需要大山崎八幡宮的批准，漆和蠟則歸石清水八幡宮管。京都的三條、七條開設綿座的人擁有棉花的專賣權，和服腰帶有京都的帶問丸這一專賣協會，斗笠由攝津的四天王寺掌管。如果有人敢隨便賣，擁有許可權（專賣權）的神社寺院等就會派人前往打砸加以制裁，或是委託將軍或地方守護出兵搶奪，甚至殺人滅口。

（沒有比這個更霸道的了。）

庄九郎從賣油時就有著切身體會。不但要把銷售額的一部分無條件地上交給大山崎八幡宮，銷售區域也受到八幡宮的嚴格限制，決不能越界。

「最起碼要在我自己的領地開辦自由市場。」

庄九郎一直叨念著。

受到打擊的是擁有各種物品許可權的神社寺院。這些舊秩序下的商業機構的統治者驚聞此事後，連忙託付美濃的舊勢力採取推翻庄九郎的軍事行動，於是造成這次的會戰。

商業統治者多數是京都、攝津和奈良的神社寺院，與各國的守護和豪族關係十分微妙。

這次揖斐五郎和鷲巢六郎能從越前、近江請來「外國勢力」，大概也離不開這些神社寺院的側面推動。

總之，庄九郎真正的敵人並不是美濃國內反對他的那些地侍，而是已經開始走向滅亡的中世紀的權威。

晌午已過。

庄九郎讓人吹響號角發出信號，開始逐漸縮小包圍圈。

他的旗幟在猛烈的西風中飄舞。

旗上印著黑色的二頭波頭。

它象徵著庄九郎的戰術思想：進攻時如怒濤，撤退時如退潮般無聲無息。

要推翻庄九郎的聯軍大將揖斐五郎生得一對細眉。只可惜長在男人臉上。眼睛上的彎彎蛾眉襯得額頭格外清秀。

「我想把眉毛剃了。」

他不小心說漏了嘴。

剃眉、用黑漿染齒、淡描唇、臉刷白粉，就能變成一張美濃守護職的臉。幾乎所有地方的守護職都模仿京都公卿使用胭脂。可見，「剃眉」這句話具有重大的意義。也就是表明要趕跑自己的親哥哥土岐賴藝，自己佔據守護職之位。

這次舉兵也有此意。先除掉庄九郎，再趕走賴藝。

弟弟鷲巢六郎前來相助。六郎貌似狡猾，經常要一些小聰明。

——六郎乃小智之人，適合當雜兵。

庄九郎這樣嘲笑過他。此人只有雜兵水準，卻由於出身名門而當上一軍之統帥，庄九郎怎麼說都不服氣。

「弟弟，」揖斐五郎慌了陣腳：「山上山下全是敵人，再打下去也不是辦法。撐到晚上就撤退吧。」

「說什麼傻話！」

弟弟六郎向東遠眺著。油商的二頭波頭旗正迎風飄揚。

他慌忙轉移視線，望著眼前的城樓。

柵欄對面的溝勉強能稱得上護城河，泥土砌成的土壘上插著木楯，角樓是用廢舊木材建的，看上去不堪一擊。

「先攻下城抓住那人的老婆孩子當作人質，其他的再說吧。」

「曹司（譯注：官職名，指住在宮中的貴族子弟）大人。」

他們的同夥齋藤彥九郎宗雄開口道。此人年近四十，比五郎、六郎老謀深算得多。

「我們的目標不是這座小城，而是旗下的那個人。把越前、近江兵召集到此，只要大家齊心協力就一定能打贏。大敵當前，猶豫不決只會降低士氣。而且，」

他接著說：

「雖說敵人人多勢眾，卻大多是那個傢伙領地上的百姓扛槍上陣而已。我們這邊卻個個驍勇善戰，還有越前和近江的援軍。請您下令吧！」

五郎、六郎於是開始部署決戰陣容，鳴笛擊鼓，傳令將校奔相走告。

且說庄九郎。

他正勒馬立於大軍陣前。

（敵人開始有動靜了。）

他看出敵人想把兵馬集中到一處的打算，也下達了軍令。

既然已經看出敵人的陣法，他下令每隊的物頭（隊長）都記住進退的信號。隨後，庄九郎下令點起烽火。

一股黑煙立刻升上天空。

瞬間，原先的包圍圈立即分散，遠近的部隊都集合到一處。

整個過程無聲無息。打仗時必用的號角、戰鼓、銅鑼都避之不用。

庄九郎知道，無聲的進退更有利於造成敵人的恐怖心理。

按照事先的安排，他的人馬靈活敏捷地各就各位。

陣已布好。採用的是鶴翼之陣，就像鶴張開翅膀一樣。

他手下的部隊最大的特點是足輕人數多。從中世紀騎兵為主的戰術中解脫出來，以步兵（足輕）為中心，為了避免步兵遭到騎兵踩踏，把他們所持的槍加長到三間長。

另外，庄九郎成立「斬馬」的特殊部隊。敵人的騎兵入侵時，每組二十五人就像蚱蜢一樣跳上去，手持六尺棍，棍尖上綁著三尺長的刀，專削敵人的馬腿。

「齊吼！」

庄九郎一聲令下。

號角一吹響，美濃平原上立刻響起震耳欲聾的吼叫聲，庄九郎又下令道：

「擊鼓！」

一瞬間鼓聲大作，繼而變得有節奏，各隊人馬施展著鶴翼陣形開始如潮水般湧出。

庄九郎坐鎮中軍。

很快的，大軍就越過田野，穿過松林，來到一望無垠的平原上。

和敵軍相隔不到百公尺。

庄九郎揮了揮手中的金色采配（武將指揮作戰的道具，編按），戰鼓聲頓時變得又快又急。

將士們加快腳步。鼓聲時徐時疾，他們開始奔跑起來。

先頭的五支弓箭隊同時單膝跪地，張弓瞄射。

這是爲了攻擊敵軍的前列部隊。敵方的箭也密密麻麻地射過來。

戰鼓聲更急促了。

與此同時，庄九郎的陣營中衝出數十名騎兵，後面緊跟著扛著長槍的足輕部隊進行突擊。

敵方也衝出數百騎人馬。

短兵相接。

一時陷入混戰。

庄九郎又指揮騎兵隊上前，長槍隊突擊，並命令弓箭隊從側面放箭，採取靈活的戰術。

然而，敵人是名震天下的美濃騎兵，自己這邊雖也是美濃將士，卻以經驗不足的百姓居多。

敵人的大軍將庄九郎的十三段防守圈衝破了七段。

「斬馬——」

庄九郎下令。

斬馬隊紛紛縱身向前，瞄準敵人戰馬的馬腳橫掃過去。

落馬的武士無不喪命在其他士兵手中。

這時，庄九郎掏出號角，仰天吹了三聲。

號角聲傳到敵人身後的別府城，赤兵衛指揮著城兵打開柵欄，蜂擁而出。

敵人腹背受敵。

「敵軍必敗，衝啊！」

庄九郎親自拎著槍，策馬衝到前鋒。

一直衝到敵軍陣中。

敵軍轟然潰退。

正因爲隊伍裡有「外國兵」，才潰退得更爲慘烈。越前、近江來的援兵都不想把命丟在異國的戰場，紛紛朝著北國街道逃命。

「不用追，由他們去。」

庄九郎喊道，眾人如同火焰般攻向戰場上躊躇不前的美濃敵軍。

（要讓整個美濃知道我的厲害。）

就這一點而言，這次的戰場可說是宣傳自己的絕好機會。

敵軍的美濃將士頑強抵抗。

然而，他們畢竟也是地侍聯軍，不分勝負時尚可堅持，一旦敗局已定，他們也就忙不迭地逃回自己的領地去了。

敵軍逃了一批又一批，戰場上剩下的人馬已寥寥無幾。

庄九郎就像突然想起什麼，兩腿一蹬馬腹，單槍匹馬就朝敵軍的大本營衝去。

有武士中途攔截，庄九郎卻視若無睹。

馬奔跑著。

穿過沼澤，掠過草地，他拚全力衝進戰旗林立的敵軍帳營中，對著扶著案几正要站起來的揖斐五郎揚手揮了一鞭：

「小子，我不請自來了！」

啪的一聲，五郎塗脂抹粉的臉部結結實實地挨了一鞭。

一看五郎倒地，庄九郎勒住馬韁退後，一回頭看到鷲巢六郎，揮手啪的又是一鞭。頓時鼻血直流，六郎當即捂臉倒下。

旗本眾慌忙揮槍要上來抵擋，庄九郎卻已經縱馬躍過柵欄，朗聲道：

「且饒汝等性命。裡通敵國越前、近江，引狼入室本罪大惡極，但念在你們是主公弟弟的情分上饒你們不死。還不快滾！」

他勒馬在柵欄外原地打轉，又道：

「如果還想當武士的話，那就好好練武吧！」

說完，他伏在馬背上，一陣風似的飛馳而去。

庄九郎考慮到，如果殺了美濃守護職的兩個弟弟，國內的輿論一定會對自己不利。

正因如此，他才冒死衝進敵人陣營裡，肆意羞辱。

後來，美濃人提到揖斐五郎和鷲巢六郎時，都說：

——受到如此羞辱尚能苟且偷生，實在有違武士之風。

兩人在美濃的名聲自此一落千丈。

築城

天文八年（一五三九）三月，庄九郎開始著手設計稻葉山城（金華山城、岐阜城）。

首先需要實地考察。庄九郎每天都攀登上這座聳立在美濃平原上的天險，遍訪山中，將注意事項仔細地一一記下。

他習慣赤身裸體，身上除了手足上的護甲外，就只剩下腰間的一根束帶。

他或在古木參天的樹林中跳躍奔跑，或沿著山谷而下，或攀登岩壁。

山裡的樵夫看見了，紛紛傳聞道：

「最近山裡出了隻妖怪。」

事實上，庄九郎確實是一隻降落到美濃國的妖怪。考察之後，開始畫設計圖。庄九郎竟然陶醉其中。

（沒想到我還有這方面的才能。）

連他自己都吃驚地發現，不停有新點子冒出來。一生當中，沒有比發現自己的才華更讓人愉悅了。

登山的道路只設計了兩條。推倒山頂上的舊城樓重新建成三層的本丸（譯注：主城樓），在每座山峰都建上小城樓以防備出現死角，在山脊修建道路使其連接，並充分利用山谷的險峻。

就這樣過了一陣子，他的構思逐漸飽滿清晰，還繪了好幾張圖紙。

「赤兵衛，你看。」

他拿出塗上山川顏色的圖紙，赤兵衛吃驚得合不攏嘴。要說山陽道、畿內、美濃、尾張、三河一帶的城樓他也大都見過，但這次卻讓他大開眼界。

「這，這是城嗎？」

「你說呢？」

「哈哈，是幅畫吧？好像唐土那邊的畫。」

「這樣啊！」

當時的城樓基本上都是用茅草鋪的房頂，而畫中的本丸、角樓和小城樓使用的卻是燒成銀色的瓦片。

而且，這些城樓並非各自孤立，有的用隱藏的通道相連，有的則用巨木搭建的柵欄連接，看上去整座山變成一座城。

「這樣的城我還是第一次看見。」

「我也是。」庄九郎不禁苦笑道。

「不會是大人在做夢吧？」

「廢話。連夢都不做那還叫人嗎？就算不能馬上實現，也要一點點地蓋起來。」

「反正，」赤兵衛深深地吸了一口氣：「這肯定是天下最大的一座城樓。」

赤兵衛的感想並不誇張。當時的城樓，包括國主的居城在內，稱作「館」更加貼切。一般都不是用石頭砌的，而是用挖溝的泥土堆起土壘四周安上柵欄罷了，根本不足以禦敵，建築物也多為平房。

庄九郎要在山上蓋的這座城，可以稱之為樓或是閣。光憑這一點，就可以鎮住天下人了。

「不過有錢蓋城樓嗎？」

「總會有辦法的。」

「眞的嗎？」赤兵衛不明白。

「哈哈，你不用擔心。」庄九郎胸有成竹。

總之，建一座大要塞是當務之急。庄九郎雖說已經是美濃的小守護齋藤秀龍，也不過是土岐家的家老，在國內的地位也只是美濃地侍團的代表之一。而區區一名地侍，居然要蓋一座連守護職都不曾有的巨城。

當然——

會有人詆毀他「僭位越分」。不過庄九郎向來是不理睬這些流言蜚語的。

只要建成就是我的。有了巨城作後盾，在美濃的發言權就不是今日可比了。

——全靠實力。

庄九郎早有思想準備。他是個徹底的實力論者。

但是，還有一個難題：能不能找到合適的工匠。

「赤兵衛，哪兒有木匠？」

「我就說嘛，夢終究是夢。」

「對蠢人而言永遠是夢，像這種偉大的設計——」

「您是說赤兵衛很蠢嗎？」

「你照照鏡子就知道了，紅鼻子塌嘴唇，哪兒有聰明樣子？」

「您眞會說。」

赤兵衛哭喪著臉。他現在身爲齋藤家的伽眾（陪主子商談閒聊的屬下），在其他的家臣面前可是一副了不起的面孔。

庄九郎開始物色工匠。這時，耳次帶來一個好消息。

「鄰國的尾張倒是有一個。」

他說。

尾張熱田大神宮裡有個叫岡部又右衛門的木匠，年紀輕輕，在神社佛寺的建築上卻有著極高的天分。

「評價不錯嘛。」

「不過實際上有困難。此人身在鄰國尾張，且不說路途遙遠，就說他怎麼會到兩國交惡的美濃來呢？到美濃建城的消息一旦洩漏，一定會被織田信秀殺了。就算不殺，也保不準會向織田家洩漏新城的秘密，那就前功盡棄了。」

「耳次，城裡哪有什麼秘密？那都是傳聞而已。名將守城，即使是座土城也能名垂不朽，反之愚將守城，縱然是固若金湯也會瞬間淪陷。這就是城。不是城打仗，而是人打仗。」

「那爲什麼還要建城呢？」

「爲了嚇唬那些蠢人罷了。」

「噢。」

再往下說，耳次要聽不懂了。

那麼，尾張的岡部又右衛門到底會不會來呢？

（如果派人去請，只會吃閉門羹。）

庄九郎思慮一番後，又打扮成油商的模樣單身前往尾張。這個男人的敏捷利落的態度，和從前並無兩樣。

§

庄九郎乘著夜色出了加納城，渡過美濃邊界的木曾川進入尾張。

他頭戴油膩膩的黑頭巾，身穿一件栗色麻布上衣，下身套了一條鬆垮垮的褲子，肩上的秤桿兩頭各挑著一只油桶，熟練地走街串巷。

「賣油嘍，大山崎的神油嘞。」

他挑著油，一雙精銳的眼睛早把村莊的光景和道路的情況牢牢記在心，有朝一日攻打此地時會派上用場的。

奔走數日，來到熱田。到底是僅次於伊勢、出雲的大神宮，果然占地不小。

然而走進神宮的林子裡，才發現很多附屬的小神社都腐朽不堪，大門和大殿的屋頂雜草叢生，一副頹廢的光景。想必這塊用作神宮的領地，受到各方豪族的壓榨，連修建的費用都拿不出來了。

庄九郎進了春敲門，穿過樹林來到下馬鳥居，走上御手洗川上的下馬橋。

過了河，前面有十來戶人家居住。其中有一棟像是奉公之人住的房子，一看果然是岡部又右衛門的家。

門敞著，庄九郎走了進去。前面是一間破舊的茅草房，旁邊有塊菜地，一名年輕男子正拿著鍬種地。

他朝庄九郎看過來，目光十分伶俐。庄九郎一眼斷定此人就是岡部又右衛門。

此人衣著襤褸。神宮的頹廢剝奪了工匠的活計，生活困窘。

「您是岡部又右衛門閣下嗎？」

庄九郎親切地微笑著向前靠近。

「正是。」

又右衛門也笑了。也許是受到庄九郎親切笑容的感染，也許是與俗人不同的工匠性格所致，又右衛門從一開始就放鬆了警惕。

「你是山城國大山崎的神人嗎？」

來者雖然語氣恭敬，卻不卑不亢地在菜地沿上坐下來。其實仔細看看就能發現此人不是一般的油商，又右衛門卻絲毫沒有在意。

「油是用不著的。看看我們過的日子就知道了，哪買得起油。日落而息，日出而作罷了。」

庄九郎笑眯眯地搖著頭：

「我來給您送油。桶裡的油雖然是賣剩的，但夠點一個月的燈了，都送您了。」

「您真好，真的給我嗎？」他高興極了，立刻跑到油桶旁揭開蓋子：「好油，能當鏡子照。」

他興奮得像個孩子。庄九郎十分喜歡他的這種孩子氣，一旦工作起來，他也會像個孩子一樣沉迷其中吧。

「您有妻室嗎？」

「跑了。我要出遊，好幾個月都回不來，家裡又沒錢，不跑才怪呢。」

「你說的出遊是？」

「去京都和奈良看房子啊，這樣我們才能長長本事。」

「你看看這個。」

庄九郎從懷裡掏出自己畫的圖紙，在菜地上鋪開來。

「這是什麼？」

又右衛門湊上前來。看著看著，他的眼睛開始閃閃發光，屏住呼吸，一動不動地待了一會兒後，抬起頭盯著庄九郎。

「這是唐國的山城嗎？從哪兒弄到的？妙極了。唐國的哪座山呢？要是有翅膀，我眞想飛過去親眼看看。」

「不飛過去也能看。」

「哦，在哪兒？」

「哪兒都沒有，要開始建，就憑你我二人。」

「建在哪裡？」

又右衛門瞇起眼開始憑空想像。本來應該懷疑眼前來者的身分，他卻由於受到繪圖的刺激，沉浸在想像中。

「鄰國的美濃。要建在井之口（岐阜的舊稱）的稻葉山上。」

「唔？」

又右衛門忽然彈了一下自己的鼻子，臉就像喝過醋一樣變了顏色。他好像剛剛才明白過來。

「賣油的，你到底是誰？叫什麼名字？」

「岡部又右衛門，」庄九郎拍了拍他的肩膀：「為了找你，我千里迢迢越過邊境到這裡。一旦在尾張暴露身分，我就算有一百條命也不夠。也就是說，我是冒死來的。這都是因爲對你的傾慕。你若不理解我的心情，我是不會說出名字的，馬上收了圖從你眼前消失。你看怎麼樣？」

「等等。」

又右衛門兩手按著圖紙，就像孩子一樣。

「蹚過木曾川的心情，你能明白嗎？」

「倒也不是不懂。」

他又摸了一下鼻子，表情仍然沉浸在想像中。很奇怪的男子。

「我是一名工匠，只看工作，主人是誰都與我無關，就算是地獄的閻王讓我蓋閻王廟，我也會幫他蓋。」

「這才是工匠啊！」

庄九郎取下腰間的葫蘆，裡面裝著酒。

「喝一口吧！」

「我愛喝酒。不過太陽要下山了，咱們進屋，點上你給的油把酒暢飲吧！」

讓又右衛門感到振奮的是，不管這個賣油的人到底是誰，他身上有一種東西和自己極爲相似。

「但求知己啊。」

他撣撣腳底的泥上了台階，爲表歡迎，他重重地拉開木頭的格子門。

很快就點上燈添了酒。擺在兩人面前的下酒菜是庄九郎帶來的乾魚，用油炸過，香噴噴的。

「神人君。不過您怎麼看都像賣油的神人。」

「對啊，很早以前，我一直在走街串巷地賣油。」

「啊！這麼說您是……」

岡部又右衛門直起腰來。就算他再孤陋寡聞，也聽說過鄰國美濃的小守護大人以前曾是個賣油郎。

「您，不會就是……」

又右衛門盯著庄九郎不放。

「別這樣。」

庄九郎竟然覺得有些害羞，對方的目光裡赤裸裸地充滿好奇心。

「不會吧？」

「正是齋藤秀龍。這回你記住了？」

「請、請恕在下無禮。」

又右衛門想要屈膝跪拜，庄九郎攔住了。

「你是天下的岡部又右衛門。不過來了個一國的小守護，不必拘禮。我只能維持我這一代，你做的事情卻能流芳百世，你說誰更位居其上？」

「齋、齋藤大人。」

又右衛門緊張得說不出話來。這也難怪，迄今爲止，從未有人誇過這名沒沒無聞的年輕木匠爲「天下的岡部又右衛門」。

「賣、賣油的大人，我生性淡漠，但是您爲了我卻冒死潛入尾張，還誇我是天下唯一。就憑您這句話我就豁出命了。這張圖上的城是您的嗎？一定是。要不我今晚就逃出尾張去美濃吧，定當盡我所能。」

「太好了。」庄九郎把圖靠近燈下，問道：「有沒有不足之處？」

「有。」

又右衛門用手指著山頂西北麓隆起的一片高地。那裡有美濃有名的古神社，供奉著伊奈波明神。

「這裡是個障礙。」

又右衛門說道。

「嗯，不錯，要在北邊建大手門的話，這裡確實是個障礙，也不利於防守。那就馬上遷走吧。」

這話要讓旁人聽了，定會由於兩人觸犯神威而膽戰心驚，他們卻一心沉迷在城樓的設計中。原本神仙菩薩就是利用人的膽小，遇到眼前這兩隻鬼，恐怕神仙倒要避之唯恐不及。

後來，庄九郎把伊奈波明神的領地遷到當時的井之口洞（今岐阜市内伊奈波町），蓋得雄偉華麗。

工匠岡部又右衛門後來定居美濃，庄九郎的建築幾乎都出自他的手中。

例如，庄九郎讓又右衛門在美濃可兒郡兼山的烏峰上蓋了一座城。

這座城後來被搬到犬山，如今位於木曾川中流溪谷中的犬山城天守閣還保留著原來的結構。

「流芳百世。」

庄九郎說的話果然應驗了。

而且，由於熟知庄九郎的築城方法，岡部又右衛門後來又爲信長建造安土城。毫不誇張，他千眞萬確地成爲天下的岡部又右衛門。

木下闇

庄九郎向來小心謹慎，練就一身眼觀四面、耳聽八方的本領。然而近來，他經常覺得：

（有怪事。）

每天都有一絲微小的「變化」，例如下面要說的毛筆一事。

此時，庄九郎已經搬到稻葉山山腳下尚未完工的新宅中。山城也在岡部又右衛門的率領下加快工程進度，山腳下的府邸也基本完成，就差庭園還沒建好。

順便一提，庄九郎也就是齋藤道三建成的稻葉山府邸，雖然如今未能留下隻磚片瓦，卻傾盡他畢生的藝術才華。庭園採用東山風格，只要想想室町時期將軍營造的京都金閣寺、銀閣寺等庭園，應該不難想像全貌。

假山、池塘都已建好，庭木也大多栽好了。

庄九郎在領地的村莊裡擁有幾處府邸。最主要的有加納城、別府城和稻葉山城下的這幾座，晚上卻因流連於它們之間，反而不知所蹤。或者說是他有意地隱瞞自己晚上的行蹤。

白天，庄九郎基本上都在稻葉山腳的新宅子裡。

一邊在書齋裡寫東西，一邊透過窗子指揮庭園的工程。

書房的窗戶邊放著硯台。一天，他剛拿起筆，

（……？）

他側著頭仔細聽，然後喚道：

「赤兵衛，如有吃剩的魚肉，讓廚房拿些過來。」

很快的，赤兵衛端了碟子過來。是鯉魚肉。

庄九郎左手拿著筷子，夾起一塊魚肉，毛筆並未蘸墨，在上面彎彎曲曲地寫了一番。

「這是什麼？」

赤兵衛雖然不清楚庄九郎在搞什麼名堂，紅褐色的臉上卻滿是敬佩。

魚肉上寫的是：

南無妙法蓮華經

用的是類似日蓮的粗體。

「是什麼咒語嗎？」

「順手塗鴉而已。」

庄九郎垂著眼睛，似乎有些睏了。他把筷子上夾著的那塊肉「嗖」地扔到院子裡。

魚肉飛了出去，一直落到蹲在茶花樹下的一隻三毛貓的鼻子跟前。

貓馬上撲上去。

赤兵衛注視著這一切。很快的，他發出一聲低喊。

貓死了。

「怎麼回事，那隻貓……」

「死了對嗎？」

庄九郎頭也未抬，只是凝視著筆尖。上面被塗了毒藥。

塗藥的人，一定知道庄九郎在寫字時，習慣用牙咬開筆尖並用唾液理順筆毛的習慣。

「那隻貓——」

赤兵衛驚魂未定，嘴裡不停地念叨。也難怪，他知道這隻貓，是深芳野心愛的寵物。

「大人，那隻貓。」

「知道了，死了對嗎？」

庄九郎在沉思。

「這可怎麼辦？那可是深芳野夫人的寶貝啊！」

「不用擔心，我已經在上面寫了『南無妙法蓮華經』七字，現在一定到極樂世界了。——不過……」

「不過什麼？」

「稍微有點差錯，想必去極樂世界的就是我了。」

「您，您是說……」

「沒錯，有毒。」

庄九郎抬起頭，表情鎮靜得出奇。

「會、會是什麼人幹的？」

「我正在想呢。」

「想到了嗎？」

「哈哈，你這個呆子，」

庄九郎扔了手中的筆，說道：

「可疑的人太多，想得我都頭疼了。」

「這倒也是。」

……

赤兵衛毫無異議。處心積慮想殺庄九郎的人，美濃國裡大有人在。

異常之處還不止這些。

有一天庄九郎在別府城的裡屋睡覺，夜裡突然醒來，立即抓過佩刀飛躍而起，拔刀就砍過去。砍在拉門的糊紙上，足足有九尺長的裂縫，卻沒有任何回應。

「有刺客！」

庄九郎卻沒有叫喊。

他無聲地跳起來，從紙門的裂縫中躍出後抬腳踢開前面的木門，一陣風似的從門縫裡鑽出去，跳到漆黑的院子裡，開始奔跑。

這種時候，庄九郎從來不假思索。思索只會讓感覺變得遲鈍，一切都憑感覺。隨著感覺跳躍，或左右奔跑，飛身拔刀，揮斬後落地。

他現在就跟著感覺在奔跑。

「嚇！」

再重重砍下。

只見火花四濺，石頭砍裂了，碎石濺得到處都是。有個人影也隨之一躍。

影子輕輕跳到土牆上，俯視著庄九郎。

「什麼人？」庄九郎低聲問道。

刺客想了想，還是忍不住報上名字：

「木下闇是也。」

他低聲說完便離開了。

（反正，不是伊賀就是甲賀來的。）

庄九郎聽後也沒在意，只是命令耳次去查有無此人。比起刺客，他更關心是誰指使的。

「只要查到，就不用擔心了。」

一天夜裡，在稻葉山山腳下的府邸裡，庄九郎枕著深芳野的膝蓋說道。

「還是沒查到嗎？」

深芳野害怕得要命，就連她的房間稍有不慎，都有刺客來過的痕跡。泥巴、枯葉、死老鼠，甚至男人下身的束帶，總之有人故意惡作劇。

「深芳野，不用擔心，對方要的不是你，而是我這條命。」

庄九郎雖然滿臉都是笑容，卻時刻豎著耳朵聽著。

「不過……」

庄九郎想道，雇刺客的人也許不在美濃。

（會不會是從京都那邊過來的？）

他想。其實仔細一想，庄九郎現在的「業務」中最招人忌恨的是：

「樂市」和「樂座」。

他不僅在稻葉山上建城，在山腳下蓋府邸，而且做了任何一個統治者都沒做過的事。

他在自己的城下取消了「專賣權」。

他打算將城下町建立成商業城市。因此，蓋了好幾棟供行商販子住宿的旅店，特別照顧那些自遠地來兜售、批發貨品的商人，給他們方便。

雖然離題談過這個數回了，但還是爲讀者說明，當時的行商買賣，所有貨品的販售，皆是由奈良、京都的神社寺院或「座」所控制的，擅自買賣的人會遭到懲罰。

負責懲罰的是國主。執行的慣例是——神社寺院與座（同業公會）會向已徒具形式而不具影響力的室町幕府提出控訴，由幕府對國主提出通牒，讓國主發動警察權。但在庄九郎的時代這種古老的秩序已蕩然無存，多半是由座本身直接制裁，出動武裝軍隊對付商家。

簡單地說，「座」這種中世的商業公會組織，對各國中的主宰者守護職（國主）而言，可說是保護者，兩者的權威勢力自古因襲。

然而，庄九郎身爲美濃國守護代，卻背叛此一同盟，成了商業體制的破壞者。

當然，制裁也下來了。

項目繁多。

鹽、棉、漆、油、魚乾、銅、絲線、昆布、草帽等至少十幾二十種，多不勝數。每一種商品的背後都有「座」的勢力在控制，但對他們而言，對方非善類。對方是取締違法販售行爲不力的美濃守護代「齋藤秀龍」，而且還具有強大的軍事力量。

因此，才會雇流浪刺客前來吧。

「原來如此，不過……」

對於庄九郎嘟囔抱怨的這些，深芳野提出質問。

「可是，我不明白的是，大名地頭的話，應該都是在戰場上，身著歷代祖先流傳下來的緋紅盔甲，堂堂正正報上名來，這才是正統的武士本色。找來忍者等外頭的人進行不光明正大的暗殺。做出這種事來，還算得上是寺院神社的人嗎？」

庄九郎非常了解大山崎油業神人的來歷，對於他們的習性也很了解。這事情關乎利害衝突，與他們的存亡有莫大關係，懷著這種怨恨，復仇手段絕對不會用一般的方式進行。

「所以才？」

深芳野立刻領悟。庄九郎斷然推廣樂市樂座的傳聞，連深閨內院裡的她都聽聞了。

「是啊，是樂市樂座的緣故。」

「不要這麼做就不會發生這種事了吧。」

「這可不成。」

庄九郎朗聲說道：

「如果不執行樂市樂座，這種鄉間城下町是無法繁榮起來的。城下不繁榮，就無法課徵運上（工商業稅）。我可是準備拿樂市樂座的稅收支付山邊府邸與山城的建造費呢。」

「好吧。」

深芳野有些不開心地望著庄九郎。他是個具商人特質的武士，行事就是如此。透過商業利潤來建城，實在是古今前所未聞。

「啊哈哈哈，若是會怕刺客之類，不就半途而廢了。」

「您不怕神明降災嗎？」

有關這個，像是擅自賣蠟會遭八幡大菩薩降災，這類迷信自古就深入民間人們心中。蠟的營業許可，持有人是京都北野的北野天神（北野天滿宮）神人，所以這種迷信是爲了威脅無視買賣規矩的非法商人。

「這樣啊。城下町裡買賣的商品項有二十多種。每種物品上都附有神佛，若眞要遭神處罰的話，再多軀體也不夠呀。」

不久，城下町有這樣的流言傳出：

——齋藤大人因爲樂市樂座的緣故，神佛的處罰交相而至，不久就會暴斃了。

「這沒什麼。」

庄九郎不當一回事。

「這肯定是木下闇的手下費心散布的謠言。」

這段期間，先前不斷發生的異變突然消失了。

（神罰也好佛罰也好，也是會疲乏的。）

冬去春來。

到了春季，平民百姓將冬季製作的菅草商品集中運到稻葉城下的樂市，市場每天都像祭典一樣熱鬧繁盛。

這時，京都山崎屋的杉丸派了急飛腳（遞送文件等的信差，編按）來，信上說：

「夜盜闖入，把夫人擄走了。」

而且京都街坊間流傳，「山崎屋的主人在美濃因犯了禁忌之事而遭神罰，連妻子也被神隱，行蹤不明。」頻頻有這類耳語傳出。

對於此變故，連庄九郎也臉色鐵青。

（對萬阿復仇是嗎？）

這是對眾人殺一儆百的作法，就跟對付庄九郎一樣。

「赤兵衛，你負責留守。」

當晚，庄九郎囑咐赤兵衛。

「就保持我還在美濃這樣。如果人家知道我不在美濃，國內那些憎恨我的人會群起來襲，奪走這座城。」

「大人可是要去尋找萬阿夫人的下落？那樣的話，派幾名精壯的好手去吧。」

庄九郎堅持。「我去。」

「可是——」

赤兵衛話到嘴邊就停住。對於庄九郎這個人，依舊有許多地方不甚了解。

（明明幾乎可說是捨下了萬阿夫人來到美濃，難道還對她有愛憐之情嗎？）

赤兵衛一臉不可思議的神情。

「你那是什麼表情。」

「法蓮房大人，」

赤兵衛特別用以前的名字叫喚他：

「不管怎麼說，您還是愛戀著萬阿夫人吧。」

「真不好意思。」

庄九郎說著，在榻榻米上繫牢綁腿，穿上草鞋。這身裝束讓他搖身一變成爲風塵僕僕的牢人。

「這沒什麼好抱歉的，這樣說太不像你了啊。」

「這該怎麼說呢？對萬阿見死不救，才是我的行事風格對吧。」

「也是啦。」

赤兵衛臉上泛著諂媚的笑容，庄九郎的確很洞悉人的心思。

「赤兵衛，你再說一次。」

「也是啦。」

赤兵衛以那樣的表情點頭說道，庄九郎自側邊全力揍了他一拳。

「啊！」赤兵衛摔到二、三間的距離外。

「赤兵衛，你終究是個壞人。」

「啊，你也是。」

赤兵衛簡直快哭出來指著庄九郎說道。

「我是壞人？」

庄九郎一臉意外的神情。

「如果這麼看的話，的確是邪惡之人。但我不想成爲被人歸類的善人或惡人。我的精神是居於超越善惡、更上一層的自然法爾。」

「自然法爾啊——」

赤兵衛雖然也待過寺院，但對這種宗教哲思用語是一知半解。推動宇宙萬物的根本之樣貌，究竟是什麼意思？稱其爲眞理也未嘗不可。而眞理總是超越善惡的。

「所以將這樣的我單純歸類到壞人這一類，你眞是有眼無珠。」

「因爲你就是壞人啊，」

赤兵衛鬧起彆扭：

「所以說，你現在回京去找萬阿夫人也是自然法爾囉？」

「這是當然的。我愛著萬阿。聽到她被帶走，這份愛會讓我熱血沸騰，想救她回來。所以我要去救她。我向來都直率地照著心意走。就只是這樣而已，赤兵衛。」

「是、是的。」

「如果我也遭到危險，你會不惜一死救我嗎？」

「當然，自然法爾。」

庄九郎在反問赤兵衛時，就從屋子裡消失了。

他身負數珠丸大刀，在夜色中馳往通向京都的街道。只帶著一名隨從。

耳次。

二條府邸

京都的街道下著雨。

到大津時已近黃昏。入夜時進入山科，順著蹴上坂徐徐而下到了粟田口，眼前的京都華燈初上。

（還是京都好啊。）

就連燈光也和鄉下不同，有著婉約之美。庄九郎沿路看著燈光，心想自己何時才能到京都豎起大旗。

（有志男兒都想佔據京都。）

他過了鴨川上的木板橋。

「耳次，」他在橋上停下來，看著遠處漆黑一片的河灘：「咱倆打一架吧！」

「什麼？」

「你來刺我，拚了命地殺過來就行。」

「您的意思是？」

耳次的聲音聽起來很悲傷，他還是跟不上主人的思維。

「你混到那堆無賴當中去吧。混進去以後和他們待上幾天，然後再試探試探情況。聽說，最近京都的強盜、燒殺搶掠之輩都在城裡到處築巢而居。」

庄九郎認爲，萬阿一定是被這些無賴綁架到某個巢窟裡了。東寺界限、羅生門的舊址上，或是遠在郊外的西京、鷹峰或是雲畑，或者乾脆就在這座河灘上的小屋裡。

這些歹徒的方位圖，不混進去是拿不到的。

耳次這才恍然大悟，擺開姿勢喊道：

「你這個牢人竟然叫我強盜，老子大名爲備前彌太，乃山裡武士是也。今天要和你一決勝負。」

說完就揮過刀來。庄九郎拔刀哐噹一擋，罵道：

「好個賊人！」

手中刀刃緊逼。耳次默默接招，對方擊來的力道震得掌心發麻。

「大人，咱們不是眞打。」

他小聲哀求道。庄九郎卻是全力貫注，木板橋都震得搖搖晃晃。這本來就是他的天性，只要一交手就要分個勝負。這個以天下爲舞台的男人，演技遠遠超過那些半生不熟的演員。江戶時代的流行畫家谷文晁的辭世歌中寫道：

——久居人世的古狸

藏起尾巴繼續化作山際之月

光看其藝術價值，恐怕在當世也不一定會流行。文晁卻是個天才，他善於使用各種方法把自己的藝術推出去並繁榮一時，在眾多畫商、門人的簇擁中結束榮華的一生。臨死前還吐出半個舌頭說完，「你可不能現出尾巴呀，山際之月」，又慌忙縮了回去。可以說是這個俗世中的通透之人。

不過文晁充其量也就是個藝術家，同樣是「凡間藝術」，庄九郎卻遠勝一籌。

即使在微小的「藝術」上，認眞的程度也不同。眼前的庄九郎好似刀刃要取耳次的性命。先不管是眞殺還是假殺，耳次已經拚了全力抵擋庄九郎猛烈的攻勢。

最後一刀凌空襲來，只聽見「噹」的一聲，耳次的太刀已被砍成兩段，飛上了天，又落在河灘上。

此時，橋下聚集了一群地痞流浪漢，一邊叫嚷著一邊望著橋上的鬥毆。

「蠢貨。」

庄九郎抬腳踹在耳次的腰上，耳次驚呼一聲凌空墜落，重重地掉進河裡。

庄九郎利落地收刀，冒雨揚長而去。雖然四周伸手不見五指，他好像長了夜光眼似的。是不是妖怪呀？——橋下眾人都拽著袖子出了一身冷汗。

§

山崎屋的裡間裡，庄九郎喚來杉丸等管家、店員以及雇來的保鏢詢問事情的經過。

這是發生在七天前的事。那天晚上也像今天一樣下著雨，到了半夜，雨勢更猛，外面狂風大作，雨戶（譯注：擋雨的窗户）也劇烈地搖晃不止。順帶提一句，雨戶是庄九郎時代才出現的，當時還不是很普及，通常都使用吊窗擋雨。

然而，有一扇朝風的窗戶發出窸窸窣窣的聲音，上面現出一個大洞。

「你們都沒注意到嗎？」

庄九郎問道。

那個洞看起來像是牛角戳的。確實，窗戶四周還沾著牛毛和牛蹄上綁的舊草鞋。

於是大雨從窗戶上的破洞漏進來，打濕牆壁，再加上牆壁剛剛上漆，水氣更大，一會兒就轟地塌下來。

據說家裡人都被牆壁倒塌的聲音吵醒了，萬阿也不例外。

萬阿把大家都集中到大廚房，穿過走廊正要出去時，窗戶倒下，一頭牛頂著雨闖了進來。

「我是北野天神的使者。」

牛竟然說起人話。聽到這裡，庄九郎覺得荒唐至極，不禁笑了起來。

（牽牛的一定是北野天神的神人。）

他想。北野天神掌握著蠟的專賣權，大概是因爲庄九郎在美濃實施自由買賣（樂市・樂座），前來報復的。

當然，那天晚上來的人並不僅僅是天神。

應該還有祇園社的神人、大山崎八幡宮掌管油的神人，反正，天神先用牛來嚇唬大家。

這幫人蜂擁而上將萬阿五花大綁扛在肩上，一陣風似的溜走了。

離開時，有個人又折了回來說：

「你們當家的是美濃的齋藤秀龍（利政）對吧。如果廢除樂市和樂座，就把夫人還給你們，否則就等著收屍吧。」

說完就消失在夜色中。

「落在神人手裡，一定會死得很慘吧。」

杉丸嚇得直打哆嗦。

前面也幾次提到神人，他們並不是神職人員，有時甚至地位比平民還低。在神社的日常運營中負責雜役、徵稅和商品的製造買賣，一旦有事時則充當士兵，可以說相當於僧兵。總之，多是些不好對付的地痞流氓，乘著戰亂佔據神社的領地，有的人乾脆定住下來變爲地侍。

第二天，庄九郎出門去了最近新建成的「二條館」府邸。京城裡的人都十分害怕此地。

（每次回京城都不一樣。）

庄九郎心想。

庄九郎當年離京時，城裡尙處於無員警狀態。足利幕府形同虛設，將軍甚至連自己的妾室生產的費用都要靠變賣祖傳的盔甲來塡補。

將軍家的勢力一落千丈，取而代之出現了新的權力。

這種權力就是自然誕生的「下剋上」現象。

足利幕府中期，細川管領家的實力最爲雄厚，實質上掌握著天下大權，然而由於代代的當主平庸無能，勢力日益衰退，讓家老三好氏的勢力有所增長。

三好氏原是從信州流落到阿波的武士，在阿波的三好鄉定居下來。

阿波是細川家的領國，三好氏入細川家當了家臣。之所以能夠增長勢力，是由於細川的當主多停留在京都無暇顧及領國的政治所致。三好氏乘著主公不在巧妙地積蓄財力，勢力漸長，大有凌駕主公之勢，後來竟涉足京城在二條建了府邸，代替將軍家和細川家處理政事，控制京都的治安權。

如今的當主三好喜雲是著名的三好長慶之父。

「我要去見喜雲大人。」

庄九郎告訴隨行的杉丸：

「想當年，據說喜雲也是驍勇善戰的武將，如今卻厭倦塵世，取了法名過著半隱居的生活，整天吟詩作曲打發時光。這種統治者的手下，一定會有像我一樣的人。」

「像您一樣？」

杉丸揚起頭，耀眼的陽光讓他睜不開眼睛。

「有頭腦、有器量的人，此人一定在幕後操縱。」

「聽說有個叫安田主水的家老。」

「呵呵，我也聽說了。據說此人愚蠢遲鈍，酷愛釣魚，自取名號爲『一竿齋』，自命不凡。我才不去找這種蠢貨呢。安田的家老叫什麼？」

「好像叫國松。」

「後面的名字是什麼？」

「國松就是名字，好像姓松永。」

「這就對了。哈哈，這下有意思了。那人不是武士出身，而是生在商人之家。想不到這個松永國松如此有名，竟然連杉丸都知道。」

「是的。最近此人除了擔任安田家的家老，還爲主公三好家擔任祐筆（書記）。其他屬國的地侍和京城裡的居民要是打官司，都找這個年輕人代寫訴狀。這麼一說，看來此人代替幕府和三好家掌管著政事呢。」

「嗯，夠厲害的。」

庄九郎聽說有個像自己一樣的「下剋上英雄」嶄露頭角，很是愉快。

「只是，當家的，」杉丸問道：「您認識那位松永國松嗎？」

「沒見過，聽說過名字。他也應該知道我吧。」

「怎麼呢？」

「哈哈，我們是同鄉，一個村子的。」

杉丸吃了一驚。庄九郎出生在京都西郊的西岡農村，雖說是農村，卻和鄰接的山崎並列爲堺內最大的商業地帶，當地人都擅長經商，加上土地肥沃，識字人口多，又緊鄰京都，有不少熟知天下政治形勢的人才。這裡出了個庄九郎倒也並不奇怪。

然而，同一個村子裡出了另一名同類的年輕人，操縱著三好家。

「眞不可思議啊！」

杉丸搖頭感歎道。

庄九郎要見松永國松，有兩個目的。

尋找萬阿時萬一出現緊急情況，需要借用三好家的軍力。

找到萬阿後，爲了防止敵人再次尋仇需要請求他庇護山崎屋。

「我倆是同一個村的，應該會幫忙吧。」

庄九郎越過三條街內的破土牆向北走去。

不久就到了二條館。

只見樓門高大森嚴，厚重的大門上釘著鐵釘，緊緊關閉著。

左右的高牆即使軍隊也要望而止步，到處都是粗壯的木頭搭建的角樓。

庄九郎在杉板上寫下美濃小守護齋藤秀龍、京都油商山崎屋庄九郎的名字後，又抓了一把銀子交給門口的看守：

「請引見松永大人。」

進門即向左走了幾步，看守的小屋後有一間屋頂上長點草的平房。此處好像就是松永國松的居室。沒有玄關，上了台階就能進到屋子裡。

庄九郎把刀遞給杉丸，正要走上台階，身後一棵巨大的柏樹蔭下，站著一名年輕武士。

「齋藤大人，」武士以美濃小守護的姓稱呼他，他很有禮貌地欠了欠身：「失敬失敬，我領您到主公家的客室去。」

（此人就是松永吧。）

庄九郎緊緊盯著他。

此人出奇的年輕，臉上還帶著稚氣，看上去也就十九，最多不超過二十歲。

個子不高，卻身材挺拔，舉止靈活。渾身上下透露著機靈。

他就是後來的松永彈正。

準確地說，是松永彈正少弼久秀。此人後來在京都得勢，殺了將軍義輝，又火燒南蠻寺驅趕傳教士，進而和主公家的三好黨在大和揮戈相向，燒了大佛殿後當上大和的國主。降服於信長後又起兵反叛，最終孤守著信貴山城，受到信長的攻擊後焚城自盡。

日後被天下的英雄豪傑視作毒蠍的松永彈正，此時還只是個勤奮年輕的祐筆。

松永國松從小就對「庄九郎」這個名字心懷崇拜。村裡的老人都爲出了一個庄九郎而感到自豪，在京都時腰纏萬貫，去了美濃又成爲武家領袖。無論幹什麼都超出常人一等，年少的松永國松牢牢地記住庄九郎的大名。

（我也想成爲松波庄九郎一樣的人。）

他滿懷憧憬，於是離家進京，又通過別人介紹進到安田家的門下，受到器重後又兼任三好家的祐筆。

（這就是傳聞中的那個人。）

松永專注地看著庄九郎。

（比想像的要年輕啊。）

「齋藤大人，請到客室來。」

「不了，今天我是以油商山崎屋庄九郎的身分來的，借用您的庭院一角，說完事便走。」

庄九郎搖搖頭，逕直上了台階走進松永的房間。

屋子不大，大約六疊左右。和漢的書籍堆得高高的。

松永首先用室町風格的冗長禮節寒暄一番。

「在下素來久仰您的大名。不僅如此，弟子不才，一直將您視作學習的榜樣。」

「不敢當。」

庄九郎微笑道。

接著，他拿出讓杉丸備好的五貫錢，遞了上去。

「區區禮物聊表心意。」

松永好像已經習慣此類饋贈，熟練地接過來，又突然反應道：

「這太失禮了。」

他把三方台高舉到頭頂上，這樣就不是賄賂，而是長輩贈與的物品。

之後，他們又聊了些故土的事情。

「對了，」松永試探地盯著庄九郎：「您找我什麼事？」

「呃，倒也不是什麼大事，我的妻子住在京城。」

「萬阿夫人嗎？」

松永很是熟悉。

「她可是洛中無人可及的美人啊！您眞有福氣！」

「唉，談不上什麼福氣。我把她給弄丟了。」

「是嗎？」

松永的聲音略微吃驚。

眼前這個小個子，仔細一看，長得甚是招人喜歡。他眨著洞悉一切的眼睛道：

「好的。誰叫這是齋藤大人的事呢，我發誓一定找回萬阿，並把那些惡棍一網打盡。」

「太感謝了。」

庄九郎撕了一塊送上來的柿子乾，放進嘴裡。

嘴裡頓時感覺到甜味。他一邊咯吱咯吱地嚼著，一邊琢磨著眼前的這名年輕人。果然不出所料，這個松永國松實際上擔任著京都的警視總監。

（這世道還眞有意思。）

如果按照形式上的高低順序來排，應該是將軍家—三好家—安田家—國松這一結構，也就是說，將軍家的總管是三好家，三好家的總管是安田家，安田家的總管又是國松這一順序，而事實上，這名才華橫溢的年輕人，已經掌控好幾層以上的實權。換而言之，如果沒有國松的才智，這個組織會陷入癱瘓。

「眞有意思。」

庄九郎笑了起來。眼前的書生貌似府邸的一介守門人，卻掌控著京都的行政、警察權，簡直就像是中國的妖怪譚中的人物，有趣極了。

「齋藤大人，剛才也說過，在下早就把您視作學習的榜樣。像我這種無姓之卒……」

「我也沒有姓氏。」

「那麼如果想馳騁天下的話，只能依靠您這個同鄉的前輩了。雖說京都和美濃相隔甚遠，關鍵時候還望相助為盼。」

「你要用兵，我就從美濃派給你好了。」

「感激不盡。換過來，如果齋藤大人需要在京都用兵，儘管吩咐就是。」

他們形成了某種攻守同盟。

「太讓人放心了。」庄九郎說道：「我向來處世奇異，在京都為商，在美濃從武，同一個人卻好似有化身一般。」

「我聽說過。一人身兼日本第一的武將和日本第一的富商，從古至今空恐怕您是第一個。」

「過獎過獎。這次前來拜託您的是京都的妻子、店鋪、下人和家財。為了今後不再發生類似之事，能否請您加以庇護呢？」

「如此小事，不足掛齒。山崎屋的安全，您就交給我吧！」

同鄉同村的松永，此時表現得就像是庄九郎的親弟弟。

「那我就安心了。為了表達感謝，美濃的特產中有美濃紙，我會大量運過來，在京都做買賣如何？」

「齋藤大人，」松永笑了：「您深諳經商之道，此話怎講呢？紙的買賣是由紙座控制的，如果在下在京都賣紙，想必該輪到在下的老婆被人拐走了。」

雖然庄九郎在美濃自己的領地內斷然實施樂市·樂座，京都卻仍然處在中世紀的特權經濟中。

「拐跑了」是玩笑話，京都的實權人物和這些神人、批發商明裡暗裡串通一氣，庄九郎在美濃實施的東西，這裡卻是萬萬不可行。否則，寺院裡養的數千神人一旦興亂，與閒雜人等合流，再加上一揆和心存不滿的武士，駐紮在京都的三好家軍隊會被打得落花流水也說不定。

「原來如此。」

庄九郎只好苦笑著收回提議。就連松永這等人物，也對神人束手無策。

「他們要是團結起來鬧事，這邊一旦敗北，就得帶著將軍逃到阿波去。」

京都的新權勢看來還是很薄弱。

說點題外話，三好和松永都是戰國時期駐守京都的大名，雖然駐紮在天子腳下卻未能取得天下，大概是因爲京都殘留著根深柢固的各種中世紀的權威。庄九郎的女婿信長崛起，逼迫松永無條件投降後進京，擁立天皇和將軍豎起「天下布武」的大旗。同時信長著手撤銷寺院神社等中世紀的權力。信長認爲，如果不把他們的權力連根除去，就不可能建立起新的權力。

「不過，松永君，今後不再是過去那種只種米就行的時代了，而是貨幣的時代。有了金銀錢財，才能大量購買兵器，養更多的兵。而這些殖產的利益都被神社和寺院獨佔，難成大事啊！」

「眞羨慕美濃啊！」

松永笑道。他的意思是，也只有美濃才能說這種話。京都卻是舊時代的妖怪巢居的城市，就連將軍、三好氏和松永，也只能和他們妥協著共處一地。

且看看尋找萬阿的事。

庄九郎根據從松永那兒聽說的市政情況，加上耳次從橋下的地痞中打探到的消息，腦子裡浮現出一張京都黑勢力的地圖，發覺其中「鷹峰這地方最爲可疑」。這裡一向是山賊、土匪、強盜、刺客和牢人的巢窟所在。

雖然還不十分確定，耳次從地痞的傳聞中聽說：

——那個有錢人的老婆，被囚禁在鷹峰上。

「耳次，你打扮成山裡修煉的行者，給我也準備一身衣裳，今晚就出發。」

「只有我們主僕二人去嗎？」

「對，人越少越好。要是動用松永的人馬，反而會激怒對方殺了萬阿。」

「最少也要從松永大人那兒借一些人馬殿後吧。」

「不能告訴他。此人和京都的地痞有何勾結尚不清楚，有可能把我們要去的消息通知對方。耳次，京都可不是等閒之地啊！」

庄九郎和耳次出發了。

鷹峰位於京都西北部的山麓之野，離天子腳下不過二十幾町遠，人口稀少。

從王朝起，盜賊就把此地當做前往市內的據點。稍後的時代，家康在大坂夏之陣中獲勝後進京時，就向京都所司代（幕府職稱，一般由譜代大名擔任，是幕府在京都的代表，編按）詢問道：

「本阿彌光悅身在何處？」

本阿彌光悅是名揚四方的刀劍鑒定家，家康素來很是欣賞，此時想和他分享打勝仗的喜悅。京都所司代板倉伊賀守回答道：

「光悅雖是高人，卻極有個性。最近聽聞他住膩了京都，想要搬到偏僻的地方去。」

「那就把鷹峰給他吧。」

家康說。他深知鷹峰一直是盜賊的老巢，數百年來威脅著京都的治安。如果讓光悅這樣的名人居住，會有很多人慕名前往，墾地開荒，盜賊也就無法安身了。不久，光悅獲賜鷹峰東西二百間、南北七町的土地，蓋起六十間房的大宅第。果然不出家康所料，光悅的家眷親戚、朋友和受他影響的茶道師、漆畫師、書法家、造紙工匠、陶藝工匠等紛紛表示願意一同前往，光悅便分給他們土地，讓他們蓋房。鷹峰上五十七幢房屋鱗次櫛比，儼然就是個藝術村。

之後，一直發展至今。

然而，庄九郎那個時候的鷹峰可是另外一番景象。

這裡是京都前往丹波的必經之地，背後山峰連綿形成高原，南部地勢開闊，可以一覽京都的城景。

「前面就是丹波街道了。」

庄九郎大步流星地走著，身後京都街市的燈光漸行漸遠。

天上一輪明月高懸。

「前面二十町就是鷹峰。耳次，你先到前面探路，在京見峠妙見岩上等我便是。」

「遵命。」

耳次一溜煙不見了。

鷹峰的詭異房屋躍入眼簾時，庄九郎的身影也消失在大道上。他故意繞道窪路、沼澤和樹林等，以防被發現。

盜賊異常警覺，從京都來的人一定會引起他們的防備。庄九郎繞了遠道，穿過村莊出了京見峠，又反過來開始下山，如此一來，對方就會以爲他是從丹波來的行者而放鬆戒備。

不久，庄九郎就爬上京見峠，坐在崖上的妙見岩上。

松樹就像一把大傘遮住了庄九郎，涼風徐徐吹在臉上。

月亮已轉到身後。

（萬阿應該還活著吧。）

庄九郎不禁暗自祈禱。就算保住姓命，貞操也一定毀了。

這一點，庄九郎倒是無所謂。

（就算被侵犯了，洗洗也就沒事了。）

夜深時，耳次從崖下爬上來。

「怎麼樣？」

庄九郎伸手把他拽上來。

他挨家挨戶地潛入偷聽。他可是名副其實的順風耳。

「找到沒有？」

「確實有。」

「人在哪兒？」

庄九郎追問道。

根據耳次的消息，北山靈嚴寺有一座荒廢的隱居庵。一幫來路不明的傢伙聚集在此，耳次鑽進床底偷聽時，好像從本殿的某個地方傳來萬阿的聲音。

「有幾個人？」

「嗯，應該有五個吧。」

「他們也太大意了。想必他們怎麼也不會想到，我會親自從美濃前來仔細地搜索吧。」

話音剛落，庄九郎突然捂著左腕從岩石上滾下，在崖上翻了個身，緊接著又從崖上蹭蹭地滑下去，揚起一陣沙土。

咚的一聲，他落到了崖底。

「我是木下闇。」

頭頂上傳來聲音。庄九郎屏住呼吸，雖然他巧妙地藏身在草叢中，對方卻似乎能夠看到他。

他的左腕流血。剛才從岩石上好像有弓箭射來，擦傷了。他心頭大叫不好，連忙自己滾落下去。

「木下闇，你眞不知道好歹。要錢我可以給你，否則，我從京城調來人馬，把你們這幫人的老巢統統燒光！」

只聽嗖的一聲，一枚短箭射到腳邊。這就是對方的回答吧。

「對方已經瘋了，不能和他們硬碰。」

庄九郎盤算著一舉抄了他們巢居的寺院，迅速地向坡下衝去。

後面有腳步聲緊跟著。

「是耳次嗎？」

「正是。」

「我去幹掉他們，你去放火燒了寺院。」

「我不去。」

對方笑了起來，庄九郎這才驚覺，回頭就揮出一刀。

對方靈敏地躍身抓住右邊的崖縫，正是木下闍。不知道什麼時候學會了耳次的說話聲，簡直是惟妙惟肖。

「木下闍，把萬阿還給我。」

「那怎麼行，得先要了你的命。」

「等我百年後自會給你。」

庄九郎似乎很滿意自己的回答，竟站在路中間笑著。

「怎麼樣，再讓我活個一百年吧。我要是活著，這個國家的歷史將改寫，這不是很好的事嗎？」

這等雄心壯志，想必上面的木下闍長這麼大是頭一次遇到。

「您還眞是有趣啊！」木下闍低聲道：「看來我殺了你倒也不吃虧。」

「那倒也是。你也不簡單嘛！」

庄九郎放棄說教，借著月光向山下走去。

背後傳來腳步聲。庄九郎時不時回頭張望，卻不見人影。

前面是一座倒塌的土牆。這裡應該就是北山靈嚴寺的隱居庵吧，不過，似乎又不像。

（不對吧。）

庄九郎心裡盤算著，好像又心生一計。

庵門很小，庄九郎上前「砰」地一腳踹破門。

「萬阿，我來接你了！」

他的聲音如雷貫耳，不愧是沙場老將。

他躍了進去，前面是居室。屋頂上鋪著茅草。月光下紙糊的門隱約可辨。

不知何故，庄九郎身後的木下闍似乎消失了。庄九郎心想：

（不錯，正合我意。）

他彎腰從草叢中拾起一塊大石頭。

「刺客們！」庄九郎喊道：「你們怎麼不出來迎客？再不出來我可要進去了。」

他說著，把石頭舉過頭頂扔了過去。

石頭發出巨大的聲響穿過紙門掉到裡面的土間。讓人聽見，會以爲庄九郎走進來了。

就在此時，庄九郎如疾風一般飛馳過草地，越過土牆站到路上，又四下奔跑，發現了一座荒廢的寺院，和剛才的很像。

（想必就是這兒了。）

他噌地翻過牆，跳到裡面。

前面也是居室，旁邊的大殿和持佛堂一般大小。

裡面傳來人聲。庄九郎悄悄地靠近大殿。

「那個笨傢伙好像跑到椽之庵鬧事去了。」

裡面有人說。那個笨傢伙指的就是庄九郎吧。裡面傳來五、六個人來回走動的聲音，其中一名似乎想探聽一下情形，拔開栓扣準備開窗。

庄九郎輕巧地躍上台階。只聽「吱呀」一聲窗戶被抬起來，伸出一顆腦袋左右張望。

庄九郎靜靜地拔出刀，對著那顆腦袋砍下去。

人頭滾落在走廊上，眼睛還吃驚地望著庄九郎。

這一切發生得太突然，對方甚至沒反應過來就已經死了。他的身子還站在屋裡，裡面的人似乎根本沒察覺到。

庄九郎抬起窗，大剌剌地進了房間。

「外面的情形怎麼樣？」

一個人影走到跟前問道。

「沒什麼事。」

庄九郎回答道，同時橫空揮刀劈過去。

除了骨頭發出沉悶的斷裂聲，對方一聲未吭就倒在黑暗的血泊中。

（數珠丸還眞是鋒利啊！）

庄九郎吐了吐舌頭，爲自己的寶刀暗暗叫好。

紙屋川

這場仗出其不意。

屋裡的盜賊甚至來不及驚呼。

庄九郎的刀猶如電光石火，在空中凌厲地揮舞。他原是在美濃率領數千兵馬馳騁戰場之人，區區幾名毛賊自然不在話下。

一個人的頭飛了出去，一人後腦勺開花，還有一人慌張想站起來時，一刀穿心，刺穿了胸膛。

剩下的兩人，站在屋角已經嚇呆了，竟然動彈不得。

庄九郎斜握太刀，大喝一聲「去死吧」，只見一道閃光，一顆人頭落地，緊接著又朝反方向揮出一刀，另一顆人頭也飛出老遠。

「萬阿——」

屋子中間躺著一具穿著鮮豔窄袖和服的軀體，庄九郎走近時，有了動靜。

未曾想到，萬阿突然一個鯉魚打挺，大叫一聲，右手高舉著太刀，嗖地向庄九郎頭上劈下。

「萬阿！」

由於太過吃驚，庄九郎來不及接招，只好就地一滾，勉強躲過第一刀。

右腮卻被劃了兩寸長，血從下巴流到喉管。

第二刀緊接而來。

庄九郎慌忙轉身向角落逃，好不容易站起來時，第三刀已經呼嘯而來。

來不及思考，他舉起數珠丸一擋。

刀刃相撞，只見火花迸濺，總算擋住這一刀。

「萬阿！」

庄九郎活到今天，沒有比此時更讓他震驚的了。萬阿的人頭已經不知去向。

眼前只剩一具胴體仍在活動，砍向庄九郎的太刀異常勇猛。

「你、你，你的脖子怎麼了？」

「脖子嗎？」

舉著刀的萬阿聲音卻是異常清晰。

「你想看嗎？」

突然從和服裡露出萬阿的腦袋，還帶著笑容，就像能樂的面具一樣。

「妖怪。」

庄九郎大叫一聲，揮刀砍去。手腕卻僵直地無法下手。他知道對方不是萬阿，而是木下闇裝扮的。儘管是假的，然而眼前的萬阿臉上還帶著淒慘的微笑。

他下不了手。

「木下闇，我輸了。」

他收回刀，現出身形。庄九郎到底是妙覺寺修行過的和尚，生死攸關時已經將生命置之度外，也就是佛家所說的放下。放棄所有塵緣。也放棄所有塵緣之由來的自己。

南無妙法蓮華經，無有生死，若退若出，亦無在世，及滅度者，非實非虛，非如非異，不如三界……

一旦修煉成性便力道無窮。庄九郎無聲地念誦著《法華經》，他體內的血管都跟隨著節奏在跳動。

庄九郎已經四大皆空。與眼前的佛龕合爲一體，又化作四周的空氣。

這種情形震懾住對方。

萬阿——不，應該說是穿著萬阿衣服的木下闇仍舉著刀，身體卻開始簌簌發抖。

筆者要插一句，描述這個過程用的篇幅過長。其實，對二人而言，不過是一瞬間的心理變化而已。

而下一個瞬間，庄九郎體內的《法華經》已經結束動作。放下已經成爲過去，無化爲有。他又變回眞實的庄九郎。

就在這一刻，他大叫道：

「還不受死！」

大刀在空中畫出一道弧後凌空斬下，眼前的敵人男扮女裝的軀體已經從中間被一劈爲二。

咚的一聲，血肉模糊的屍體倒下。萬阿的臉也被一分爲二。

不過是張面具而已。

庄九郎摘去面具，下面是一張平凡的三十歲男子的臉，上面有淡淡的雀斑。

（這就是木下闇嗎？）

庄九郎藉著燭光打量著四周。

（到底在哪兒呢？）

——他開始到處尋找萬阿。

來到佛像台座的後面。

（嗯？）

黑乎乎的看不清楚。他瞄準了伸手進去，摸到一隻手臂。

「萬阿。」

庄九郎用力一拽，對方沉重的身體被拉了起來。頭髮散落著拖到地板上，腦袋在，腳也完好。

只是身無寸縷。

所幸尚有呼吸，只是還在昏迷中。庄九郎把她抱到大殿中央，又取來佛像前的燭台，開始察看。

她的皮膚上有不少傷痕，一定是拚命抵抗著各種凌辱。庄九郎舉著燭台順著萬阿的乳房移到小腹，又照向她的下身。

「萬阿，我給你看看。」

庄九郎溫柔地低喃著。萬阿卻仍然不省人事。

庄九郎用力分開她的雙腿，把燭台舉至中間，以便能照到兩腿根部的起伏處。

這裡就像珍寶，上面覆蓋著一層黑亮柔軟的絨毛，使得下面的隆起更加神秘，從上至下是一條褐色的濕潤線條。庄九郎不知道有多少個夜晚曾在這裡肆意馳騁，可以說，他在京都度過的青春，幾乎都淹沒在這個地方。

庄九郎突然想起來，以前萬阿曾戲稱這裡是「菩薩」，原是少女用語，意思是佛祖。

而此刻，菩薩卻受到侵犯。裡面微微滲出血絲，男人的一大片黏糊糊的體液還殘留在四周，散發著異味。

庄九郎把萬阿扛在肩上出了大殿，走在月光下。

寺院後面有一條紙屋川。他下了河堤，把萬阿平放在河灘上。

庄九郎隨身帶著一塊「木棉」布，當時還很稀奇。他將棉布浸水，仔細地為萬阿清洗著下體。

庄九郎一邊清洗，嘴裡一邊念誦著經文。「妙法蓮華經提婆達多品第十二」中有清淨女體的功德偈言。

庄九郎用訓讀念著經典中的漢文，聲調抑揚頓挫，夾帶著悲傷。

「女身垢穢，非是法器，云何能得無上菩提。佛道懸曠……又女人身猶有五障。一者不得作梵天王，二者帝釋，三者魔王，四者轉輪聖王，五者佛身。云何女身速得成佛……」

河堤上的草叢沙沙作響，耳次來了。

他好像到處在找庄九郎。庄九郎也不說明事情原委，只是下令：

「速回京城。」

讓他迅速趕回山崎屋，取來萬阿的衣物。耳次領命，沿著紙屋川的河堤一路向南跑去，如一陣疾風般消失不見。

庄九郎脫下自己的衣服披在萬阿身上，將她裹得嚴嚴實實的，翻過她的後背用力揉搓著想讓她蘇醒。

萬阿睜開眼睛，臉上立刻顯出恐懼的表情，「啊」地就要喊出聲來，庄九郎應道：

「是我。」

他用手掌捧著萬阿的臉，深深地看著她，告訴她她已經得救了。

萬阿還沒清醒過來。她以爲自己還在大殿中，發瘋般地叫喊著，任庄九郎怎麼努力都無濟於事，接著又昏了過去。

不久，耳次騎馬回到河堤上。

庄九郎給萬阿穿上和服後抱著她一同上馬，馬韁銜在口中，像耍雜技一般驅馬前行。

「耳次，還有一件事。」

「什麼？」

「要六隻狐狸。」

這個要求很是出乎意料。

「去附近的獵人家找找。死的就行。」

萬阿在奈良屋的裡間完全恢復意識時，已經是第二天的下午。

此時，庄九郎正在整理趕回美濃的行裝。

對萬阿，他並不多說。

「你看院子。」

他揚了揚下巴。

斜陽照射著中間的庭院。楊梅樹、柏樹、松樹和萩草下，到處躺著狐狸的死屍。

「這六隻狐狸是來誘惑你的，我已經把牠們除盡，一切都過去了。」

「狐狸嗎——？」

萬阿很是吃驚。她清楚地記得自己被強暴了，好幾個男人粗暴地衝擊著她的身體。難道那些人是狐狸變的？

「千眞萬確。」

庄九郎的臉上看不出任何可疑之處。

「不過，狐狸把我……」

「強暴了是嗎？那都是幻覺。我在妙覺寺修行時就知道，狐狸一旦變成男人，是不會與眞正的女人交媾的，世尊這麼說的。」

「世尊是誰？」

庄九郎指的是釋迦。其實，就算釋迦再怎麼巧言善辯，也不會下如此結論。

「萬阿，我跟你說，我的《法華經》已經深入到你的五臟六腑裡。別說是人了，就連狐狸妖怪也休想對你怎麼樣。懂了嗎？你要知道你的身子是乾淨的。」

庄九郎說話從不講大道理，聽上去就像是奇妙的音樂。包括萬阿在內，誰聽了都會深信不疑。

（一定就是那樣。）

但如此一來，庄九郎輕而易舉就擊退這些迷惑自己的妖孽，豈不成了神仙？

「夫君，你眞厲害！」

「噢，你終於笑了。」

庄九郎大喜，攬過萬阿的肩頭一陣親吻。

「你可要好好等我回來。」

「這麼快就要回美濃嗎？」

萬阿心有餘悸。如果那些狐狸再來搗亂，豈不是更糟糕？

「萬阿，京都也就是出幾隻狐狸，美濃可是有野豬的。」

「野豬？」

「小名叫作亥子法師，最近長大成人了，人們都叫他小次郎，大名叫賴秀。現在可是我的死對頭。」

「美濃國主（守護職）賴藝殿下的嫡長子。」

「那不是合情合理嗎？」
的確不錯。美濃王賴藝的嫡長子終究會繼賴藝之後，成爲美濃一國的主公的。
「不錯，就這個世道的規矩而言確實合情合理。不過萬阿你也要記住，我庄九郎原本是沒有主人的。」
「胡說八道。」
就算身爲商人的妻子，也能聽出庄九郎的強詞奪理。
庄九郎位居美濃的小守護。
也就是土岐家的家老，要爲守護職賴藝盡忠。那麼，賴藝不是主人是什麼？
「他可不是。」
「那，誰是夫君的主人呢？」
「時代。唯有時代才是我的主人。時代賦予我使命，我所做的一切都是遵從這些使命。時代是什麼呢？可以說就是天。」
「天？」

「對。唐土有一種思想，當帝王家沒落而缺乏擔當時代的能力時，天命就會改變，老天會選出英雄豪傑來叱吒風雲，推翻帝王進行新的政治改革。這就叫做革命。革命者原本是沒有主人的，只有天才是。」
「夫君，那您是天之驕子嗎？」
「沒錯。如果有誰要想擋我的路，就算是主公（賴藝）的嫡長子小次郎賴秀，我也不會手軟。」
實際上，就是這個小次郎賴秀。
他認定庄九郎有篡位之心，屢次向他父親進諫道：
「千萬不要上了那個傢伙的當。過不了多久，土岐家將會毀在此人手中，江山不保啊！」
不過，當時的貴族社會父子感情淡漠，賴藝也並不喜愛小次郎這個兒子。
小次郎每次進諫時，賴藝都回答道：
「我相信那個人。只要有他在稻葉山城傲視四方，近江的淺井和尾張的織田就不敢前來進攻。如果把此人趕走，淺井、織田就會率兵捲土重來，美濃必將四分五裂。」

「父親大人，您上他的當了。自古以來，想在國內奪權的陰謀家動不動就拿鄰國的侵略當做藉口，煽動危機意識，乘機謀權奪位。中國就有這樣的例子，這招已經過時了。那人把父親大人當成梯子踩了。」

「梯子？」

賴藝勃然大怒。這個貴族的自尊心像個孩子，決不認爲自己無能到讓人當成梯子。

「小次郎，你才是被鄰國的織田信秀當成梯子了吧？」

小次郎賴秀名字裡的「秀」字，原是爲了和鄰國尾張友好相處，特地認信秀做義父，取了信秀名字裡的「秀」而來。

因此，小次郎和假想的敵國尾張織田家來往密切，有時甚至自己單獨前往尾張做客。

而信秀不停地蠱惑他：

「齋藤秀龍（庄九郎）才是盜國賊，現在不除，後患無窮。」

如果庄九郎不在，那麼奪取美濃簡直易如反掌。一向詭計多端的信秀試圖唆使這名鄰國的少主。

不僅如此。

「你的父親大人，」他又向賴藝發起進攻：「聽信那個傢伙的讒言沉溺於酒色，這樣是無法保住江山的。你想想，你是美濃的嫡長子，我借給你兵馬和軍糧，你趕走賴藝大人自己當守護職吧。」

意思是讓他發動兵變把父親趕下台。信秀的如意算盤是在美濃成立傀儡政權，然後把美濃占爲己有。

小次郎也心動了。那就試試看，他想。

不過，他對馬上趕走父親還是心懷顧慮，決定先借織田家的兵力包圍稻葉山城，最起碼也要殺了庄九郎。

這個消息傳到庄九郎的耳裡。

（總有一天，小次郎會爲了搶奪守護職的地位聯合織田軍打過來。）

只是——這一天來得比想像中要早。

在京都逗留期間，從美濃回來的山崎屋賣油郎們急忙前來彙報：

「織田軍包圍了稻葉山城。」

「這次回去，有一場我這半輩子最大的仗要打。」

庄九郎對萬阿說。

「不過有我在，你不用擔心。」

庄九郎處變不驚。

「我要藉這個機會削弱織田的兵力，擊潰他們，順便讓小次郎這個內奸消失在戰場上。」

「也就是說，夫君你一回美濃就要打仗了？」

當天夜裡，庄九郎就離開京都，馬不停蹄地踏上前往美濃的歸途。

若菜

庄九郎夜以繼日地趕路，幾天後回到美濃。按照中世紀人們的交通概念來講，可以說是神速。這個男人行動上的神速使他成爲戰國梟雄。

這可不是一般人做得到的。

有一種說法叫「健腳」。也許庄九郎會說「確實是健腳」，不過他也一定會說：「那可是從京都到美濃加納（岐阜市南部）共計三十里三十二町（約一百二十五公里）的距離喲。」

僅僅是健腳，也無法像他這樣神出鬼沒地來回往返。

這裡有個秘密。

從京都通往美濃，要經過近江。這條街道穿過琵琶湖東岸的平原，這片肥沃的平原餵肥了不少大名和豪族，他們分別設置城寨和關卡，對通行者進行檢查。

出了京都，就是鎌倉以來勢力興盛的六角氏領土南近江。下面的蒲生氏、京極氏、淺井氏等豪族也在街道設立多處關卡，搭起高高的柵欄，設置番所，配置看守的番士，對行人吆喝著：「站住！」

目的是收錢，收取通行稅充當領主的現金收入。

這是室町政治的惡習氣，例如從伊勢的桑名到日永之間不到三里的路程，竟然設有六十處關卡。就算身上帶了些錢，不過三里路就所剩無幾，等到六十處關卡盡數通過後，也就變成身無分文的乞丐了。

再多說兩句，就拿收費關卡這一件事來說，活在這個時期的老百姓生活困苦，他們會產生「現世眞讓人受不了」的想法，悲傷之餘想到死，把希望寄託於來世，死後能進入極樂世界。淨土眞宗和時宗之所以會盛極一時，就是因爲迎合了百姓的這種心境。

總之，室町幕府的惡政後，緊接著是戰國割據的弊病。

「無人拯救這個世道嗎？」

時代的底流開始盼望能出現一位揮劍統一天下、實施新政改革的大英雄。然而，這種改朝換代的期盼，一直等到庄九郎的女婿織田信長出現才得以實現。信長廢除了上述的關卡。

且說庄九郎。

他往返於京都和美濃時，可以在途經這些收費關卡時暢通無阻。因爲他不是個普通人。「油商山崎屋庄九郎」作爲油座大山崎離宮八幡宮的「神人」事先都登記過，只要手持神人的證明，便可以免費經過各地的關卡。而且，這些京都、美濃之間數不清的大小關卡，平常就從京都的山崎屋收取了大量的賄賂。

各個關卡的番士只要一見到庄九郎，就會應道「哦，原來是山崎屋的人」而殷勤地讓路，即使是日落後關卡已經閉鎖，只要敲門喊道「我是京都山崎屋的」，對方就會應聲道「原來是山崎屋，晚上趕路辛苦了！」而開門放行。

當然，這些關卡的看守不可能知道，面前的這名油商，正是美濃的守護代（小守護）、稻葉山城城主，一位震懾四鄰的武將。

這就是庄九郎往返美濃時「神速」的秘密所在。

庄九郎不來回奔波的話，便無法奪得美濃。正是因爲山崎屋的巨額現金源源不斷地流向美濃才奠定了庄九郎的地位。在任何事情上，他都開創先例。

飛奔回美濃的庄九郎潛入鷺山（今岐阜市西郊）附近的百姓人家，派耳次前去偵察包圍稻葉山城的敵軍動靜。

耳次很快就回來了。

「敵人有三千人，其中兩千是織田信秀的人馬，剩下的一千是小次郎（守護職賴藝的嫡子）召集的美濃兵。——他們在城下的井之口放火，虎視眈眈地候在山腳下。」

而駐守在稻葉山城的庄九郎部隊，不過區區五百人。

「打得過嗎？」

耳次臉色蒼白。首先，作爲統帥的庄九郎，連城都進不去。

「不用擔心。」

庄九郎盤算著晚上開始行動，借百姓家的倉庫先睡上一覺。他的裝扮也與普通百姓無異。

當然睡不安穩。想想就知道，一位統帥在百姓家的倉庫裡睡覺，如果這家人起了歹心，通報敵軍，敵軍包圍過來，庄九郎就會像隻螞蟻一樣被踩死。因此，他在睡覺前對這家上了年紀的主人說：

「不許告訴別人。」

又把懷裡的銀兩悉數奉上，接著又問：

「你們家的女兒叫什麼名字？」

「叫若菜。」

「不錯嘛。我不會幹任何壞事的，讓她進來陪我說話吧。」

他低聲請求道。當然他的本意並不是那麼單純，實質上是用作防止告密的人質。

老人也無可奈何。對方雖是一副落魄打扮，但畢竟是這個領國的小守護，刀槍劍法在國內無人能及，戰場上也是用兵如神從未失手過。再說，如今對方這麼低聲下氣地懇求自己。

「我女兒應該也很願意。」

他帶著哭腔答應了，卻又擔心起別的。萬一庄九郎輸了，敵人一定會認爲自己藏匿這位一夜成名的小守護而殺了自己。

「老大爺，你很難過是吧？」

庄九郎覺察到老人的心情，安慰說：「不用擔心，你聽說過我打過敗仗嗎？」說完便站起身來，此時他已經拽著若菜的手。

進了倉庫後，發現裡面堆著稻草。庄九郎躺了下去，又拽過若菜來。

「小姑娘，你有相好的嗎？」

庄九郎在她耳邊低聲問道。女孩兒一直在發抖，一邊哆嗦，一邊回答說還沒有。

「那好，從今天起你就是我的女人了。這場混亂平息後到我的城裡來。——唔，不錯呀，皮膚很好。」

他愛撫著女孩的腰部。女孩還在發抖。

「男人這玩意兒，只要熟悉了其實一點兒也不可怕。你看看這個。」

庄九郎麻利地脫去短褲，掏出自己雄偉的男根。

「怎麼樣，越看越有意思吧。一點兒也不稀奇。接下來，讓我看看你的。」

若菜甚至來不及驚叫，裙底已經被掀到肚臍眼那麼高。

出現在庄九郎眼前的是一片黑色的、小小的山丘。

「哇哈哈，」庄九郎撫摸著小山丘，笑道：「你的長得也挺奇怪的嘛。若菜，把你的和我比比，一定會覺得好笑的。」

庄九郎站起來，把自己的傢伙毫不掩飾地展現在若菜眼前。這樣的男人太少見了。一場殊死搏鬥的戰爭就在眼前，他卻還在和鄉下姑娘打情罵俏。

「對吧，很有意思吧。不過，就是這個平凡的怪傢伙，能善也能惡。有時主宰著人的命運，有時還會攪得天下不寧。所以說，人世間是最快樂的。」

庄九郎嘿喲一聲坐在稻草上。

也許是他的樣子太有趣，若菜忍不住笑了。庄九郎馬上抓住這個女孩放鬆戒備的時機，柔聲道：

「那我們也開始快樂吧。」

他的動作出奇地矯捷，幾乎是一瞬間便刺入女孩的身體，之後便開始溫柔地愛撫。

太陽下山了。

「若菜，你我扮作夫妻，去一趟大桑城吧。」

大桑城是守護職賴藝居住的城池。庄九郎找了各種藉口把府城從川手遷到長良川河畔的枝廣城，後來得助於洪水崩塌，又搬到遠離美濃中心的大桑山城。位於現在的長良橋向北三里的山中。

「好了，走吧。」

兩人的裝束看上去就是地道的農民，他們連夜出發。庄九郎告訴若菜，男女之間非常奇妙，看過、摸過對方「平凡」的那裡後，走起路來頓時有了夫唱婦隨的風情，此話的確不假。

耳次把兩人送到門口，佩服得五體投地。

（好厲害的主子，竟然就像在一起十幾年的老夫老妻。）

到了大桑城，庄九郎立即換回裝束拜見賴藝。

賴藝被他這次突然失蹤後又突然現身弄得驚魂不定。

「你去哪兒了？」

「京都。」

庄九郎的語氣太過平淡，於是賴藝忍不住又問：

「你去京都幹什麼了？」

「很久沒欣賞到京都的歌舞樂曲了。」他答道。

「真拿你的風雅沒辦法。我喜歡風雅也有些病態，你卻已經病入膏肓。難道你竟然扔下城不管，跑到京都去欣賞歌舞了？」

雖說是生氣，這個只對畫和女色感興趣的鄉下貴族也再次意識到，他正是喜歡這樣的庄九郎。

「我給您講講京都的見聞吧。」

「行了行了，你打算閉著眼不管到什麼時候？你不在時，發生了了不得的大事啊。」

「讓您給說中了，」庄九郎苦笑道：「有人瞄準我不在的時機，現在我連城都回不去，也無處安身，只好夜裡出來求助。」

「你的才智勇猛雖勝人一籌，唯一的缺點是太不在意。」

要論遊樂淫蕩，沒有人比賴藝更沉迷於此了，他竟然去勸說庄九郎，可見這次的事情對他刺激不小。

「不過，主公大人您別光笑話我，您也走投無路了呢。」

庄九郎語出驚人。

「什麼意思？」

「明擺著您的親兒子小次郎要謀反。」

其實不用庄九郎說，賴藝也是這麼想的。

——那個傢伙究竟去哪兒了？

這幾天，賴藝一直伸長著脖子盼著庄九郎回來。不用庄九郎提醒，自己的親兒子小次郎賴秀突然舉兵，不是「謀反」又是什麼？

「我也這麼想。」

賴藝說道。他並不喜歡自己十八歲時生下的兒子小次郎。

「可不能大意。」

賴藝表情嚴肅。大名家中長子趕跑父親自己當上統治者的先例並不少見，稍晚時期，甲斐的守護職武田家就發生這樣的事，當主被自己的大兒子趕下台了。「謀反」的這名長子，就是後來的武田信玄。

「就算他不是謀反，」

庄九郎接著說：

「小次郎大人也和鄰國的織田信秀串通，引狼入室。織田信秀正好趁此機會攻入美濃，蠶食領土，最終占爲己有。所以，我才說有亡國之憂啊！」

「有什麼好辦法沒有?」

「沒有。」

庄九郎回答得毫不留情。

「不過主公大人，只要您採用我下面說的策略，一日就可退敵。」

「快說。」

「您立刻下令廢嫡，把小次郎賴秀大人貶爲平民。同時立即告知擁護小次郎大人的美濃人，並廣告全國。」

「只需如此便可嗎?」

「您肯不肯?」

「肯。」

賴藝點頭應允。庄九郎馬上找來賴藝的祐筆，書寫了一百多張軍令狀。內容是宣佈廢嫡，下令到大桑城集合準備迎戰。

接著又派出一百多名使者連夜四處通告。

拂曉時分，附近的武士接到通告三三兩兩地聚攏過來，太陽升起時，已經接近三百騎人數。加上徒步的下士和足輕，大約有六百人左右。

敵軍的人數是三千。

「等上一天，應該能湊足五千人吧。」

賴藝這麼說。庄九郎卻答道：「這些人數足以衝鋒了。」時間拖延得太長，稻葉山城被攻陷就不好辦了。

「行嗎?」

賴藝十分不安。庄九郎一句「放心吧」讓他舒了一口氣。

庄九郎穿上盔甲，豎起十面二頭波頭的大旗，翻身上馬，對著全軍朗聲道：「我手中的采配有神靈保佑。你們看過我打敗仗嗎?雖說我們人少，大家一定要以死相拚。勇者一定重重有賞。」

全軍上下一片歡呼。庄九郎一向是常勝將軍，且不論戰術的巧拙，運氣不濟經常打敗仗的將軍手下，很難士氣高漲。因爲他們心裡感到不安。

「衝啊！」

庄九郎發號施令後一馬當先，流星般衝到隊伍的最前方，遙遙領先。

眾人也緊跟在後。疾馳出三里開外後繞到敵軍包圍圈的背後，向美濃兵的營地射箭，箭頭上綁著通告。

通告裡面有賴藝親筆簽名的花押。

小次郎已遭廢嫡
同夥者視作謀反
有意悔改者即加入我方陣營

通告用詞高亢激昂。

頓時，包圍軍隊中的美濃兵出現動搖，有人前來投奔。

機不可失——

庄九郎瞅準時機，對左翼佈陣的織田軍隊發起猛烈的進攻。

（糟糕，碰上了那個傢伙。）

在長良川南岸紮營的織田信秀心想。不僅僅是出於對庄九郎的畏懼。他知道，深入敵後的作戰一定要速戰速決，拖延只會對自己不利。他可不想做無謂的犧牲。

「鳴鉦退兵！」

他下令部署軍隊撤退，在他巧妙的指揮下，部隊很快撤下陣來，朝著木曾川的彼岸而去，一會兒就消失得無影無蹤。

此等戰略眼光和撤兵技巧，可見並非等閒之將。庄九郎也不禁咂舌稱讚。

也就是這個時刻，他開始意識到自己的對手已不再是國中之人，而是剛剛消失在木曾川彼岸的那個男人。

織田的使者

先引入一段雜談。

筆者住在浪華東郊一座叫做小阪的小城裡。東面是一片田園，田園的後面是生駒連山。生駒、信貴、葛城等山峰曲折綿延，對面就是大和國。

「小說家住在這兒工作太不方便了吧。」

從東京大老遠趕來探望我的朋友表示同情，然而這句話說得對，但又不對。原本，寫小說就要選擇自己熟悉的土地，也就是對自己來說更容易觀察人物的地方更爲自然，我選的就是這座城市。

如今我已四十出頭。年輕時曾身歷險境，沒想到自己能活到今天。這才想起來，我和這個故事中進行到現在的庄九郎年紀相仿。

戰爭結束後退役進入社會，素來和我不和的一名士官學校出身、比我高一個級別的將校，臨別時惡狠狠地對我說：「像你這種壞傢伙，進了社會後也一定會遭人討厭活不下去的。」

此人乍看挺俠義，其實背地裡頗有心計，悄悄和賣化妝品的商人女兒來往，帝國陸軍一解散，他就入贅當了女婿，改行換了身分。他說的確實不假，招人喜愛才能活下去。

不過他的臨別贈言始終纏繞耳邊，戰後我也處處留意，生怕遭人討厭。本來不善言辭的我，總要強裝笑臉來待人接物。有時候連自己都覺得厭煩：

（我這個虛僞透頂的假好人）。

甚至蔑視自己。之所以要寫庄九郎即齋藤道三這一剛烈的「壞人」，也許是出於對自己的輕蔑。

不過，年過四十好像起了些變化。可以平靜地討厭某個人。不光是別人，包括自己，都逐漸地執拗地看不順眼。

如果碰上某個不喜歡的人，再想想當時自己虛僞的態度，會好幾天都不開心，即便是過了一個月後有天突然想起來，也會覺得什麼都不對勁，恨不得把那一天抹殺。

當然，不僅僅是憎惡的情緒，喜愛之情也變得更加強烈。好像過了四十歲自制能力有所減退，愛憎則變得更加分明。

………………………………

庄九郎也在這個年紀開始有些脫韁。

他對趁自己出門在外企圖「造反」的守護職賴藝嫡子小次郎賴秀，雖然在稻葉山城的城外打退他，卻不像以前對待揖斐五郎（賴藝的庶弟）的叛亂時那樣寬容，而是下定決心，一定要消滅他。

然而，話雖然說得簡單，小次郎賴秀畢竟是主君的兒子，能不能掩住眾人之口呢？

（已經無需再忍耐了。）

庄九郎心想。脫韁指的就是這個意思。像筆者這種小市民，頂多也就是做做遠離塵世煩擾、隱世遁俗的夢罷了，而這個男人，一旦掙脫韁繩，就會變成一頭襲人的猛獸。

「我無需再顧慮誰了，」他仔細觀察自己的周圍和美濃國情後：「的確不用了。」

他做出判斷。被譽爲美濃八千騎的地侍分散在美濃的各個村莊，他們中的八成人都開始認爲：

「現在只有小守護（庄九郎）最可靠。」

歸根結底在於能力，庄九郎具有粉碎「外國勢力」的能力。

美濃被看做是日本的交通要道。除了中山道，北國街道和伊勢街道都匯合於此，形成好幾處交叉點。戰國亂世中的這種地方，來自四面八方的領國的軍隊都可以長驅直入，稍有不慎，就有可能被瓜分得七零八落。

西面的淺井（近江）和南面的織田（尾張）在軍事上的迅速崛起，給尚在中世紀沉睡中的美濃地侍敲響警鐘。

（再不注意的話，鄰國就該來搶咱們的土地了。）

對國外的危機感才能誕生出偉大的領導者。過去中國的蔣介石、德國的希特勒等等，都是例子。

就像久旱後等待甘霖的心情，翹首盼望英雄出現的氛圍在美濃國內油然而生。

「非此人莫屬。」

幾乎所有的美濃人都這麼想。

「最近接連好幾次趁美濃內亂入侵的鄰國軍隊，都被擊退了。在關原打敗了淺井和朝倉的聯軍，這回又在稻葉山城下逼迫織田軍隊不戰而退。沒有不立他做盟主的道理。」

出現了這麼一種機遇，可以比喻爲潮水。潮水漸漲，眼看就要滿潮了。

「一鼓作氣——」

庄九郎心裡盤算著。要一口氣衝上台階。

機遇是很可怕的。庄九郎的信仰是，「機遇到來之前，需要耐心等待，做好所有準備才是智者之爲」，然而，「一旦機遇到來，就要緊緊抓住一氣呵成，才是英雄所爲」。

庄九郎等到了這個時刻。以西美濃三雄的安藤伊賀、氏家卜全和稻葉一鐵爲首，正室小見之方的娘家明智一族等在國內頗有影響的武將，都表示：「和大人同生共死。」

看來是改寫江山的時候了。

§

好運連連。

只能這麼說。賴藝的「公子」小次郎賴秀從稻葉山城下敗退後，逃到如今的岐阜市西北方向七公里處的「鵜飼山城」中。城主村山出羽是小次郎賴秀年幼時的輔佐。

「出羽，全靠你了。」

小次郎賴秀在求得他保護後，又提出要再次舉兵討伐庄九郎。

「因爲此人，我才被廢嫡，淪爲平民。事已至此，只有在國內招兵買馬，同他一決勝負，廢了父親賴藝，自己來當守護職，除此以外別無出路。出羽，我說得對吧？」

「言之有理。」

出羽陷入沉思。那個賣油的此時勢力正如旭日東昇，要眞和他決鬥，又有幾分勝算呢？

「出羽，出羽，」接下來，小次郎賴秀使出常用的激將法：「等我當上守護職，一定封你當小守護。」

（小守護——）

太誘人了。除了那個賣油的，這個寶座向來都是由聲名顯赫的氏族佔據的。

「總之，現在的問題是能召集到多少美濃兵。還需要再次向尾張的織田信秀請求援兵。」

「出羽，這一切都靠你了！」

小次郎賴秀喜出望外，對著以前的家臣村山出羽不停地點頭哈腰。實際上，出羽難以取捨。不管怎麼說，這場仗將會賭上自己的身家性命。但是，既然小次郎賴秀開了這個口，如果自己坐視不理，就會被美濃的武家社會評價爲「懦弱鼠輩」而難以立足。

只好硬著頭皮試試。

出羽立刻向周圍派出密使，開始準備決一死戰。

而在此期間，小次郎賴秀能做的就是把自己所在地的鵜飼山城改名爲「御所」，讓出羽的家臣叫自己「主公」，還向出羽索要女人做伴，儼然以守護職自居。

「出羽，讓下人叫你小守護好了！」

面對這名落入凡間的天眞貴族子弟，出羽也只能苦笑道：

「等到打贏了仗再說吧！」

要說出羽的心情，準備著這場將美濃一分爲二的大決戰，一邊感到英雄般的亢奮，一邊卻也有種說不出的悲哀。如果這位年輕公子沒有落難到此地，那麼自己一定能守著祖輩留下的領地和城池，欣賞著春花秋月，過得逍遙自在。

聽到舉兵的計畫時，「天助我也！」庄九郎不禁拍手叫絕。估計這場決戰將把國內所有反對自己的人集中到鵜飼山城。

（殲滅他們，一舉奪取美濃！）

這是個絕好的機會。這種機會，人的一生中恐怕難得有幾次。

（看來我又要改名字了。）

突然眼前浮現出萬阿的臉。打完仗後回去見萬阿時，她一定又會天眞地問道：「這次又改叫什麼名字了呢？」接下來，她肯定還會問：「什麼時候當上將軍呀？」

眞是個好女人，庄九郎心想。爲了這個女人，也要早些拿下美濃，在京都豎起自己的大旗當上將軍。

庄九郎最近在稻葉山城按兵不動，他在城裡插起戰旗，遠遠遙望著鵜飼山城，每天都忙於蒐集敵方的情報。

不用說，曾被庄九郎當日一戰揚鞭抽打得落荒而逃的賴藝庶弟揖斐五郎、鷲巢六郎以及土岐七郎賴滿、土岐八郎賴香等人紛紛加入，可以說此地彙集了美濃的名門望族。

然而，出乎意料的是，前來參加的最爲關鍵的美濃兵卻寥寥無幾。

「目前大概湊了一千人左右。」

耳次打探到人數。

問題是鄰國的織田信秀。如果他要加入的話，形勢對庄九郎絕對不利。

鵜飼山城的小次郎賴秀不停地派使者前去請求出兵。

「送給您半個美濃。」

聽說他甚至開出這個條件，庄九郎聽聞後也吃驚不已。

（要是能得到半個美濃，織田肯定會賭一把的。）

於是，庄九郎反過來利用這個傳聞，在美濃國內散佈謠言。

——織田要奪取半個美濃。

再沒有比這個消息更刺激美濃人的了。

這個傳聞一散開，本來保持中立的人也毅然站到庄九郎這邊。人數每天都在增加，對抗外國使得士氣高漲，將士們更加團結。

——然而。

庄九郎並未就此甘休，他對聚集於旗下的美濃將士說：

「敵人其實是尾張的織田信秀。說不定哪天夜裡他就蹚過木曾川打進來。而且極有可能，因此……」

他煽動大家，每天都派五百人輪番看守著木曾川的國境，一到晚上就在沿岸數里地點起熊熊篝火。

這是他的策略。對內可鼓舞士氣，對織田：

——你敢過來我就不客氣。

呈現備戰姿態。

這麼一來，尾張的百姓先慌了：

——美濃大軍會打過來。

頓時謠言四起，織田信秀也無計可施。

信秀看穿木曾川北岸的篝火只是庄九郎在外交上的牽制手段而已，然而坐視不理的話，國內的恐慌越來越嚴重。

（那個傢伙眞有一套。）

他心感佩服，卻無意出兵擊退美濃的防守兵團。信秀本身也忙於國內的戰事，根本不具備出外遠征的能力。

（那傢伙一定是看出來了，才會在木曾川北岸點火嚇唬我。）

信秀想道。

在這種無可奈何的情況下，雖說外交態度上有所屈辱，尾張還是向稻葉山城的庄九郎派出使者。

庄九郎在山腳下的府邸裡接見使者。

來人是平手政秀。

「我們主公說，」政秀說道：「絕對不會插手鵜飼山城的小次郎賴秀之事。」

「那就好。」

庄九郎淡淡地笑了笑。他的傲慢態度表明，對方插不插手都無所謂。

（你這條蝮蛇——）

政秀想起對面上座的此人外號，對他的傲慢感到憤怒。

在書院裡的正式會見，僅僅一兩分鐘就結束了。

「用點茶水吧。」

喜愛茶道出了名的庄九郎，親自帶領政秀到自己引以爲傲的茶室。

政秀震驚於茶室的精緻。庭園裡引入稻葉山山谷裡的泉水，前往茶室途中的露天地面上種滿姿態各異的櫻花古樹，走到盡頭的茶室，竟然全部用櫻花木做成。

「全部都是櫻花樹吧。」

「不錯。」庄九郎回答得乾脆扼要。

「您很喜歡櫻花對嗎？」政秀問道，想到蝮蛇和櫻花之間根本毫無關聯，他不禁覺得好笑。

「嗯，挺喜歡的。」

庄九郎輕描淡寫地作答。其實，從未有像他這樣酷愛櫻花的武將。理由是櫻花樹不會讓人反感，也不會讓人厭煩。

兩人進了茶室。

「吉法師君（信長的幼名）幾歲了？」

庄九郎漫不經心地問道。他知道吉法師的輔佐就是眼前的平手政秀。

「八歲了。」

「嗯，和小女（後來的濃姬）只相差一歲。」

「這樣啊。」

平手政秀話音剛落。

「可是個美人兒呢。」庄九郎又說，隨後馬上將話題轉到別處。政秀不明白蝮蛇爲何要提起吉法師的事情。

過了一小時，政秀告辭上馬，帶著隨從踏上返回尾張的歸程，這才覺得疲憊至極。

（跟此人交手眞累人啊。）

政秀滿臉倦容，騎在馬上一路顚簸。

美濃的蝮蛇

大家都在暗地裡叫庄九郎——美濃的蝮蛇。

剛開始庄九郎也覺得不可理喻。

「怎麼會是蝮蛇呢？」

自己厚待家臣、減少領民繳納的租稅、修築堤壩、引水灌溉，讓生病的百姓去看病，還建了供領民使用的藥草園，可以說是美濃有史以來難得一見的善政家。

因此，大家都樂意當庄九郎的部下，百姓也爲身處他的領地而感到僥倖，就連其他領地的百姓都希望：

——要是可以，眞想在小守護大人（庄九郎）的周圍種田。

就算是蝮蛇，庄九郎也是條頗受歡迎的蝮蛇。

他經常思考：「人到底是什麼？」

確實，人有善惡之分，然而用一句話概括就是：

——永不知足的貪心鬼。

他也知道，自己所學的《法華經》正是迎合人的欲望的經典。《法華經》曰：

「此經能救一切眾生者。此經能令一切眾生。離諸苦惱。此經能大饒益一切眾生。充滿其願。如清涼池。能滿一切諸渴乏者。如寒者得火。如裸者得衣。如病得醫。如貧得寶。如賈客得海。」

說實在的，庄九郎並不相信《法華經》的功力，不過他卻相信這部經典中所描繪的赤裸裸「人的現實」。寫下這部經典的古印度人早就肯定，人活著就有無窮的欲望。

「正因如此。」

庄九郎才要實施善政。賜百姓以水，賜武士以俸祿，對能人功臣不吝賞賜，爲商人開闢市場讓其獲利。

（這樣也算蝮蛇？）

庄九郎心想。自己不正是《法華經》裡所說的「功力」之人嗎？

《法華經》裡頌揚佛祖。

亂世之中，佛祖也會化身爲蝮蛇吧，他想道。

然而，庄九郎覺得自己已經無需爲蝮蛇這個稱謂而在意了。從今往後，自己一邊實施善政，一邊對內外呈現出「我是蝮蛇」的姿態，大大方方的才好。

懷著這種置之一笑的心態，庄九郎開始招集討伐主公賴藝的長子小次郎賴秀的人馬。

順便一提，這個時代的武士尚處在中世階段，並不聚居在城下町，而是分散居住在各自的領地。把他們從領地遷到城下町集體居住，從而具備了軍團的機動性，是在庄九郎的後半生。而完成此一過程的，是他的女婿織田信長。

庄九郎爲了招攬這些村落武士可謂費盡心血。

本來，這件事極其艱難。所謂美濃八千騎的這些村落貴族均以守護職土岐家爲宗家，是個單一的血緣集團。

要想召集這個血緣集團來討伐宗家的長子，可不是件易事。

因此，庄九郎才默認自己是條「蝮蛇」。

——所謂人，和庄九郎同屬一個時代的歐洲文藝復興時期的思想家尼可羅．馬基維利就定義爲以下五條：

一、忘恩；

二、善變；

三、虛僞；

四、懦弱；

五、貪婪。

庄九郎當然無從得知這位住在義大利半島佛羅倫斯的沒落貴族的名字和思想，但兩者的看法完全相同。

因此，爲了滿足第五條的利益欲望，他源源不斷地從京都山崎屋運來巨富，對第四條中的懦弱，擺出「逆我者亡」的威脅姿態，終於露出蝮蛇的本性。不管怎麼說，美濃國內無人能勝過庄九郎，他一人便可威震四方。

馬基維利論述道：

——君主是應該受到愛戴，還是應該讓人感到畏懼呢？這是個有趣的命題。從常識上考慮的話應該二者兼備，但要達到這個境界是十分困難的。由此君主只能二者擇一的話，比起受到愛戴，反倒不如讓人畏懼，這樣的話更加安全。

「不如當蝮蛇。」

馬基維利會這麼說。比起讓人憐愛的小狗，不如當一條劇毒無比的蝮蛇，更有利於呼風喚雨。

對第三條中的「虛僞」，庄九郎也看穿了，他四處宣揚：

「小次郎賴秀已經不是守護職土岐家的長子，而被廢嫡了。而且還圖謀造反。討伐他便是對土岐家的忠義。」

人們做事總是想要名分，他們想爲自己的行動找一個「正義」的藉口。越是貪婪善變而又膽小的人，在決定採取新奇行動時，會向領導者討要護符。

——求你肯定我的行爲是對的吧。

庄九郎爲這場戰役貼上「討伐謀反者的正義之戰」的護符。他利用人的虛僞心理。美濃的村落貴族卻都很高興。

有了這道護符，加入稻葉山城，就不再是「迫於蝮蛇的權威」，也不再是「受蝮蛇財力的賄賂」了。

他們陸續從美濃十幾個郡集中到庄九郎的稻葉山城下。國內八千騎中來了六千騎，他們帶來的兵將把城下擠得滿滿的。

庄九郎把賴藝從大桑城接來，在山上豎起土岐家的白旗，山腳下則插上自己的二頭波頭旗，領兵出發了。

當天就包圍了鵜飼山城，開始攻城。

而小次郎賴秀——

由於招兵情形不佳只好採取死守的籠城戰。

「少主大人，這樣下去會支持不住的。」村山出羽勸他道。

「是嗎？」小次郎啃著指甲。

出羽已經做好戰死沙場的準備。

「只是，」小次郎臉色一陣青一陣白地問：「鄰國的彈正忠大人（織田信秀）不是會派援兵來嗎？」

「指望不上了。織田正出兵三河作戰呢，別說救援，自身都難保了。」

「太不像話了。彈正忠大人是我的乾爹，我名字裡的秀也是他賜給的，不是親同父子嗎？」

「時勢變化了。」

「什麼時勢？」

「您所說的關係，如今已經不通用了。您的親父親賴藝大人，雖說是蝮蛇的傀儡，卻身爲敵軍的統帥呢。」

「不過，我聽說彈正忠大人可是有仁有義的大將啊！」

「所謂仁義，」

村山出羽已經疲於應付這位天眞的貴族公子了：

「只是當雙方利害一致時在酒桌上的戲言而已。彈正忠大人原本就是殘酷之人，尾張曾有守護職波斯氏，織田家上面也有宗家，他卻踩著他們的脊梁爬到今天的地位。如果我們有勝算尚且還有可能，沒有的話他是不會來的。」

「那我們怎麼辦？」

「城裡所有人團結一心死守此地，只要撐上半年，便會有人內應，或者織田大人會趁著蝮蛇兵力衰退，越過木曾川前來救援也說不定。」

「敵人決心要籠城了嗎？」

庄九郎一看情形，又突發奇想。

利用敵人籠城的機會，在稻葉山建起一座大城下町。不僅如此，他還另有打算。

一天，他把陣中的將士喚來，問道：

「看來敵人想拖延時間。區區一座城，要是硬攻也能攻下，只是要犧牲兵馬，咱們倒不如坐下來包圍他們。你們覺得呢？」

大家紛紛同意。減少兵力的損耗是古來的名將之道。

「那好，」庄九郎又接著說：「全軍上陣的話只會疲乏，各位將領輪流出陣怎麼樣？」

「這可不像小守護說的話。」

富有經驗（熟悉打仗）的西美濃三雄中的大垣城主氏家卜全開口道：

「將領輪流出陣的話，這邊的兵力就會削弱。如果敵人瞄準這個時機攻打過來，這邊就會亂套了。」

「眞不愧是卜全大人啊！」

庄九郎就像在表揚小孩一樣：

「您說的沒錯，如果回到遙遠的領地，一旦敵軍來襲，即使是快馬加鞭，趕回來也需要三天，根本來不及。你們看，我的稻葉山城離這裡不過數里，你們就在稻葉山城下各自分地建房吧，叫來妻子兒女同住即可。」

妻子兒女，是最合適的人質。

再者，在庄九郎的城下蓋房而居，形式上他們就變成庄九郎的家臣，自然而然地就能實現美濃的統一。

「蓋房的錢我可以借給你們。」

眾人歡呼雀躍。

「好主意啊！」大家一齊拍手叫好，無一人反對。

庄九郎馬上封赤兵衛爲事務官，負責分地和收集木材。

這時庄九郎的樂市充分發揮了優勢。一看把木材運到稻葉山城下能賺錢，各國的木材商紛紛聚集而來。

庄九郎招集了國內的木匠，下令道：

「每日的工錢各自找你們的主子要。另外我也會發給你們同等的一份。」

大家都樂得其所專心幹活，城下的武士居住區馬上就成形了。

到了三月，工程徹底結束，地名仍沿用以前的井之口。岐阜這個名字是信長的時期取的。

庄九郎成了實質上的美濃國主。

對此束手無策的是鵜飼山城裡的籠城軍，士氣一蹶不振。

「聽說井之口請了京都的能樂師來表演。」

「城外建了幾十處有妓女的旅館，熱鬧得很啊！」

「市場繁榮，各國的人都雲集此地，看來除了京都外，這裡會成爲日本最熱鬧的地方。」

士兵之間流傳著各種傳聞。不管怎麼說，僅僅相隔七公里的山腳下，出現了一個夢幻般的軍事都城。聽到當地令人目眩神迷的繁榮景象，死守在鵜飼山城的人覺得自己在美濃國內受到孤立，開始爲命運的不幸而悲傷。

庄九郎當然不會放過這個時機。

「後悔加入謀反方前來投奔我方者不計前嫌。我保證你的領地安全，還給你蓋房。」

他讓包圍軍傳話給籠城軍的親屬，頓時前來投靠的人就像決堤的洪水般源源不絕。

然而，庄九郎也很狡猾。

剛開始，他對投靠自己的人，覺得對方「可愛」而按照自己的承諾給予他們相應的待遇。後來，卻對那些想偷偷出城的人表示：

「不許出城，否則就拎著謀反者小次郎賴秀的人頭來見我，以表誠意。」

而且，這些都不是秘密，他令人每天公然向城裡射箭發出通告，從不間斷。

城裡出現混亂，就連盟友之間也疑神疑鬼：

「那人不會是內奸吧。」

「昨晚有人站在裡間的走廊上，不會是來取小次郎公子首級的吧！」

漸漸地流言四起，一發不可收拾。

開始感到恐懼的是小次郎賴秀。

一天夜裡，和他同床共寢的一名喚作萩野的女子無意翻了個身，把他嚇出一身冷汗：

「連你都敢！」

伸手去抓枕邊的寶劍。萩野受驚嚇，連滾帶爬地逃到走廊，反而造成對方的疑心。

小次郎追上來刺中她的後背，逃到杉木門旁時，被一劍穿心，當場死於非命。

村山出羽聽聞後趕到血淋淋的現場，呆立許久才說：

「少主，這座城守不住了。」

「對吧，連萩野都當了內奸。」

「此事尚不清楚。只是，身為一軍之將的小次郎君也未戰先亂的話，恐怕很難擔負起統帥的重任。」

「出羽，我會被殺死的。」小次郎六神無主。

「蝮蛇眞是厲害，」

村山出羽歎了口氣道：

「一座城，只要守城的士兵團結一心，就算是一座土牆或是一條小溝，也不容易被攻破。然而，一旦人心渙散，整座城就會轟然瓦解。」

「那要怎麼辦？」

「起碼也得通過織田彈正忠來講和吧，這件事相信鄰國會幫我們一把的。」

於是，派出使者去尾張交涉此事。

——可以。

對方答應後，派平手政秀向庄九郎求和。

庄九郎覷準時機，說道：

「既然尊貴的織田彈正忠大人開了口，那我們就言和吧。不過這只是和村山出羽下面的籠城軍之間的和議。」

他話中有話。

「您的意思是？」

平手政秀弄不明白。庄九郎卻並不作答，只是立即寫下誓文，交給政秀。

政秀把他轉交到鵜飼山城，雙方正式和解。

鵜飼山城的籠城軍紛紛解散。

庄九郎卻在國內的大街小巷豎起高牌：

——唯小次郎賴秀爲謀反之人，通報其所在或誅殺其人者重賞。

庄九郎下令廣告天下後，本是這個領國合法繼承人的小次郎賴秀無法在國內立足，一天夜裡裝扮成叫花子逃往越前，開始亡命天涯。

「蝮蛇」，終於還是現出原形。

淫府

庄九郎趕跑美濃的嫡長子小次郎賴秀後，又改名叫「齋藤山城守利政」。已經記不清這是第幾次改名了。

他的可愛之處是，每次改名後都要去京都告訴萬阿，這次卻例外。

尚有要事，稍候。來日定上京與你好好一敘。

他寄給萬阿的信中寫道。

這裡提到的要事，是指征服美濃的收尾工作，也就是讓大桑城裡沉溺於酒色的「主公」土岐賴藝滾蛋。賴藝一走，庄九郎就成了名副其實的美濃國主。

（這次可是個難題。）

他早有思想準備。

連日來他一直在思考。

他思考的地方，是建在府邸內的一座小小持佛堂。大殿裡供奉著《法華經》的祖宗釋迦牟尼的小佛像。

「釋迦菩薩，幫幫我吧！」

他總是在念誦完《法華經》後，陷入沉思。

賴藝這邊，自然是做夢也不曾想到，稻葉山城的庄九郎會在宗教的莊嚴氣氛中思考如何對付自己。

賴藝過著荒淫無度的日子。這個幸運的人，可以說正處在世上男人最爲嚮往的天堂。

他的好色可非同尋常，他在女人面前將自己的荒淫無恥表現得淋漓盡致。

有時候：

——讓你們看看我的風采。

他甚至讓侍女、兒小姓觀看自己的床戲，彷彿這就是他的工作。

倘若同族有人進諫，他便說：

——如果我是百姓，定會勤奮種地以求收穫，是足輕，則會衝鋒陷陣爭取名位。但誰叫我是守護職呢？再沒什麼想要的了。但是如果沒什麼欲望，豈不成爲折了翅膀不能飛的鳥？那麼，我對女人和美酒充滿欲望有什麼不對？

賴藝體型臃腫肥胖，加上皮膚白，看上去和京都的公卿沒什麼兩樣，但生命力卻出奇地旺盛，每天與女人尋歡作樂全然不知疲倦。即使如此聲色犬馬，在這個故事的稍後時期，賴藝仍然依附於其他豪族活了下來，臨終時正好八十二歲，在那個時代可以說是驚人的高齡了。可見他的體力非同小可。

不過，他仍舊喜歡畫鷹。

實際上，他的畫技也日漸精湛，京都一帶的文人墨士都高度評價他爲「土岐鷹」。賴藝自然不會拿自己的畫買賣，經常把畫賜給周圍人，他的畫也就自然流入各國。

如果連畫畫的才能都沒有，眞不知道賴藝爲什麼要誕生到這個世界來。

或者可以說，除了酒色之外，他所有的興趣都在畫上。唯有畫畫時，他的身邊才沒有女人，手中沒有酒杯，只是一位純粹的藝術家。他的腦袋裡裝滿畫，以致喪失了所有對政治的欲望和興趣。如果他不沉迷於畫畫，稍微有一些政治頭腦的話，也許會心生疑惑：

——齋藤山城守會不會殺了我呢？

總而言之，賴藝就像是個臉上撲滿白粉、嘴裡塗著黑漿的天使，沒心沒肺。

不過這位天使對女人卻是三心二意，經常不停更換寵妾。

「給我找個好女人」是他的口頭禪。

一天，從京都的大德寺來了一位有名的老禪師。

賴藝盛情款待，聽他講完禪道後，迫不及待地伸長脖子問道：

——最近京城裡有沒有出名的女子？

老禪師驚愕於這名鄉下貴族的好色，忠告他說：

——淫樂乃亡國之本。

更要命的是，賴藝不喜歡美濃本國的女子。

他經常說：

——和國內的女人睡覺，還不如舔自己的手腳。

他決心要找「京都的女子」，四處搜羅。由於他本身的教養使其對京都文化格外憧憬，凡是缺少風雅的女子，他便覺得索然無味。

庄九郎在京都有經商管道，因此，每當賴藝纏著他要女人時，他都會從京都物色。

然而最近連庄九郎都看不下去了：

——前幾天剛給您找的女人，您已經看不上了嗎？

臉色也顯出不悅。

數日前，兩人之間發生小小的爭吵。

「主公大人喜歡美色原是本能，不過真正的好色乃是至愛一兩名女子，太多了反而無法體會美色的妙處。」

「你別班門弄斧了，」賴藝嘲笑道：

「打仗我可能不如你，美色方面我可是比你經驗豐富。美色的妙處就在於獵豔。我平常畫畫，畫完一張後覺得不滿足，下一張才會畫得更好。畫鷹也是這樣，有人送來好鷹時，靈感泉湧，一口氣就能畫完。但是只能畫一次，畫完後連看都不願意再看一眼那隻鷹。心裡只盼著下一隻。總是在追求新的美麗，畫呀、鷹呀、女人對我來說都一樣。這種心情，你不畫畫是不會懂的。」

上梁不正下梁歪，賴藝居住的大桑城，就連身邊的侍衛、兒小姓都和後院的侍女私通，簡直就是一座淫樂的府第。

（《韓非子》說得好啊！）

庄九郎不禁想起以前在京都妙覺寺本山讀過的中國奇書。

這本《韓非子》書裡寫道：「爲人君主者，不可讓下人知道自己的喜好。」因爲這麼一來，下人就會竭力迎合自己。

書中還舉例說，越王勾踐喜歡勇士，由此越國有不少人死於非命。楚靈王討厭豐滿的女子，只喜歡腰身纖細的女子，由此楚國出現不少餓鬼，因爲她們要靠絕食瘦下來。舉個極端的例子，桓公酷愛各種美食，於是廚子易牙把自己的兒子蒸熟後端到他的飯桌上……

原本，庄九郎就看出賴藝的好色。

（此人生性好色。）

之所以讓他遷到大桑城，也是爲了讓他安心享樂。而這個計策無比順利，現在的賴藝幾乎晝夜不分地一味玩樂。

一天，齋藤山城守利政也就是庄九郎，把赤兵衛叫到府邸內的持佛堂。

「有什麼事要和我商量嗎？」

赤兵衛顯然受寵若驚。

「也不想想我會找你商量嗎？叫你來，不過是讓你聽聽我的想法罷了。」

「哦，您在想什麼？」

「我在想是不是該讓主公大人離開美濃。」

「看來這一天終於到了。」

這件事原本是兩人落腳美濃時計畫好的。

（就要實現了啊。）

赤兵衛不禁感慨萬千。

接著，他突然又想起了什麼，向庄九郎問道：

「大人，您和主公大人之間可以說是君臣魚水之交，邁出這一步，您不感到內疚嗎？」

當然，赤兵衛也知道，優柔寡斷便成不了大事。

「內疚……？沒想過。」

庄九郎回答道：

「從一開始我來美濃就是為了得到它，並不是要為誰盡忠。我和一般人活得不一樣，所以，對主公大人也不會有普通人的感傷。」

「噢。」

此人真是個人物，赤兵衛又重新湧起對庄九郎的敬慕之情。

「主公，」

庄九郎說：

「土岐賴藝只是我的工具罷了。就像木匠用的轆轤、工匠用的斧頭、陶工用的篦子、鐵匠用的風箱一樣。我又不是伺候著工具，也就無需對它講什麼道義。主公大人只是個工具，供我使用。我要用它來建立一個新國家。」

「遵命。」

赤兵衛不知不覺已俯首跪地，就像眼前是偉大的教祖。

「赤兵衛，你不知道怎麼做陶器吧？先要把泥盛滿轆轤台，轉動著和泥，做成圓形的碗。現在就好比做成了碗的形狀，然而此時轆轤台上的碗還只是泥而已。要把它變成真正的陶器，還要取下來放到窯裡燒，然後上釉，再放回去燒，才算大功告成。也就是說，主公這座轆轤台已經不需要了，之後有火就夠了。」

這裡的火，指的是打仗。

「放到火裡之前，必須先拿離轆轤台。」

庄九郎頓了一下，又說：

「取下的時候需要技術。如果不能乾脆利落地拿開泥碗，恐怕連碗都會一齊碎了。」

這裡的碗，就是庄九郎心中所想的新國家。

「這時，需要對敵人採取各種策略。」

庄九郎按照順序，開始對赤兵衛娓娓道來。

庄九郎來到大桑城時，賴藝宴會正酒酣耳熱。

「你來得正好，喝一杯吧。」賴藝招呼著他，庄九郎卻不同於以往地拒絕了。

「我是來告假的。」

把賴藝嚇了一跳。

「告假？要回京都嗎？」

「此處不便講話。」

庄九郎答道。賴藝只好讓周圍的女人和小姓退下。

……………………………

「我不回京，而是想讓主公大人您離開。哦，不，等等，不是讓您離開美濃，是讓您讓出守護職一職。也不是，就是說讓您隱居。」

「隱居？」

賴藝不禁愕然。隱居的話，不僅要削髮爲僧、改叫法號，生活也會截然不同。僅靠微薄的土地聊以度日，再也沒有現在的榮華富貴。

「不行，你怎麼說出這樣的話來？」

「如今國內人心惶惶。主公大人沉迷於遊樂導致人心渙散，長此以往，美濃將四分五裂，一旦與鄰國交戰，恐怕武士會棄主公不顧而投靠織田、淺井、朝倉這三個敵國。總之，主公大人您不隱退的話，美濃必將滅亡。土岐家一旦倒了，主公大人您的姓名便會落到敵人手中。隱居實乃當務之急，這都是爲了大人您著想啊！」

庄九郎振振有詞。

賴藝早已亂了方寸。

「不、不，」他大喊道：「你口口聲聲說隱居，想讓誰當守護職呢？」

「主公大人的兒子。」

「兒子？」

「大人，您不記得了嗎？您兒子在我家養了十六年。」

「義龍嗎？」

賴藝不覺叫出聲來。這一叫等於承認確有其事。已經是很久以前的事了。

庄九郎來到土岐門下的第六年，巧妙地麻痹了當時不過是鷺山城城主的賴藝，得到他的愛妾深芳野。「作為交換，我會讓大人您當上美濃的守護職的。」

賴藝禁不住庄九郎的誘惑，只好答應。那時，深芳野的肚裡已經孕育著賴藝的種子。賴藝一直以為，此事只有自己和深芳野知道。

他曾經悄悄地囑咐深芳野：

——別告訴那個人，否則，他會對孩子不好。

實際上，庄九郎也像是一無所知。賴藝暗地裡嘲笑著他，別看這個人好像才智過人，卻唯獨不懂這種自然的奇蹟。

翌年的大永七年（一五二七）六月，義龍出生了。庄九郎欣喜若狂。

（深芳野給了他倒也不可惜。）

當時的賴藝心想。

（那人的兒子是我親生的，就算他再有多大成就，也會傳到我的兒子義龍手裡。這個世界太公平了。）

出於這個原因，賴藝對勢力日益漸長的庄九郎才不加以防備。他甚至主動把西村、長井、齋藤等土岐門下的名門之姓賜給庄九郎。

庄九郎早就心知肚明。他雖然娶了明智家的小見之方為正妻，卻一直保持著義龍的長子地位，正是因為「義龍」是連接自己這個美濃的天涯孤客和守護職賴藝之間的無形紐帶。

「你、你早就知道了?」

「當然,——義龍君,」庄九郎對自己的兒子用了敬稱:「已經長大成人,身高六尺五寸、體重三十貫(譯注:一貫爲三·七五公斤)。」

體格碩大無比。

「請讓位給義龍,美濃從此太平。」

庄九郎的本意是自己當國主,義龍只是傀儡。

「不行,」賴藝堅持:「我拒絕。想讓我隱居,先問問我的兵馬。」

「臣惶恐。」

庄九郎逕直回到稻葉山城,當天就下令召集美濃的主要豪族。

他所說的「火」即將點燃。

漁火

「人生如詩。」

庄九郎常說。就像詩一樣，人生中也有起承轉合的順序排列。

「其中，轉最重要。」他說：「轉得好還是不好，能決定一個人的成敗。」

庄九郎要奪取美濃的「事業」，恰巧就是一首詩。首先是「起」，這裡要產生詩意。庄九郎的「起」，是借給當時落魄的公子土岐賴藝的智慧和力量，把當時的守護職、賴藝的哥哥政賴趕跑，賴藝取而代之，自己也當上賴藝的管家。這一點獲得巨大的成功。

接下來是「承」。一邊繼續擴大，一邊抬高自己作為總管的權勢，讓賴藝沉溺於酒色，在國防上給美濃人造成不安的印象。這一項也獲得成功，但是花費了二十年之久。

第三步是「轉」，可以說是最關鍵的一步。如果不「轉」，庄九郎永遠都只是美濃的家老、副將、副職的存在。

（怎麼能甘心做一名鄉下的侍大將呢！）

他想。庄九郎考慮的「轉」，是趕走賴藝，自己搖身一變成爲美濃國主。

「寫詩也是轉最難，更別說做人了。」

天文十年到十一年（一五四一～四二）這段時間，庄九郎把所有的精力都投入「轉」上。

首先是和賴藝斷絕關係。

爲什麼要斷絕關係呢？其實理由很簡單，賴藝不願聽他的話隱退。

「主公，您快點隱退吧。只要您這個無能荒淫、不受歡迎的首腦還在，敵人就會闖進美濃消滅這個國家。您要是不隱居的話，就是美濃的敵人。」

他屢次派人前往賴藝所在的大桑城進諫，賴藝卻毫不理會。

他又勸告國內的美濃武士，收攬人心。而且賴藝的繼承人義龍出身複雜，他既是賴藝的親生兒子，又是庄九郎的長子。只要這麼一宣傳，血脈崇拜信仰根深柢固的美濃武士也能接受。

然後，再一舉向賴藝進攻。

想了各種方法，做好一切準備後，庄九郎發動政變的日子定在天文十一年五月一日的夜裡。

數日前，他就多方派出使者。

「國境邊的織田勢力有動靜，大家立刻前來稻葉山城集合。」

他向美濃武士發出號召，立即來了三千騎，加上足輕和隨從，共有一萬人。

庄九郎召集他們的首腦，說道：

「敵人不是織田，而是主公大人。如果主公不讓出守護職一職，建立起強大的軍事國家的話，就無法抵抗織田的勢力。趕走主公大人是打贏織田的唯一方法，也是你們保全先祖傳下來的領地的唯一選擇。」

眾人都異口同聲表示：

「我們都聽從山城守大人（庄九郎）的號令。我等定要肝腦塗地保家衛國，您儘管吩咐即可。」

「那就吹法螺出陣吧！」

庄九郎大聲下令。城下密密麻麻的全是兵馬。庄九郎作了部署，又親任總指揮，連夜出稻葉山城。發動兵變的人馬發出震耳欲聾的響聲，沿著大桑街道直奔大桑城。

（我的戰鬥一生從此打響。）

馬上的庄九郎暗想道。他覺得自己握著采配的手在發抖。打仗、打仗，永不放棄。事實上，這個男人天才般的戰爭史至此拉開帷幕。

此時，賴藝正抱著女人，尋歡作樂後沉沉睡去。

夜裡，丑時下刻（夜裡三點）剛過。走廊上突然響起慌亂的腳步聲，有人跑進守夜的士兵房裡報告。

守夜的士兵驚得跳起來，亂成一團，一名貼身侍衛連忙跑到賴藝的房間，隔著一扇紙門聲嘶力竭地喊道：

「主公！」

……………………………………

「何事？」

賴藝被女人晃醒，很不高興。

「主公，」侍衛結結巴巴地說道：「出大事了！城下的平地上點滿火把。不知道敵人底細，但一定是來攻城的。」

「什麼地方弄錯了吧？」

賴藝蓋好被子，喃喃地低聲說。在美濃，怎麼可能會有人想要逆反？

「主公，您起來吧！」

女人晃著他。

「沒看見我眼睛都睜不開嗎？你再咬咬我的眼皮看看。」

賴藝尚未弄清楚狀況，還想繼續調情，門外的人卻一聲高過一聲喊著他的名字。

「吵死了！」賴藝大吼一聲：「美濃的國政都交給稻葉山城的山城守（庄九郎）代理了，有事找他就行了。」

「是。」

侍衛領命，馬上派人去稻葉山城，這件事與其說是悲劇，更讓人覺得滑稽可笑。

不久，探子來報，賴藝這才恍然大悟，原來包圍自己的敵軍就是「那個人」。

雖說出乎意料，賴藝更感到的是狼狽。

「我們肯定打不過，趕緊收拾畫筆、畫布和用具逃跑吧，女人們也帶上。」

他腦子裡裝的全是無關緊要的事。

侍衛卻覺得，不戰而逃有傷家門名聲，他們封鎖城裡的要道，又四下派人到附近召集兵馬。

庄九郎發起猛烈的攻勢。

所謂兵變，如果不能瞬息成功，將會出現危機。

「給我狠狠地上！」他深入前線親自指揮。

此時，以賴藝名義召集的三千兵馬聚攏在土岐家的揖斐五郎（賴藝的庶弟）所在的揖斐城，黃昏時分開始襲擊庄九郎陣營的後方。

「果然來了。」

庄九郎命令一千人馬埋伏在城樓四周，其他人則全力迎戰揖斐五郎。

賴藝等人從城樓上望見，不禁拍手稱快：

「蝮蛇撤退了，趁此機會打開城門出陣，與揖斐五郎前後夾擊。」

於是大開城門，渡橋應戰。

庄九郎的撤退卻是演給他們看的。

看到城裡的士兵上當後傾巢而出，他下令擊鼓發出急衝鋒的信號，伏兵一擁而上。四周的草木頓時都化作庄九郎的人馬，城兵立即死傷過半，剩下的急忙逃向城裡，卻被庄九郎指揮的五百兵馬緊追不捨，尾隨進城。大桑城的設計原本就出自庄九郎之手，這裡的地形他再熟悉不過了。

庄九郎觀察風向後，下令道：「點火！」

頓時烈焰衝天，城裡敵軍的人數也逐漸減少。

「豬子兵助聽命！」

他把侍大將叫來大本營。

「這裡就交給你了！我要繞到後面，徹底消滅揖斐五郎的人馬。」

他召集了一些兵馬就要出發時，「大人，請稍等。」豬子兵助策馬飛奔過來：「如果在城裡發現主公，要如何處置？」

「主公？」

庄九郎望著遠處，腦海裡浮現出來到美濃後的種種光景。

（主公。）

多少有些感傷。然而，爲了今後的美濃，那張化著妝的臉是無論如何不能再出現了。

「不用殺他。」庄九郎說。

就像之前把上一任的「主公」政賴趕到越前一樣，弟弟賴藝也是離得越遠越好。

「讓他離開本國吧！」

說完，庄九郎一揚鞭，像一陣疾風飛馳而去。

陽光明媚。遠處的平原上，白雲下面，庄九郎的軍隊正和揖斐五郎短兵交接。

庄九郎仔細點了點城裡跟來的一百名人馬。然後一馬當先，率軍突入敵軍的一側。

「拿命來！」

他親自揮舞著長槍，挑倒一名又一名敵人，勢不可擋。揖斐的人馬腳步虛浮之際，庄九郎的本隊趁勢攻進，敵軍頓時潰敗，開始四下逃竄。

庄九郎並不甘休，又堅持追出三里開外，方才收兵回陣。

這個奇特的男人，在指揮軍隊上也是獨出心裁。一般統帥都守在固定的位置，他卻到處奔走，前往各個要害直接衝鋒陷陣。

——此人到底有幾個分身？

不僅是敵軍，就連手下大將都感到疑惑。

賴藝決定投靠尾張的織田信秀，當天夜裡逃到位於邊境的木曾川河畔。

跟隨他的，有五名貼身侍衛、三個女人和兩匹馱著行李的馬。

找不到船。

侍衛沿著蘆葦叢到處找，大家都無計可施之際，一艘漁船漂流而來，船頭懸掛著火把。

「有船！」賴藝狂喜，侍衛扒開蘆葦蹚到水邊。

「喂！」他們對著漆黑的河水喊道。幸好那條船的人聽見了，停下槳悠悠蕩了過來。

「會給你酒錢的，把我們帶到對面。」

侍衛吩咐漁夫。昏暗之中看不清對方的面容，只見對方身材頎長，幾乎一言不發。

「請吧。」對方並不答話，只是欠了欠身子。賴藝等人也無暇多想，紛紛上船。

漁船輕輕地離岸。

「眞是不幸啊！」賴藝似乎鬆了口氣，開始抽泣：

「我信了不可信之人。現在想想，二十年前那個賣油的隻身一人來到美濃時，很多人都勸我要多加小心。當時要是聽了，也不至於有今夜的如此下場。」

他嘴裡不斷地絮叨著，又問道：

「但是以後會怎麼樣呢？織田彈正忠（信秀）一向是敵人，此番前去能得到庇護嗎？」

「不用擔心，彈正忠大人素來英名卓著，自然是富有人情味。」

「只是，彈正忠此人，」賴藝的聲音顫抖著：「世人也懼之如鬼。原本區區一名仕官，奪了親戚的領地，又無情地趕走宗家，佔據半個尾張國。和美濃的蝮蛇原也差不多。」

「眞是亂世啊！」

侍衛也灑淚而下。尾張和美濃都在發生翻天覆地的動亂，無能的君主只能被殘酷地掃地出門，走向滅亡。

「啊！」女人們摔倒在地。船底發出沙沙的聲響，漁船不知什麼時候悄悄地划進蘆葦叢中，很快停了下來。

到了。侍衛下到淺灘，抱出賴藝後把女人背出來，一行都下了船。

正要拔腿，後面站立的漁夫低聲道：「且慢，還沒道謝呢！」

「噢，忘了給酒錢了。」

一名侍衛要走過來，漁夫卻伸手阻止道：「酒錢就算了。我要那位大將親自道謝。」

「這樣啊！」賴藝慌忙點頭，站在蘆葦叢中，稍稍欠了欠腰道：「多謝相救。不會忘了你的大恩。」

頎長身形的漁夫莊嚴地回禮道：「主公，是我。」

他從火把中取出一束明火，照亮自己的臉。

此人正是庄九郎。

眾人頓時魂飛魄散。

「你，你是……」

「不錯，正是齋藤山城。我想至少要送送主公，一直撐舟在木曾川邊等候。」

此人不僅戰術詭異，行動也讓人無法捉摸。

他以這種方式爲賴藝送行，想必也是出於感傷。和其他場合一樣，他對感傷的表達也充滿戲劇性。也許，他以這種方式在享受著自己的人生。

「剛才在船上，」庄九郎說道：「您說信了不該信的人，才會有此下場，此言差矣。其一，正是因爲有我，您才當上可望不可即的美濃守護職。其二，您能在當今的亂世之中十幾年安然無恙，每日飲酒作樂，也都是因爲我在。決不能怨我。」

「大膽！」侍衛拔刀砍去，庄九郎卻一轉舵離了岸，徐徐駛向水中，朗聲道：「然而終究是一段緣分。主公與我可以說是君臣魚水之情，緣分不淺。此番相送以表惜別之情。保重！」

庄九郎在船上欠了欠身，手握船櫓讓小舟在水上轉個圈，便消失在茫茫黑夜中。

三部曲

長長的一段坡路。自從來到美濃，庄九郎一步一腳印，堅實地完成了自己的「盜國」大業。

（太長了。）

庄九郎心中唏噓道，卻沒有工夫停在路上擦汗。眼前還有坡要爬。

（得天下。）

他還有野心，要當將軍。當上將軍回到京都和萬阿長相廝守，是他對打理著京都油鋪山崎屋萬阿的承諾。——首先要予以實現。

不僅如此。他還要按照自己獨特的想法把美濃建成新興之國。

（要建設城市。）

庄九郎開始在巨大的構思中改造自己的稻葉山城，同時要把城下町井之口市（岐阜）建成一流的城市。

他把家臣、仕官統統集中到城下居住，又親自分地讓武士蓋房，稍大的房子則在四周挖溝作為發生街道戰時的要塞，外牆塗漆用來防火，禁用稻草鋪房頂，改用瓦房。

他又下令增加城下的樂市數量，招募居民，還親自爲他們劃分街道。爲了聚集更多的人，他還邀請時下流行的神社佛閣，賜予土地吸引他們前來城下。

於是，京都的東面出現了一座繁華無比的都市，人們不斷從遠處遷來，人口直線上升。

然而，想要擊垮庄九郎的新興國家的軍事力量，也從四面八方蜂擁而來。

天文十三年（一五四四）七月，城下的住家、市場和寺廟傳聞不斷：

「就要打仗了！」

他們說。

「這回可是未曾有過的大亂啊！各國的敵人要越過邊境來討伐齋藤山城守。越前兵會沿著北國街道、尾張兵會蹚過木曾川前來，美濃國內的揖斐城主揖斐五郎則會與之呼應，天下就要大亂了。齋藤山城守好不容易才當上美濃國主，這回夠他受的了。」

確實是這麼回事。

之前被庄九郎趕跑的美濃守護職土岐政賴，十幾年來一直寄居在越前一乘谷的朝倉家避難，這回聽說弟弟賴藝也被趕下守護職的寶座，不禁勃然大怒：「這條蝮蛇，竟連我弟弟也不放過！」

他苦苦地哀求朝倉家：「請出兵討伐那條蝮蛇。大功告成之日，定當從美濃拿出十萬石作爲回報。」

朝倉家經不起誘惑，又沒有信心能單獨取勝，於是派出使者前去拉攏尾張的織田家。

「與我是不謀而合啊！」

織田爽快地應允了：

「弟弟賴藝大人被蝮蛇趕到我這兒逃難來了。賴藝大人也說，如果出兵討伐蝮蛇，要割讓十萬石土地給我呢。那我們兩家就南北呼應攻打美濃吧。」

緊接著，美濃國內的揖斐五郎又加入聯軍隊伍。

「蝮蛇打仗再厲害，這回也該哭出來了吧！」

織田信秀信心十足。

稻葉山城的庄九郎四處派出探子蒐集情報，聽到三方的敵人要聯手進攻時，連他也按捺不住了。

「三者聯手，太過分了！」

庄九郎憤怒地自言自語道。也難怪他生氣。此時，他正在書院裡。深綠季節的小雨，無聲地打濕了庭院。

「你說呢，桃丸。」庄九郎喚著身旁的少年，他尚未元服（行成人禮，編按），看上去聰明伶俐。

「噢。」少年困惑地點著頭。

他的膚色很白，眼神清冽，唇紅齒白，渾身透著文雅氣質。

「我說，桃丸。」

庄九郎瞇起眼睛。從他的表情可以看出，他寵愛眼前的少年勝過自己的兒子。

少年是庄九郎的正室小見之方的外甥，大家都誇他聰明過人。庄九郎也從未見過這麼機靈的孩子，便特意把他要來認作「義子」。

義子有別於養子，「義如父子」，更像是一種榮譽。

他姓明智。

後來起名爲十兵衛光秀，入了織田門下稱爲日向守，號稱才學天下武將中無人可比。

庄九郎十分欣賞桃丸的才能，時常帶在身邊親自指點傳授他軍事、政治。庄九郎向來喜歡培育人（雖然他傾其所有教授的「弟子」也不過光秀和織田信長兩人）。

「桃丸，要是有三個勇猛的大人同時向你揮刀砍來，你會怎麼辦？」

「我要回答嗎？」

「當然。」

「那讓我想想。」

少年退下來到後院，喚來三名不執勤的足輕，仔細說明後，讓他們舉著木刀。

——你們儘管上來吧。

他自己也手持木刀而立。

「桃丸君，會很疼的。」

這個時代的足輕，由於經常作戰野性十足。他們圍住桃丸，舉起木刀，手下也不留分寸，「啊」的一聲就撲上來。

桃丸雖然不停地抵擋襲來的木刀，然而對方畢竟是三個人。三人同時撲來時他擋住兩刀，腳底卻被絆住摔倒在地。

「住手！」

庄九郎不知何時已經站在走廊上。

「桃丸，這樣不行。無論刀術多好，同時要抵擋三人，只有招架之力，最後只會倒下。要用計策。」

說完，庄九郎吩咐廚房的人準備兩條鮮魚，用竹葉包好拿來了。

「這是什麼？」

「鯰魚。」

他把魚扔到桃丸的腳下。

「別看這條魚，稍加利用就能取勝。你想想看。」

桃丸歪著腦袋想了一會，很快就恍然大悟，他把包好的魚交給三名足輕中最厲害的那個。

「這是大人的賞賜。」

他硬把魚塞到對方懷裡，扔下一句「再比一次吧，在這等著」就離開了。

庄九郎盤腿坐在走廊上，很是開心。

過了一會兒，桃丸用繩牽著一條城裡放養的狗回來。

「咦，這不是小白嗎？」

「你每天都餵牠不是嗎？你吹口哨喚喚牠。」

足輕並未多想，真的吹起口哨。小白立即歡快地跑到足輕的身邊左右跳躍。他懷裡的鮮魚吸引了小白。

「好，來吧！」

桃丸大喊，逃向倉庫間的小道。其他兩人追趕上去，一前一後進了小道。

——啊！

一人翻倒在地。沒什麼大不了的伎倆，桃丸等在小道的出口處。

「看我的。」

伸腿絆住前面的人，又擊向後面人的左腕，然後揮刀把他擊倒在地。

（一對一的話，怎麼會輸呢？）

桃丸從他們頭上躍過，又穿過小道回到後院，走近被狗糾纏著的足輕，對準他的腰，

「看刀，可別怪我。」

對方重重地倒下去。

「正合我意。」

走廊上的庄九郎欣慰地笑了。他和桃丸回屋坐下，說道：

「這既是兵法的原型，也是人生的原型。」

「剛才那個嗎？」

桃丸有些吃驚，沒想到自己剛才類似惡作劇的行爲，竟然可以通用到爲人處世上。

「如果你不信，就看看我怎麼對付數萬的敵軍好了。」

庄九郎眼裡，最棘手的敵人是尾張的織田信秀。精通戰術的信秀如果聯合其他兩方打過來，庄九郎也會苦於應對。

那麼，只好採用鯰魚和狗的方式，來牽制住織田信秀。

信秀剛剛平定半個尾張國，另一半國土上的豪族正對他虎視眈眈。

庄九郎向他們派出使者：

「織田信秀是各位共同的敵人，我一定要給他迎面痛擊。不如與我結盟如何？」

他提議。對方欣然同意後，庄九郎又提出第二個方案：

「雖說是預想，不日後織田信秀便會離開尾張出兵美濃。各位要趁他不在的機會攻城，明白了嗎？」

再沒有比攻打空城更容易了。他們對此毫無異議，眾人開始悄悄做準備。

在此期間，庄九郎每天都把將士集中到城裡，傳授自己一流的戰術。特別是讓他們熟記出陣的號角、鼓鐘，目的是隨著庄九郎的一聲令下，數萬大軍能夠井然有序、進退自如。

「你們看我的大旗，」

庄九郎告訴諸將領：

「畫的是二頭波頭。我相信打仗的要領就好比波浪，進攻時有如怒濤拍岸，撤退時悄無聲息。大軍就像波浪，隨著號令進退自如，那麼必勝無疑。大家都要仔細傳達給隊長們。」

只是，北邊的敵軍是擁立上兩任守護職政賴的越前朝倉氏，南邊的則是擁立上任守護職賴藝的尾張勢力。

——與之前的兩任守護職都反目爲敵，美濃人會在人情上有所動搖吧。

庄九郎心想。雖然自己是事實上的國主，形式上還是將深芳野和賴藝的私生子義龍立爲「左京大夫」，作爲土岐宗家的後人。自己則放棄俗名，剃髮爲僧，重新使用以前的名字「道三」。

對外正式稱爲齋藤山城入道道三，所有的印章也改用此名。

言歸正傳——

越前的朝倉、尾張的織田和美濃的揖斐三方組成聯軍，將攻打美濃的日子定在天文十三年八月十五日前後。

庄九郎從揖斐城裡的探子那兒事先得知這一消息。

「看來我們要主動出擊了。」

他整頓軍容，八月十二日這天，大軍揚起二頭波頭的旗幟，對揖斐城發起猛烈的進攻。

「兩日之內攻陷。」

他向全軍下達命令，然而這座城池防守堅固，竟不爲所動。

這時，越前的朝倉孝景也領兵沿北國街道南下，十五日進入美濃，和揖斐軍首尾呼應，包圍庄九郎的軍隊。

同時，尾張的織田信秀率領五千大軍正要渡過木曾川，與庄九郎合謀的尾張反對派豪族立即起兵包圍信秀的古渡城和名古屋城，信秀無心再戰，又退回尾張，與這些起義軍陷入惡戰。就像是被狗糾纏住的狀態。

（不用擔心織田了。）

庄九郎放下心來，立刻採取行動。

撤兵。

他還沒蠢到要和揖斐軍、朝倉軍同時爲敵。他命令全軍火速撤退，瞬間就回到稻葉山城。一回城，庄九郎就登上山頂觀望軍情。

朝倉軍隊尾追而來。他們和庄九郎的殿後部隊交戰，窮追不捨。

到了長良川北岸，眼看天色已晚，他們搭起帳篷宿營。

（進來了。）

庄九郎計算著。北國的軍隊對美濃的地理太不熟悉了。

夜幕降臨。庄九郎趁著夜色依次派出部隊，給馬腳上了綁繩，又在盔甲的草摺中繫上繩子防音，躡手躡腳地包圍敵軍，到了丑時下刻（凌晨三點）城門大開，庄九郎親自率領大軍蹚過長良川的淺灘，上了對岸，同時吩咐道：

「吹號！」

頓時，全軍猶如一陣怒濤湧入敵軍陣營。

朝倉軍隊頓時炸開了鍋，有人跳河，有人向山上逃去，還有人尋找北國街道試圖回國，陣腳大亂。

十六日清晨，陽光照射在美濃平原上時，除了數百具屍體，朝倉的兵馬已經從美濃的中部消失得片甲不留。

庄九郎也不追趕，鳴鉦收兵後如退潮般回到稻葉山城，又登上山頂的角樓俯瞰著長良川、木曾川流淌而過的美濃平原。

（織田信秀何時會來？）

這是他的作業。如果敵軍來襲，必須趁著對方陣容不穩時電光石火般下山，把他們消滅在木曾川河畔，這就是庄九郎對付織田的戰術。

在此之前，則頻繁地派出足輕前往邊境線的木曾川，攔住每個要去尾張的行人。目的是不讓織田方面得到朝倉軍潰敗的消息。

（信秀應該不會想到同盟軍已遭擊退。等他解決了尾張的義軍，應該還會遵守約定前來美濃。）

就等著這一刻了。

八月十八日，信秀總算解決後方的動亂，率領五千兵馬蹚過木曾川。

「敵人過來了。」

庄九郎立即下令吹響衝鋒號，閃電般地衝下稻葉山城，一路疾馳到預想的木曾川河畔戰場，從正面、左右兵分三路包圍。七千大軍在他的指揮下行動自如，先是把敵人逼退到木曾川的河灘上，然後左右開弓輪流對敵軍的兩翼發起進攻，他採取的正是貓逮耗子的戰術。

織田軍隊大半戰死，主將織田信秀隻身一人逃回尾張的古渡城。

「蝮蛇太可怕了。」

隨著這個消息傳遍天下，大家都不禁感到戰慄。來自三面的敵人，就被他以舞蹈般優美的戰術依次打敗了。

即使是在戰國，這也是無比罕見的。

英雄當世

話題轉移到鄰國的尾張（愛知縣）。

也必須轉到這裡。因爲尾張第一英雄織田信秀，慘敗於美濃的庄九郎之手，隻身一騎渡過木曾川逃回尾張的古渡城，才撿回了一條命。

（美濃的蝮蛇，眞了不得。）

信秀驅馬逃往尾張時，不住地回頭張望。

他的全身都是泥土，頭盔上也濺滿泥點，身上的陣羽織在戰亂中早不知丟到哪裡去了。

幸虧胯下的千里馬他才死裡逃生。如果是匹腿腳遲緩的弱馬，恐怕信秀早就死在美濃的亂劍之下。

信秀年方三十七。

他擁有足以自傲的赫赫戰果。至今他已經身經百戰，除了這次的美濃以外，從未打過敗仗。

他揚名天下是在前年的天文十一年八月，駿河的大大名今川義元欲稱霸京都，率領駿河、遠江、三河的三國大軍兩萬五千人，攻打尾張。

這場戰役中，信秀僅僅帶了數千人馬迎敵，渡過矢作川討伐三河，在小豆坂（厚木坂，今岡崎市羽根）與敵軍巧妙周旋，最後突擊作戰打敗了十倍之多的敵軍。

由此，信秀從尾張守護職斯波氏眼裡的一名陪臣搖身變爲半個尾張的國主，東海地區流傳著：

——彈正忠（信秀）無人能敵。

他的鼎鼎大名甚至傳到京都天子的耳中。

而就是這個從不打敗仗的信秀，偏偏與美濃的蝮蛇棋逢對手，在剛剛過去的木曾川一戰中，竟然落得統帥隻身而逃的下場。

（蝮蛇是不是使了什麼妖術？）

他對這場敗仗百思不得其解。

剛開始時，蝮蛇那邊只有一千人，信秀一看人數不多，便下令進攻，剛要衝破對方的先鋒隊伍，卻冒出三千敵軍。突然身後響起軍鼓聲：

——揖斐的援兵到了。

剛剛心中一喜，沒想到來的卻是蝮蛇的兵馬。

（搞不清楚。）

他決定回頭再調查原因。

策馬在一望無際的草原上狂奔，好不容易才看到自己古渡城的樹林。如今這裡是名古屋市內東本願寺的分院。

這座城是信秀十年前建的，周圍池塘沼澤密佈，住戶也寥寥無幾。

信秀穿過這些村莊時，路上的農民漁夫，誰也未曾想到這個渾身是泥的武士就是織田彈正忠信秀大人。

總算到了大手門，信秀勒馬停在護城河邊，握著韁繩原地兜著圈子。

「開城門，我是彈正忠。」

他大聲對著城裡喊道。

突然，他發現河裡有一片荷葉不停地轉動。

（什麼東西？）

他嚇了一跳，定睛一看，荷葉漸漸靠近岸邊，從水裡伸出一隻小手抓著岸邊的草。

（不會是水怪吧？）

信秀頗有氣量，雖說是慘敗而歸，卻饒有興趣地看著眼前詩畫般的風景。

水怪又伸出另一隻手，撐地而起，像一團泥似的上了岸，又扯著河邊的草輕飄飄地來到路上。

「我說誰呢，這不是吉法師（信長）嗎？」

馬上的信秀笑了起來。

眼前正是自己十一歲的兒子。並不和自己住在一起，而是在不遠處那古野村的那古野城裡。那裡有老臣平手政秀、青山與左衛門、林通勝和內藤新助等人防守。今天大概是過來玩兒。

「吉法師，瞧瞧你的樣子。」

他光著身子，就像漁民一樣，胯下的玩意兒用麻繩綁著。

吉法師似乎天生不苟言笑，他站在路上既不答話也不微笑，只是鼓著腮幫子解開胯下的麻繩。

「你這是做什麼？」信秀忍不住問道。

「解繩子。」

「要幹嘛？」

「不解開怎麼尿尿？」

繩子解開後，他旁若無人地撒起尿來。

「大爺們都在哪兒？」

「那古野那裡。」

「噢，那你是偷跑出來的？」

「嗯。」

他好像是憋壞了。眼睛半睜半閉，看上去很是痛快。

「那古野很無聊嗎？」

「大爺們太嘮叨了，在那古野可不能這樣。」

「你可是少主啊。」信秀完全拿他沒辦法。

吉法師卻冷眼看著父親的笑臉：「父親大人是不是打輸了？」

他面無表情。

信秀不禁一愣，隨後哈哈大笑道：「輸了，差點連命都丟了。」

「對手是誰呀？」

他撒完尿，又滴了幾滴，問道。

「美濃的蝮蛇。」

「齋藤道三嗎？」他滿臉嚴肅：「父親大人很厲害，蝮蛇好像也很不錯嘛！」

說完就大步走開了。

「喂，你上哪兒去？」

「回那古野啊，大爺們想必正忙著找我呢。」

「就你自己嗎？」

信秀驅馬上了大手橋，回頭問道。

「我自己有腳。」

（眞是個怪孩子。）

雖說是自己的兒子，卻還是不可思議。

信秀進到裡間，馬上到水井邊舀水沖洗，然後赤裸著身子坐在走廊的台階上，命令侍女：

「拿三碗泡飯來。」

吃完後，他倒地就睡。

侍女爲他蓋上被子，驅趕著秋天的蚊蟲。

走廊下，萩草隨風搖擺。天色暗下來，秋蟲開始低鳴。信秀睡得很香。

天漸漸黑下來，戰敗的家臣三三兩兩地回城了。

「大人呢？」

他們從城裡的看守那裡得知信秀已經安然無恙地回來，都鬆了一口氣。不久，家老織田因幡守等人率領的隊伍回城，開始戒嚴。

信秀被嘈雜的人聲吵醒，跳下院子就要去見眾臣。

「啊！大人，您還光著身子呢！」

侍女拿著衣服追上來。

「噢，還沒繫腰帶呢。」

信秀讓人繫好腰帶。

此人可不是一般的好色。乘著侍女爲他穿衣服的空隙，把手插到侍女的兩腿之間。

「啊！會讓人看見的。」

「我又沒說要抱你，只是手沒地方放才碰到的。」
信秀有著尾張男子少有的幽默，總是讓人發笑。侍女們一邊吃吃地笑著，一邊讓他占著便宜。
很快的，他推開中間的塀中門，直奔鋪著茅草屋頂的書院。一邊走，一邊對院裡跪拜的武士大聲笑著打招呼：
「噢，半九郎回來了，哈哈，權六也無恙吧。那邊角落跪著的是新左衛門嗎？你不是受傷了嗎？」
雖說是打了大敗仗，他卻毫不氣餒。坐到書院的正面：
「因州（家老）在哪裡？」
他用目光搜尋著。
「因幡守大人正在大手門部署。」
「眞笨，讓他不要弄什麼門，趕緊過來喝酒。」
「但是，道三會不會越過木曾川追到尾張來？」
「那人不會追來的。如果乘勢就離開美濃跨過邊境來侵略尾張，如此輕率之舉不是蝮蛇所爲。」
「攻打尾張是輕率之舉嗎？」
「美濃尙不穩定。今夜我要開懷暢飲，相信那個人的稻葉山城，今晚會整夜點著篝火防備我捲土重來呢。」
他立即清點人數，給立功者寫軍功狀，然後大擺酒宴，聽取部將親眼目睹的庄九郎戰術，徹底分析敵人取勝己方戰敗的原因。
（果然是快如閃電。）
信秀心下佩服，由此不得不承認失敗的原因只是因爲美濃蝮蛇的戰術遠在自己之上。
「算了，下回進攻美濃時一定要碾死那條蝮蛇。」
這天夜裡，他喝得爛醉如泥，兒小姓們將他扛回寢室。
回城的第二天。
一大早下起雨來。中秋剛過，卻有了透骨的寒意。
信秀體魄健壯。昨晚如此疲累，卻還是叫來正室土田御前侍寢，早上又喚來侍妾上床雲雨一番。

「聽說戰敗的第一天，今川大人會燃香痛思，眞是太傻了。輸了後和你們作樂，才會變得更聰明。」

這名精力過人的漢子如是說。

旭日東昇，有人慌忙來報：

「京都一名自稱宗牧的客人來訪。」

「宗牧——」

他從床上跳了起來。此人生性好客。

「我馬上就去，把他領到小書院好生伺候。先問他餓不餓，要是餓了就趕緊上菜。還有酒。天氣冷，多燒些炭火取暖。對了，先問問他要不要泡澡。」

他乾脆利落地吩咐著，自己則脫下睡袍出了走廊去洗澡。

（宗牧爲何事而來？）

他讓人搓著澡，心下思考著。

宗牧是京都有名的連歌師，喜愛連歌的信秀經常把他叫來助興，兩人相識已久。

信秀之所以待見宗牧，其中有一點利害關係。宗牧經常出入京都的顯貴人家，熟知京都的政治情況，他還喜歡四處遊歷，遍訪各國的大名城主，通曉天下大事。

很快的，信秀和宗牧在小書院裡相對而坐。宗牧年紀五十上下，眼睛略帶灰色，長臉。面前的酒絲毫未動。

「怎麼了？」信秀剛坐下便問。

宗牧一臉神秘地說：「有重大使命。」

他讓信秀的小姓撤走眼前的飯菜，然後站起身走到院子前的洗手盆旁洗手。

整理好衣襟，他靜靜地回到座位取出一個塗漆的木盒。

「您看看這個。」

他舉到信秀跟前。

「這是什麼？」

「不甚惶恐，當今天子給大人下達了女房奉書（譯注：天皇身邊的女官代筆書寫的文書），請查收。」

「是嗎？」

信秀吃了一驚，馬上就洞曉一切。

這個男人和其他群雄的不同在於，他具有極其強烈的憧憬心理。他從心底尊崇著京都的天皇。

當下的時代，就連將軍都是若有若無的存在。各國的庶民百姓，甚至忘了京都還有一位天子。

信秀在詩歌上頗有造詣。通過詩歌，他對王朝的典雅心存嚮往，因而也知曉天子的存在。

「應該尊崇才是。」

他經常掛在嘴上，去年還派老臣平手政秀上京。

——請用這個修修牆壁吧。

向皇宮進貢四千貫銅錢，聽說天子的宗廟伊勢神宮要蓋新殿，又派出使節到伊勢送上所需費用。

尾張是日本條件最好的領國，土地肥沃，人口眾多，對富裕的信秀來說，進貢這點錢根本算不了什麼，然而他這一行為本身就與眾不同。

鄰國的「蝮蛇」雖然出生於京都，比信秀更有教養，對王室卻感覺遲鈍，正是因為在京都長大反而心生嫌隙，覺得進貢太過愚蠢。

庄九郎聽到信秀進貢一事時，嘲笑道：

「眞是鄉下人。」

信秀的確是立身成名的鄉間紳士，正因如此，他才對京都有著強烈的感情，對朝廷的崇拜之情也無以復加。

不，——此人用心險惡。庄九郎評價道。

（彈正忠這個鄉下人，竟然懷揣如此大的野心。他一定想有一天攻打京都擁立天子，然後借天子之威來號令天下。眞是愚蠢。擁護將軍號令天下才對呀，怎麼去擁護空有其名的天子呢？）

他想。

但是人各有志。庄九郎覺得流亡的將軍才有利用價值，信秀卻傾心於天子。

宗牧掏出的「女房奉書」，是簡略的詔書。由侍奉天皇的女官寫成文書來轉達天子的意思。

給信秀的女房奉書，內容是對去年進貢的感謝，意思是讓他「也督促三河方面進貢」，天子還附上《古今集》作為禮物。

信秀很高興，天子竟然知道自己的武名。

「這太不敢當了。」

他謝過天子後又道：

「濃州邊境的交戰不順，昨天我剛隻身回城。戰爭的損失癒合後，我會去三河，然後上京，獻上修繕的費用。」

能把敗仗如此輕描淡寫，宗牧心中暗暗稱讚信秀的器量。

（也許此人才能得天下。）

他確信，自己在京都到處宣揚彈正忠的英名一定不會有錯。

尾張之虎

織田信秀膚色白皙，蓄著漂亮的鬍鬚，說話時喜歡歪著腦袋。

他在古渡城裡高聲談笑時，就連附近河裡撒網的漁民都聽得見。

——大人今天在家啊！

這說明什麼呢？

總之，他不是那種陰沉的男人。

然而確實又是個陰謀家。名古屋城（那古野）就是這麼弄到手的。信秀和當時的城主是愛好連歌的朋友，受到對方邀請，他在名古屋城住了幾天，得了急病（假裝的）做出垂死的樣子，請求城主道：「鄙人活不了幾天了，我想叫家臣們過來留下遺言。」城主答應之後，他便夥同家臣深夜在城裡發動兵變，一瞬間就把這座城占爲己有。

「彈正忠（信秀）是隻餓虎。」

尾張人都豎起寒毛。餓虎是會吃人的，不知道他下一步還要幹什麼，國內陷入一片恐慌之中。

他的戰術也很高明，擅長謀權弄術。

「不過，我和美濃的蝮蛇可不一樣。」

他經常說。要說什麼地方不一樣，是在向朝廷進貢這一點上。不過是半個尾張國的領主，給遠在京都的朝廷這一有名無實的權威亡靈進貢，又能得到什麼實質上的利益呢？

如果是爲了將來能在京都稱雄，倒還有情可原，但是倘若把這筆錢用來充當軍餉、擴充軍備，進而擴張領土不是更划算嗎？

「美濃的蝮蛇可是一毛不拔。」

信秀對家臣說道。他說的沒錯，庄九郎才不會花這種冤枉錢呢。

「不過你們想想，如果不花這筆錢的話，我和他不都成了冷酷無情的壞人了？」

信秀又說。他相信，壞人不能只幹些小壞事，不可浪費能鼓動人心與人世的力量。

「我要得天下，就得做善事多積德。要想積德當然得有犧牲，不能犧牲就得不了天下。」

信秀認爲，進貢朝廷是一種不期待實際利益的犧牲，而齋藤道三做不到這一點，他也只能是美濃一國的國主而已。

庇護被蝮蛇趕跑的美濃正統國主土岐賴藝，也是信秀做出的犧牲。

庇護這位高貴的逃亡者，的確多少有些好處，可以以此爲藉口攻打美濃，然而，「還爲時尚早」，信秀想。

他原本是尾張守護職斯波家的家臣的手下，卻奪得半個尾張國。然而另外的半個國土卻分別結成反對他的同盟頑強抵抗，因此，侵略鄰國的美濃，是第二步或第三步以後的事情了。

信秀不僅收容賴藝，還爲他出兵美濃，被蝮蛇打得幾乎直不起腰來，他的「犧牲」可眞不小。

而他對賴藝的諸多犧牲，世人都評價道：

——看見了吧，彈正忠大人不光是隻餓虎，還是個俠義之士呢。

這些都爲信秀樹立起高大形象發揮推波助瀾的作用。

——用什麼辦法對付蝮蛇呢？

自從美濃一戰失利後，信秀一直在思索。

表面上，他在飯桌上和心腹大臣高談闊論，時不時還發出他特有的高亢笑聲，似乎對打了敗仗毫不在意。骨子裡卻不是這麼回事。

他可是個行動迅速、發憤圖強的人。

他所處的環境，並不允許他戰敗歸來後悠閒地曬著太陽療傷，國內的敵人一天也不肯讓他休息，他們雇來土匪掃蕩信秀領地裡的村莊，或是夜裡偷襲其他要塞的城樓。

每次信秀都恨得咬牙切齒——來得好——率領輕兵出城痛擊敵人。

就像是個工頭一樣不清閒。

忙碌之餘，他還要重振被美濃蝮蛇打垮的織田軍隊，制定新的復仇計畫。

連歌師宗牧告訴信秀，他前去稻葉山城拜訪蝮蛇時，蝮蛇輕輕地嗤笑一聲後，說道：

「哼，這次打仗我可花了工夫，打得信秀損兵折將，估計這兩三年他不敢再來了。」

眞讓人氣惱。

想必是老謀深算的蝮蛇欲借宗牧之口挑釁信秀，讓他一怒之下在未做好準備的情況下打進美濃——那麼庄九郎就該痛下殺手讓他不得好死了。

（蠢貨。）

信秀嘲笑著蝮蛇，然而卻沒有什麼妙計。

庄九郎（也就是齋藤道三）把信秀看成是尾張的急猴子，卻不全然如此。信秀懂得按捺自己。除非有什麼妙計，貿然出手只會雪上加霜，等待時機成熟是最好的對策。

然而，等待也有等待的做法。

（大垣城不錯啊。）

他心生一計。

大垣城是西美濃的主城，這座城和揖斐城是庄九郎在美濃國內唯一未能征服的兩座城。

（大垣城好比是蝮蛇鼻子尖上長出的膿包。）

信秀暗想。確實，從道三的稻葉山城到大垣城，相距不過四里半。

（讓這個膿包長大，蓋住蝮蛇那張吃人的嘴臉多好。）

信秀下定決心，繼續對大垣城施以恩惠。

尾張不停送去大量的軍糧，城裡只要有軍糧，就能出現勃勃生機。

信秀爲達目的，還在給近江的淺井氏和越前的朝倉氏的信中寫道：

——要壓制美濃的齋藤道三入道，只能利用大垣城。這裡是他的弱點，請務必派來援兵。

越前、近江兩國也欣然同意。他們希望鄰國的國主最好是昏庸無能。趁著道三這個大梟雄根基不穩趕緊除掉他，才能保證自己國防上的安全。

於是，大垣救援同盟建立起來了。

（仗打輸了，外交上要挫敗他。）

信秀暗自得意。他還派出重臣織田播磨守、竹腰道鎮二人領兵前往大垣城，爲美濃兵助陣。

到了年底，大垣城的動作漸漸大了起來。

信秀下令道：

「你們到道三的領地上燒殺搶掠，一旦道三出兵，不要交戰，馬上撤回來。」

庄九郎從稻葉山城目睹著山下平原，對這種土匪般的遊擊戰法也是無計可施。

（信秀這個傢伙，還挺有辦法的。）

剛開始，他還派出大部隊一一應戰，後來發現除了讓將士疲累外別無益處，便派兵駐紮在大垣城的周邊。

倒也不主動攻城。

（大垣城只是顆芝麻。尾張才是大西瓜。尾張的信秀遲早會趁機大舉進攻的，不如等到那天殺他個片甲不留。）

庄九郎並不勉強自己。從常理說應該積極進攻尾張，他卻忙於確立美濃的內政，一律不對外擴張。

（好你個蝮蛇，竟然不上當。）

信秀對蝮蛇的深謀遠慮感到懊惱，自己倒開始覺得無趣了。

這年結束，時序來到天文十四年（一五四五）。

這一年，大垣城周圍不斷發生一些小規模的戰鬥，信秀的尾張軍隊休養生息後漸漸恢復了重新作戰的元氣。

信秀卻不見動靜。

然而，他發揮了與生俱來的外交才能。

他向庄九郎提出：

「雙方就像五月梅雨一樣打個沒完沒了，對你我都沒好處。原本敝人也是受賴藝大人的託付。如果你願意收留賴藝，給他大桑城作爲隱居之所，敝人就退出。」

「好吧。」

蝮蛇答應得乾脆利落，完全出乎信秀的意料，反而讓他下不了台。

其實，仔細想想，蝮蛇的反應一點兒也不奇怪。如今雖說美濃八千騎幾乎都歸附於齋藤道三旗下，然而他們對舊主公賴藝懷抱的傷感之情，庄九郎也不得不從內政上加以考慮。

（具體怎麼辦以後再說，先讓他回美濃住著吧！）

庄九郎想必會如此判斷。

（一定是這麼回事。）

信秀心裡推測。他猜得沒錯。信秀在背後操縱的大垣城游擊戰也讓庄九郎疲於應對，爲此蒙受不小的經濟損失。

他心想。

「和賴藝的居住權交換太值了。」

賴藝在織田軍的護送下入了國境，很快就回到大桑城。

然而信秀耍了詭計。他只是送回賴藝，並未履行停戰的義務。

他告訴駐守在大垣城的美濃軍：

「賴藝大人雖然回到大桑城，卻沒有直屬的軍隊。大垣城交給尾張人保管，你們都去大桑城保護賴藝大人吧！」

起初，城裡的美濃軍一聽到要把美濃的城讓給尾張人都面露難色，然而考慮到這一年來，仰仗著尾張送來的軍糧才能維持到現在，尾張軍隊的人數不知何時起也遠遠超過籠城軍，於是不得不同意。

如此，信秀任命派遣隊隊長織田播磨守和竹腰道鎮二人爲正式的代理城主，輕而易舉地取得美濃的一座城。

（蝮蛇，這回該生氣了。）

信秀悄悄地觀察著對方的情況。卻不見蝮蛇有任何動靜，好像全然不知似的。

信秀一向歇不下來。

道三的沉默讓他覺得不安，他不斷派出密探去稻葉山城打聽情況，唯一得知的是道三聽聞此事時，僅僅評論了一句：

「信秀這個小鬼，也太自以爲是了。」

而庄九郎卻巧妙地利用信秀奪取美濃大垣城一事。

他立刻派使者前去拜見近江的淺井氏和越前的朝倉氏，轉達道：

「織田信秀表面上自稱要庇護賴藝大人，實際上是想把美濃據爲己有。這件事足以看出他的野心，您再幫他的話會危及自身。難道您想養肥了織田，再讓他反咬一口嗎？」

其實，就算庄九郎不派人來，淺井和朝倉二人也對織田信秀有違常規的做法感到意外。

「好吧，明白了。我們不插手美濃的內部糾紛就是。」

他們各自表明態度。也許他們覺得，尾張的老虎長大後比美濃的蝮蛇威脅更大。

庄九郎又進一步勸說淺井：

「我方遲早會攻下大垣城，到時候請務必派出援兵相助。」

近江的淺井氏同意了。因爲大垣城距離近江的國境不遠，如果落入織田信秀的手裡，近江的國境將會受到威脅。就算淺井氏尚未積極到要和庄九郎聯手對付信秀的地步，一旦大垣城開戰，他也得派兵保衛國境。

信秀自然不曾想到，他們竟然會在後面有如此勾結。

（蝮蛇，你等著瞧吧。）

他正在醞釀攻打美濃的根據地稻葉山城的計畫。

而庄九郎的密探，也屢次進入信秀管轄內的尾張。

密使前去拜訪信秀在尾張的敵人，他們是清州城城主織田彥五郎和岩倉城城主織田信賢，告訴他們目前的計畫。

「雖然日子還未確定，我方決定要攻打大垣城。信秀一定會率領大軍趕來救援，那時候你們就包圍他的古渡城。」

彥五郎和信賢不禁大喜，回答道：

——進攻的日子定下來馬上通知我們，我們去打他的古渡城。

之後，他們又多次聚在一起商量計畫。

庄九郎在稻葉山城按兵不動，暗地裡卻做著各種準備。

天文十六年（一五四七）的冬天，強風過後天空萬里無雲，庄九郎一大早就在稻葉山城豎起二頭波頭的大旗，擊鼓鳴號，周密地部署好聚集在城下的部隊後，整裝向大垣城挺進。

包圍城池後，開始發起猛烈進攻。

尾張古渡城裡的信秀接到報告後說：

「蝮蛇，你終於出動了。」

馬上召集兵馬渡過木曾川，開始做出要前往大垣城救援的姿態，卻馬上改變方向疾風般駛向庄九郎離開後的稻葉山城，燒毀了竹鼻一帶的村莊後，在城下南方一處叫做茜部的地方安營紮寨。

同一時刻，信秀走後的尾張古渡城城下也燃起熊熊大火，織田彥五郎和信賢率軍來襲。

（蝮蛇，又中了你的計。）

信秀接到報告後急忙棄陣回城，趕到同姓敵人所在的古渡城外，擊潰彥五郎和信賢的軍隊。

這場仗，由於二者擦肩而過，不分勝負。

幾天後，庄九郎留下主力部隊繼續攻打大垣城，自己則帶領小隊人馬，故意繞道山裡，使出意外的一招。

多面作戰也是他的技能之一。

蝮蛇與猛虎

庄九郎的主力部隊攻勢凶猛，猶如怒濤拍岸。

大垣城的尾張軍人數雖少，卻善於防守，雙方相持不下。西美濃平原到處都是叫喊和馬嘶聲，鉦、鼓敲得震耳欲聾。

攻城的第三天，庄九郎的軍隊中走出五名足輕，手持沉重的鐵棒，發著黑黝黝的光。

城樓上的守城軍看見了，覺得奇怪。

——那是什麼東西？

只見五人沿著田間小道，跨過草叢靠近護城河邊，站成一排單膝跪下。

「要幹什麼？」

守城軍沉不住氣了。

突然，那五名足輕的手邊冒出五股白煙。

「砰——」

隨著驚天動地的巨響，站在城樓上的五名武士應聲向後倒下。

在美濃、尾張向東海一帶，這片戰亂之地首次出現鐵砲。

剛開始，尾張軍很氣憤：

「該死的蝮蛇，耍什麼把戲！」

明明白煙和巨響都來自四十間開外的地方，身邊的將士卻斃了命，簡直難以置信。

——啊，會不會是傳聞中的鐵砲呢？

也有識貨之人，然而多數人都感到害怕。

日落之前，庄九郎命令這五名鐵砲手重複射擊五次，每次都是百發百中。

城裡的士氣頓時低落下來，再也沒人敢站在城牆上射箭、扔石頭了。

就連迎風飄舞的一排戰旗似乎也開始萎靡不振。

（嗯，效果不錯。）

庄九郎回到軍營裡，眼神十分冷靜。

區區五挺鐵砲。

沒想到能發揮這麼大的威力。將來，只要配備鐵砲，恐怕就沒有攻不下的城了。

（各國的城池成千上萬。城本來易守難攻，只要防守得當，普通百姓也能抵擋百萬大軍。以後，這種兵器一旦普及，攻打小城則不費吹灰之力，天下統一的速度也將加快。擁有大量鐵砲又能熟練使用的話，想必定能奪取天下。）

鐵砲剛剛傳入日本。

不久堺和紀州根來也開始小規模地生產，尚未達到量產的地步。

庄九郎聽說了這種兵器後，派赤兵衛從山崎屋取錢前往堺，好不容易買到五挺。庄九郎親自練習射擊，在稻葉山城射擊了數百發。

（要這麼用。）

領悟出用法後教給部下，特別是對正室小見之方的外甥十兵衛明智光秀囑咐道：

——以後的統帥一定要掌握鐵砲戰法。你也好好學吧。

光秀勤奮練習，日後憑著精湛的鐵砲射術揚名天下。這些事容後再敘。

回到之前的話題。

庄九郎一看大垣城大勢已去，便親自挑了些人組成別働隊，沿著山間小道疾馳而去。——上一節講到這裡。

他的目標是大桑城。根據他和織田信秀的休戰條約，土岐賴藝又回到這裡居住。然而，信秀已經主動違反約定，那麼庄九郎也沒有義務要收留賴藝。

畢竟賴藝是美濃的前任守護職，有他自己的勢力，而且，難保反對庄九郎的敵人不會把此地當做據點。

「全給我滅了！」

庄九郎狠狠地下令，他從大垣陣中帶來的五名鐵砲手站到隊伍前，開始猛烈地射擊。

大桑城的城兵嚇得魂飛魄散，紛紛從搦手門奪路而逃。土岐賴藝也夾在其中。他沿著山一路向北落荒而逃，好容易才過了越前邊境，前往一乘谷請求朝倉氏的庇護。

……

且說尾張的織田信秀。

信秀很快平定了受到美濃蝮蛇煽動的尾張的反抗勢力。

「該死的蝮蛇。」

他一仰脖把出陣前的最後一杯酒一飲而盡，狠狠地扔在地上摔得粉碎，逕直走出去翻身上馬，朝著美濃出發了。

途中，他聽到賴藝落難的消息。這個血氣方剛的男人拍著馬鞍憤慨不已：

「蒼天有眼。美濃蝮蛇之舉實在是天理難容。我織田彈正忠信秀，這就去取他的性命替天行道。弓矢八幡大菩薩、梵天帝釋、四大天王、日光菩薩、月光菩薩、北斗、南斗、七曜、九曜、二十八宿、三千星宿、夜叉明王、大黑尊天、毘沙門天、大弁財天女、日域宇廟天照皇大神宮，你們保佑我吧！」

他大聲念著自己知道的所有神仙菩薩的名字，足以讓全軍都能聽見。跟隨信秀的織田軍將士都爲之一振。

——正義在我們這邊。

眾人都大聲附和著信秀。

信秀來到國境邊的木曾川，揚鞭指著遠處霞光裡的稻葉山城，下令道：

「蝮蛇正在大垣城外，我等一氣呵成過河，馬不停蹄地趕到稻葉山城打他個措手不及。」

信秀一馬當先下河，濺起無數水花。將士也緊跟在後，一萬大軍浩浩蕩蕩地下到河中，用身體編成人筏硬是登上對岸。

信秀的勇猛無人能及。除了勇猛，他比誰都知道籠絡軍心。

戰爭是一種瘋狂的行爲。

這是信秀下的定義。他要讓全體將士爲之瘋狂。煽風點火是信秀最拿手的，所以他才會在馬上向全軍鼓吹著正義，呼喚著所有神仙菩薩的名字，以此激發將士發揮出雙倍於平時的力量。

織田軍踐踏著鄰國的原野向前直進。

稻葉山城越來越近了。

「大家都給我衝，蝮蛇不在城裡！」

行軍中的信秀不斷派人出去喊話，鼓舞著士氣。

「遠處從木曾川方向有兵馬過來。」

就在這個時候，庄九郎接到報告。

「探得再仔細些。」

庄九郎派出隊長級的探子，緩緩地站起身來。

「嘖！」

他望著眼前的大垣城撇了撇嘴。再有半日功夫，這座城就可以攻下來了。

（信秀這個傢伙還眞是勤快。）

他厭煩地甩甩頭重新部署軍隊，將一半人留在大垣城作戰，又命令另一半人道：

「一聽到命令，大家火速趕回稻葉山城。不得有誤！」

大家分頭做準備。

不久，前去打探消息的騎兵隊伍回營報告：

「千真萬確是尾張的織田信秀大人。他親自位列中軍，全軍火速挺進，好像是朝著稻葉山城。人數有一萬五千人左右。」

「吹號！」

隨著響徹天際的號令，庄九郎的半數軍隊猶如退潮般離開陣營，向稻葉山城方向奔去。

庄九郎領先在前。

「快！快！」

他喊著口令，不一會兒全軍人馬盡數進城。

幾乎是同時，信秀的軍隊闖入城下，立刻放火燒了城下的民宅、寺院和武士的府邸。

稻葉山的山腳下到處燃起熊熊大火，很快就變成一片火海，黑煙衝天，眼前一幅慘景。

信秀趁著火勢開始攻城，他下令向山腳下的城郭裡射出火箭，頓時到處都是火苗。

「放火連道三一塊兒燒了！」

馬上的信秀精神飽滿地指揮著。

蝮蛇庄九郎心底暗暗佩服。

「信秀這傢伙，還真有一手。」

他自言自語道。這次敵人的表現和上次截然不同，每名士兵好像都要決一死戰。

庄九郎叫來赤兵衛：

「快去滅火！」

他讓赤兵衛組織小廝們、甚至是城裡的女人負責滅火。此刻不能因為滅火分心而削弱戰鬥力。

他也不光是防守。

時不時地瞅準時機，派軍出城小範圍地打擊敵人，然後迅速撤退。如此這般地反覆。

就是不決戰。

庄九郎有他的理由。

（信秀這個傢伙是個急猴子，別看現在像團火似的勢頭很猛，過不了多久就該累了。明天他們就沒這麼囂張了。）

而在此之前，「蝮蛇」的戰術是盡可能地給對方造成「弱兵、弱兵」的印象，一味被動地防守。

然而，火災卻是防不勝防。這裡滅了，那邊又起火了，簡直讓人應接不暇。

滅火隊長赤兵衛一整天都忙著滅火，到了黃昏，頭髮燒焦，盔甲上的帶子也都燒斷了，樣子慘不忍睹。

「大人，大人。」他實在受不了了，跑到庄九郎的跟前大吐苦水：「我等雖在全力滅火不讓火勢加大，但實在是顧不過來了。一旦火勢控制不住就糟了。幹嘛要這麼弱勢，直接打出去不行嗎？」

「你只要滅火就行了。」

「可是，您看看我的樣子。」

他垂著雙手哭喪著臉。

「不錯嘛，」庄九郎瞥了他一眼，張嘴笑出聲來：

「像是火焰地獄的赤鬼，害怕死人逃了出來。」

「開、開什麼玩笑？」

「別多說了。今晚和明天一整天，還要接著滅火。」

「那我的盔甲也要燒沒了。」

「滅火要穿什麼盔甲？趕緊脫了，披一張濕草席。別忘了戴頭盔、護腕和皮革鞋，要不時地蘸上水。」

庄九郎的聲音鎮定如常，還是那麼清脆響亮。

到了夜裡，城下也被火光照得很亮。織田信秀藉著火光，繼續著白天的攻勢。

（眞有精神，那個男人不用睡覺嗎？）

庄九郎也不禁爲織田信秀的過人精力感到吃驚。

信秀——

也在巧妙地部署軍隊。他把人數一分爲二交替作戰，退下的人便在路邊或燒毀的民宅裡休息。

天快亮了，信秀讓所有人馬各就其位，下令道：

「敵人也很疲勞，雙方都一樣，就看誰勁頭大了。給我死攻，今天中午前一定要踏破這座城。」

打仗時最可怕的敵人是將士的疲勞。一旦疲勞，兵士就像路邊的牛蒡或蘿蔔一樣萎靡，最後只會落得個落荒而逃的下場。

信秀再清楚不過了。

然而，他的戰術比起庄九郎更帶有強烈的賭博意味。他賭的是敵我雙方兵士的疲勞程度。他看得出來，自己這邊的兵力可以撐到第二天的中午。他想賭上所有兵力，一決勝負。就像是賭博時押上所有錢賭他最後一把。

庄九郎卻不是這樣。比起賭博，他更擅長計算。他儘量控制不要過於疲勞，積攢體力，最後瞄準必勝的時機，猛地釋放出體力。

因此，他不讓戰士去滅火，而是命令赤兵衛的隊伍全力以赴。赤兵衛的隊員中有人累得倒下了，庄九郎卻連眉毛都不眨一下。滅火隊員就算累死，只要他們不需要最後上戰場，也在所不惜。

太陽升起了。

信秀越戰越勇，攻下了大手門。

大手門一進門的裡側，是庄九郎花了很大工夫精心建造的新館。他一向以此爲傲，信秀的重臣平手政秀當初作爲使者來訪時，庄九郎曾經在此親自引見。

闖入大手門的織田軍開始進攻新館，雖付出不小的犧牲卻一路逼近而來。

庄九郎已經退到半山腰的角樓上，他派人通知保衛新館的豬子兵助：

「放火燒館，撤退到第三個角樓。」

庄九郎要親手燒毀自己的城館。燒了它，信秀才不能將它作爲攻城的據點。

信秀一路攻進大手門的內側，再往前卻不那麼順利了。山路極其陡峭，士兵爬上去又掉下來，反反覆覆。

到了午後，太陽開始西移。半山腰的庄九郎清楚地注意到，織田軍已經開始現出疲態。

庄九郎依次派出大批人馬，加大對織田軍的打擊。雖說奪下了敵人的一個據點，信秀卻漸漸轉攻爲守，太陽快下山時——

（看來只能到此爲止了。）

信秀判斷已經無法防禦下去，決定暫時退到城外的平原休息，恢復元氣後捲土重來。

「鳴鉦退兵！」

一聲令下，織田軍放棄剛剛奪下的新館，迅速退到城外的平原上。

然而，他並沒有放棄這場賭博。到了半夜，他決定發起總攻擊，孤注一擲。

他命令大垣城的籠城軍：

——出城和我軍匯合。

接到信秀的命令，大垣的籠城軍出了城與之匯合。

（我可看見了。）

從半山腰緊盯著美濃平原的庄九郎心中暗暗叫好。他注意到遠處的大垣城方向出現無數蠕動著的火把，猜到信秀打算決戰的意圖。

「信秀的大部隊還沒準備好，估計在吃飯呢。還有人在睡覺。就選在此刻吧！」

庄九郎並未吹號擊鼓，而是悄悄派人到各軍送信，傳達作戰意圖，把全軍分爲八支部隊，猶如海嘯來襲般神不知鬼不覺地包圍信秀的軍隊，然後全力發起猛攻。

庄九郎果斷地帶領全軍夜襲，織田軍被徹底擊垮，四下逃竄，三分之一死於非命，其他人則三三兩兩地逃脫出去，信秀自己也狼狽地逃回尾張。

據說這次織田軍的陣亡人數達五千人，是戰國史中同等規模戰役中最大的一次敗北。

織田兵的屍體被埋在兩處大坑裡。墳墓至今還保留在岐阜市神田町的圓德寺和該市元町二條街。通稱織田塚。

這次戰敗後，信秀一蹶不振，之後逐漸銷聲匿跡。

濃姬

幸好，信秀在與他們的交戰中不但從未失利過，還侵入三河的部分地區，奪取了松平家數代人駐守的安祥城，並以此為據點向東擴張。

因此，信秀稱得上是東海的常勝將軍。

（想不到竟然敗給蝮蛇。）

他一想到這裡，就覺得滑稽可笑。每次出兵都大敗而歸，實在是摸不著頭腦。

陸陸續續的，美濃戰敗的家臣都帶著傷回來了。

信秀親自到城門口接應，對每個人打著招呼，時不時還大笑著說：

（贏不了蝮蛇。）

織田信秀第一次產生這種想法。損失了三分之一的兵力，隻身從美濃平原逃回尾張古渡城的信秀，在城裡的寓所內整整躺了兩天兩夜。

「接下來怎麼辦？」

他思考著。

敵人不僅僅美濃的蝮蛇，國內也有，東方也有。東方的敵人是盤踞在駿河、遠江的今川義元，勢力頗為雄厚。鄰國三河的松平氏也和今川結為同盟，共同與己為敵。

「哈哈、哈哈，運氣不好而已。大家都辛苦了。」

聽起來像在唱歌。

戰敗的將士看到自己的主公在這種情景下還談笑風生，不覺放寬心，士氣多少也有點兒恢復。

嘈雜的人群中，只有一件事是信秀最擔心的。

「蝮蛇不會趁機追到尾張來吧？」

蝮蛇的奇怪之處在於，狠狠打擊主動挑釁自己的人，即使對方半死不活地逃走，他也決不追趕。

「不過這次可不一定。」

信秀在回城的第三天，迅速整頓兵馬。讓剛剛出陣回來的人回去休養，原先留下守城的人則組成一支兩千人的部隊。

「再去一趟稻葉山城。」

他親自率領大軍渡過木曾川，又出現在美濃平原的戰場，這裡還躺著不少自己士兵的屍體。

深夜。

信秀一路疾馳到稻葉山城的城下，開始到處放火。火光衝天，城裡響起鼓聲和鐘聲的警報。

「撤退！」

他大喊著率先退離，回到木曾川等到將士聚齊後，分頭乘上早就預備好的船隻，一刻不敢耽誤地逃回尾張。

「這麼一來，蝮蛇會以爲織田尚有餘力不敢進攻。」

他心裡盤算。總之，再沒有比他更勤快的人了。

接下來的幾個月，信秀都緊張地注視著美濃蝮蛇的一舉一動，奇怪的是稻葉山城異常平靜，根本沒有要討伐自己的跡象。

「真是個怪人！」

信秀恨恨地想。自己就像個沒有對手的相撲選手。

取而代之的消息是，駿河的今川義元聽說信秀戰敗，便聯合三河的松平廣忠出兵想要奪回三河的安祥城。

不過，還只是傳聞。

「此事很有可能，快去確認。」

他命令道。信秀曾經為了打探今川氏的消息，派出數十名間諜前往駿府（靜岡）城下，讓他們從事商業或仕官等。

這些人中有人回來報告：

「今川大人經不起三河的松平三番五次的訴苦，答應要奪回安祥城。但不是馬上出兵，而是要等到天氣變暖、樹葉發芽時。」

說實在的，信秀確實鬆了一口氣。

即使在這種惡劣的環境下，信秀也不曾放棄自己喜愛的連歌。他還堅持著每天練馬的習慣，否則：

——就連大人也屢敗不振了。

府裡的人將這種傳聞傳播出去，國人將會用這種眼光看他，最後會傳到鄰國的耳朵裡。

信秀每天天不亮就起床，舉著火把去城裡的馬場。

正好一個月前，有名奧州的馬販帶來一匹黑色的駿馬，信秀每天早上都騎著牠練習，小半會兒就大汗淋漓。最近，這成了他每天必做的功課。

日出前的一大早，信秀便出來遛馬，東方的天空開始泛起魚肚白時，他來到城裡一棵叫做「羽黑松」的盤根錯節的松樹下，正要下馬。

「父親大人。」

樹根處有人叫他，一名少年正坐在樹根上。

「我說誰呢，原來是吉法師呀。」

信秀把馬韁交給馬童，大步走了過去。

「什麼吉法師，我是信長。」

少年說。他說得不錯，已經年滿十四歲了。去年剛元服，正式取名叫做織田上總介信長。

幾天前，信秀從他的師傅平手政秀那兒得知，他從自己居住的名古屋城溜過來玩。

今天早上卻剛剛才見到。

「哈哈，不好意思，吉法師叫習慣了。」

「父親腦子不靈活了吧。」

少年說，他並沒有要站起來的意思。信秀才剛四十歲，還不至於到癡呆的年紀。他苦笑著，再定睛一看，信長的手裡拿著一節大竹筒，正不停地送往嘴邊吸著，好像裡面裝著稀飯。

「就你一個人嗎？」

「是啊。」

信長點點頭。信秀忍不住道：

「中務（平手政秀）爺來告狀，說你總是動不動就一個人跑出城去。」

「城外更有趣。有河有野地還有村子，別提多有意思了。」

「是嗎？」

信秀光是笑著，絲毫沒有責怪的意思。與其說他放任孩子，不如說他原本就沒有要教育孩子的意識。

「這次也跑出來了吧？」

「半夜跑的。和大手門的足輕眾玩了一會兒。」

「那是什麼？稀飯嗎？」

信秀用手指了指竹筒，信長這才笑了。

「父親你也來點吧。」

他把竹筒硬塞給信秀。連信長的生母都嫌棄他，他也不喜歡和人親近，唯獨對父親懷有感情。竹筒就是他感情的體現。

信秀不忍分享他的稀飯，不過騎了好一會兒馬，確實有些口渴：

「那我就喝了！」

他接過來送到嘴邊，猛地灌入口中，卻慌忙吐出來。這哪裡是稀飯，帶著一股刺鼻的騷臭味。

「什、什麼玩意？」

「牛奶啊！」

信長惋惜地看著灑在地上的牛奶。

「你連這個都喝？不怕變成牛嗎？」

「足輕也都那麼說。我倒要試試會不會變成牛。」

「你這傢伙。」

信秀卻是無可奈何。

事情的經過是這樣的，信長半夜偷偷溜出寢室跑到大手門足輕的小屋，連哄帶騙地拽著足輕出了城，又鑽到農家的牛舍裡，讓足輕按住哺乳期的母牛，自己則爬到牛肚子下面擠奶。

「這個傢伙，眞是個呆瓜。」

信秀盯著少年的臉看了又看。家裡人背地裡叫他：

——白癡公子。

連信秀也聽到過，信長的生母土田御前也對他說：

——幹嘛立他爲嗣子？不是有好幾個兒子嗎？

精力旺盛的信秀膝下有十二個兒子、七個女兒，信長是老二。

——吉法師有前途。別看他平時瘋瘋癲癲，也許能興旺織田家呢。

信秀回答。立信長爲嗣子時，很多老臣都面露難色，其中一人林佐渡守通勝就進諫道：

——吉法師不合適。爲主家的將來著想，應該推選勘十郎才是。

勘十郎是老三，舉止規矩，聰明伶俐，很討人喜歡。信秀卻搖頭說：勘十郎確實聰明，但也就是如此而已。

他拒絕了眾人的意見。

「我說，上總介。」

此刻，信秀喚著自己兒子的口吻就像朋友一樣。

「什麼？」

「你穿的什麼亂七八糟的？」

他指著信長的胸口。一身和服髒兮兮的，右邊的袖子總是脫在一邊，褲子也穿著下人穿的那種半截褲。這樣還不算，腰間還繫著幾個袋子，裝著打火石、小石頭什麼的。

他佩戴的長短刀，劍鞘是難看的朱紅色，而且還平插在腰間。

髮髻也很奇怪，也不知道他爲什麼喜歡梳著衝天辮。髮帶用的也是大紅色。

「袋裡裝著什麼？」

「打火石什麼的，方便得很。」

「這樣啊！」

信秀無法理解，幹嘛非要隨身帶著打火石，不過應該有他的理由吧。

「異想天開的孩子。」

雖談不上欣賞，不過從信長這身奇怪卻有其合理性的裝束中，信秀隱隱約約感到他具備某種才能。

「父親大人又輸給蝮蛇了嗎？」

「輸了。」

信秀毫不掩飾。

「蝮蛇好像比父親要厲害啊！不過，就算他再厲害，總有對付的辦法。不用灰心。」

「沒灰心呀。」

「那就好。」

「想笑話我。」

信秀不禁苦笑。

這天晌午前，織田家的家老兼信長的師傅平手中務大輔政秀來找信秀。

「是不是又要告吉法師的狀？」

這位老人卻提起另外的話題。

「有關美濃的事情。」

「哦？」

「大人您可知道山城入道大人（道三．庄九郎）膝下有一位千金？」

「沒聽說過。」

「以前我向您提起過。現在已滿十三歲，聽說美貌無比，傳遍美濃國內。」

「蝮蛇的女兒嗎？」

信秀有些意外。

「您有所不知。山城入道大人儀表堂堂，正室小見之方夫人則出身於貌美世家的明智一族，才貌雙全。他們所生的千金，不論才貌在國內都無人可及。」

「叫什麼名字？」

「這，尚不清楚。」

政秀搖了搖頭。女子的名字通常是家裡人起的小名，不是對外正式的稱呼，政秀尚未聽說過。

千金被喚做歸蝶。

政秀又說：

「既然是美濃的千金，就暫且叫做濃姬吧。天文四年三月出生，正好比少主小一歲。」

「呃，比吉法師小一歲嗎？」

「正是。」

平手政秀答道，之後卻緘口不言，只是緊緊盯著信秀的臉看。

（嗯……）

信秀的脖子脹得通紅。政秀發出的暗示，讓他多少感到有些屈辱。既然打仗打不過，那就通過聯姻來維持和睦吧。

「蝮蛇會願意嗎？」

信秀故意淡淡地問，他伸出中指摳摳鼻子。

「恐怕很難。」

這麼說，是因爲打輸了的關係。迎娶濃姬，也就是把她當做美濃的人質，作爲戰勝方的蝮蛇一定不會答應。

「而且，山城入道大人只有這麼一個女兒，可以說極盡寵愛。城裡一有客人來，就帶著女兒會見，似乎到處在炫耀自己有個聰明的女兒。」

「呃，這樣啊？」

信秀彷彿親眼見到一般。他膝下有十二男七女，卻沒有特別地寵愛過誰。

「像蝮蛇的作風。」

他想。越是壞人，越溺愛自己的孩子。也就是說，越是愛自己的人，這種愛會以變形的方式轉移到孩子身上。

「好吧。」

信秀以拳擊掌：

「政秀，把千金要來給少主吧。馬上動身去美濃。你就這麼說，爲了兩家長期和睦，想迎娶濃姬作爲織田家嗣子的正室。政秀，你說話的時候要不卑不亢、堂堂正正才是。」

「遵命。」

政秀從信秀跟前告退後，回到名古屋城，馬上做好出發的準備。

首先，他先派人找到齋藤山城入道的代理人，傳話說：

——最近，織田彈正忠的家老平手中務大輔政秀奉主人之命前來拜見，請予以接待。

庄九郎聽後：

「哦，平手中務要來？」

他側著腦袋想。這個粗獷的老人曾經作爲信秀的使者來過，不知道這次有何用意？

（那個老人上次來的時候，好像說自己是吉法師的師傅。）

他突然想起來。隨後他又想，一敗塗地的信秀夾著尾巴逃回尾張，這次不會厚著臉皮來討要千金吧。

然而萬事周到的庄九郎立刻叫來耳次，吩咐道：

「找幾個伊賀探子潛入尾張，仔細查查要繼位的吉法師的底細。」

京城之燈

過了不久。

庄九郎去京都看萬阿，翻過逢坂山時，正值生產抄紙的冬季。

當然是秘密出行。他打扮成山間的行者，只帶耳次一人。主僕二人走過鴨川上的三條橋時，冬日的太陽剛剛消失在愛宕山後。

庄九郎悠然地走在木板橋上，眺望著薄暮中的河灘。

河灘上三三兩兩地點著篝火，造紙的工匠正在河灘上架起大釜煮著楮樹和瑞香樹作爲原料。

「耳次，你看看這些火。太有冬天黃昏的氣氛了。」

「您說的沒錯。」

耳次並無興趣。對這個生在飛驒住在美濃的男子來說，眼前的風景再平常不過。美濃是享譽天下的造紙地，這次出來時，木曾川和長良川河岸也看到類似的光景。

「以前一到冬天，河灘上就擺滿大釜。最近越來越少了。」

「京都的紙也不像以前了。」

「嗯。」

庄九郎滿意地點點頭。

「是我的原因。又便宜又好用的美濃紙不斷地流到了京都，京城紙座的那些人把我看作惡魔，到處說美濃的齋藤道三這種惡人，縱觀三千世界也找不出一個。還說讓我掉到紙地獄裡去。雖然不知道紙地獄是什麼樣子，總之京城沒有人比我更臭名昭著了。」

「在美濃也一樣壞啊！」

耳次噗嗤笑出聲來。壞，也是體現男人強大的一種美學表達，庄九郎並未感到不快。

「豈止是美濃，近江、越前、尾張、三河、遠江、駿河，到處都說我壞。應該算得上是天底下第一大惡人吧！」

他是個破壞者。趕跑守護職，又摧毀了美濃傳統的商業機構「座」。他施展各種魔法向中世紀的各種神聖權威發出挑戰，然後將其摧毀。這些都需要「惡」的力量。庄九郎竭盡所能，總算發揮他全部的破壞力量，建成一個適合在戰國生存的新生王國「齋藤美濃」。

（但是，答應好萬阿的「天下」能實現嗎？）

年輕時覺得一定能。隨著年紀增長，逐漸明白要實現它有多麼的不易。光得到美濃一國就花了足足二十年之久，接下來要鎮壓東海地區，奪取近江，然後長驅直入京都。至少還要再花二十年吧。

（不知不覺地，竟然老了。）

他已經年近五十。

（能重活一次就好了。）

庄九郎想道。

（老天再賜給我一次生命的話，我一定能得天下。我有這個本事。）

然而，這終究是不可求的。

半小時後，庄九郎已經在油鋪山崎屋的裡間，和萬阿面對面地坐著了。庄九郎飲著酒，萬阿吃著點心。

「身體還好吧？」

萬阿第二次這麼問道。不像以前，這個男人每次回來，都是在他的人生又上了一級台階的時候。而且每次都氣宇軒昂，那股熱切讓萬阿爲之傾倒。

「還好。」

庄九郎的口吻似乎有些無力。他嘴上的鬍鬚也突然變白了。眞的是老了。

「你也顯老了。」

「是啊。」

他一口氣乾了杯中的酒，用手背擦去鬍鬚上的液體。

「老了。來向你道歉。」

「道歉？」

萬阿不解地側了側頭。人老不是很正常嗎？

「對不起你了，我道歉。」

庄九郎雙手撐地。萬阿嚇了一跳。這個一心追逐權勢的人，是不是哪兒出毛病了？

「看來，回不了京城了。」

「什麼？」

「雖然美濃到手了，但是花了太多的時間。照這樣下去，要想征服東海、近江，當上京都的將軍，也只能是做夢了。」

「夫君。」

萬阿愣住了。她不知道應該上前安慰，還是應該對他違背諾言勃然大怒，只是呆呆地往嘴裡塞了一塊點心。

「離開京都去美濃時，我答應你要回來當將軍，那時你就是將軍夫人。你……」

「像個傻瓜一樣地等著你。」

萬阿狠狠地嚼著點心。這番話太突然，她甚至無從憤怒或悲傷，就像在做夢。

然而，爲了實現庄九郎的離奇野心，二十多年來，她雖爲人妻卻過著守寡般的日子，這些歲月都是實實在在的。

「那麼夫君，你放棄美濃吧。」

萬阿說：

「離開美濃回京城好了。你不會是想說，當不了將軍就一直留在美濃吧？」

「這……」

庄九郎苦笑著看著杯中的液體。萬阿說的在情在理。讓她獨守這麼多年的空房，打點著生意，又大量地援助美濃，要留在美濃這種話無法說出口。

「還是，你捨不得美濃？」

「捨不得！」

他幾乎要叫出聲來，但還是沉默地看著酒杯。

「還是你不願意和美濃的小見之方、深芳野夫人以及孩子們分開呢？」

「別這麼說。」

庄九郎小聲嘟囔：

「別提他們的事。他們是齋藤道三的妻子兒女，你是山崎屋庄九郎的妻子，根本兩回事。扯到一塊兒太麻煩。」

「山崎屋庄九郎君。」

「什麼？」

「請再也不要回到美濃當那個什麼來歷不明的齋藤道三之類的了。」

「你是說把齋藤道三這個人從世界上抹去嗎？那尾張的織田信秀該高興壞了。」

「我不知道什麼織田信秀，我只知道，山崎屋是做買賣的油鋪，用不著那些響亮的名字。」

「哈哈，信秀聽了一定高興。」

庄九郎虛弱地笑著，他甚至有聽從萬阿的衝動。光想像就讓人感到有趣。戰國的人物關係圖中，齋藤道三這個天下最強悍的豪傑忽然消失的話，尾張的織田信秀一定會連忙取消信長・濃姬的婚事，大肆進攻美濃吧。尾張和美濃是日本列島最肥沃富饒的土地，誰要是得到它，想必要得天下也不會太難了。

（那麼織田信秀會得天下吧。）

庄九郎愉快地展開著各種想像。

「怎麼樣？接下來的日子就安安心心做山崎屋的庄九郎吧。」

「考慮考慮。」

他撫摸著下巴上未剃淨的鬍鬚，伸手拔下一根。

他在想，要是這樣也不錯。

「萬阿喜歡的庄九郎很是瀟灑，既然得不到天下，就趕緊離開美濃回到京城隱居，以風月爲友，每日吟詩作畫多好啊。不對嗎？」

「只有萬阿這麼想而已。在東海一帶，大家都說我是死死咬住不放的蝮蛇呢，可是固執得很呢！」

「是挺固執。萬阿也這麼認爲。」

萬阿笑了起來。

「就是因爲太固執，所以一旦明白不可能，也會比一般人更快地放下，山崎屋庄九郎是這麼個人，對吧？」

「也許吧！」

庄九郎也表示贊同。

「我從小在佛門長大。」

「妙覺寺的法蓮房。」

「不錯。人也許不會按照最初染上的習慣或思考方式來結束一生。我厭惡佛門才入了凡世。既然出來了，就覺得一定要贏，盡可能地忘掉佛門的一切。佛法終歸是弱者自我安慰的思想而已，不丟棄的話什麼也幹不了。我一直都是這麼想的，是不是上年紀了？」

「什麼意思？」

「老了。最近覺得什麼事都麻煩，恨不得再出一回家遠離人世才好。」

「所以才要回京城嘛！」

（不是一碼事。）

庄九郎本想說，但又看到萬阿的語氣這麼強烈，不由得模棱兩可地點點頭。

「太高興了。」

萬阿說，隨後她又覺得懷疑，又重複道，你做好準備了嗎？

「那好，」萬阿拉著庄九郎的手道：「這次先待上個把月吧，慢慢考慮再說。」

「就這樣吧。」

庄九郎再次點點頭。

然而，第二天夜裡，庄九郎悄悄地逃離京都，翻過逢坂山。他是趁萬阿不注意時逃出來的。

他在山上停下腳步，回頭望著京城的燈火。

（也許這一生再也不會回來了。）

這麼一想，不禁熱淚盈眶。這次回來就是爲了告訴萬阿，向她道歉的。這一點，這個惡人對萬阿卻是有情有義。雖說自己的野心犧牲了萬阿的人生，然而他並未虧待過萬阿。這麼有福氣的女人，自己是再也不會遇上了。庄九郎在心底也始終把萬阿看做是自己的正室，或者不如說是本尊更爲恰當。

（再也見不到了。）

庄九郎十分清楚自己的人生已到遲暮。現在擁有美濃，晚年也許會得到尾張，然而今生也就如此而已。他能清楚地預見到。因此，費盡千辛萬苦才得到的美濃，又如何甘願放棄呢。這一點毋庸置疑。

庄九郎心想。

如果放棄美濃，那庄九郎奮鬥一生的事業便煙消雲散。且不論他爲何要來到這個人世，甚至連他曾經在這個人世走過一遭的證據也不曾留下。

（男人的大業，萬阿是不會懂的。）

庄九郎想。就像工匠在刻佛像時，感覺到「此中有我」一樣，對庄九郎而言，美濃就像是自己生命的驗證，是不可取代的作品。

（豈能放棄，還得拚命地守住。）

他又想。

庄九郎又回頭望一眼京都。京都的燈火已經消失在夜幕裡，他站立的道路和頭上的天空，都沉浸在一片黑暗中。

「耳次，點上火把。」

庄九郎吩咐道。他頓頓腳讓草鞋的帶子綁得更舒服一些，隨後一轉身把京都甩在身後，沿著逢坂山向東下山而去。

⋯⋯⋯⋯

三天後，庄九郎回到美濃。稻葉山城的庄九郎又恢復「齋藤道三」的日常生活。知道他離開城裡八天的，只有身邊的寥寥數人。

「耳次，」他把此人喚到後院裡：「去尾張的伊賀探子，還沒回來嗎？」

他問道。不久前他曾派人去打聽向濃姬提親的織田信秀的兒子信長的人品。

「沒呢。」

「怎麼這麼慢？」

他有些等不及。聽說將來的女婿信長是少有的呆瓜。

（要是真的就好了。）

庄九郎心想。那名少主要是頭腦簡單的話，那麼吞併尾張就指日可待了。但是這究竟是不是真的？

「真讓人等不及。」

「不勝惶恐，我自己去就好了。」

「算了，也不是多急的事。」

庄九郎回到美濃的數日後，帶上幾名隨從去了城外。

時值冬日，天氣晴朗。

「去寺裡吧。」

他告訴貼身侍衛。這位謎一樣的主人，從來沒有一句多餘的話。

到了川手的鄉下。這裡數百年以來都是美濃的首府，庄九郎將其廢除，把美濃的中心移到了稻葉山城。這裡也就自然地衰退下來，如今只是一派鄉下的景象。

眼前就是山門。

山門上釘著鐵質飾釘，莊嚴高大不亞於城門。門前有小河圍繞著寺院，就像是一座城池。

這裡是正法寺。

美濃首屈一指的大寺，也是齋藤家列祖列宗的菩提寺。

（要拜祭嗎？）

貼身侍衛有些意外。雖說是齋藤家的菩提寺，卻不是庄九郎繼承的齋藤，而是他滅掉的美濃小守護的齋藤。歷史學家把這個齋藤叫做「前齋藤」，庄九郎之後的齋藤叫做「後齋藤」。

庄九郎並沒有拜祭。

這座大寺院裡，有許多被叫做塔頭的小寺。

庄九郎進入其中一座叫做持是院的小門，卻並沒有逕直進屋，而是讓人打開小小的冠木門進院子。院子是流行的東山風格，滿佈苔蘚和石頭。踩著苔蘚，庄九郎走到池塘畔上。

邊上有一座殿堂。裡面傳來清晰的女聲，正在誦經。

聲音的主人似乎察覺到有人進入，誦經聲戛然而止。

庄九郎彎腰坐在走廊上。

幾乎就在此時，紙門忽然拉開。

一名美麗的尼姑出現在眼前，她先是驚訝地叫了一聲，然後不悅地皺著眉頭垂手施禮。正是深芳野。

庄九郎在追趕她先前的夫家賴藝時，深芳野背著他落髮爲尼。之後就住在這座持是院，不問世事。

「還好嗎？」

庄九郎眼睛看著院子問道。

後面的人卻一言不發。不知道是沉默點頭，還是根本就不想和庄九郎講話。想必是後者吧。深芳野心中充滿怨恨，怨恨他把自己從賴藝手中搶過來卻迎娶別的女人爲正妻，又把賴藝趕到國外。而且，這些年，她從來就沒侍寢過。

「這兒住著不錯呀。我倒想和你換換。」

庄九郎笑道。

深芳野沉默不語。庄九郎仍然望著院子，又問她缺什麼，有想要的儘管提。

「什麼都不用。」

深芳野終於開口。

是嗎，庄九郎點點頭，目光始終看著院子。就連他自己，都無法面對深芳野沉重的目光吧。

或者可以說，他心底某處有些心虛。

「還會再來的。」

庄九郎站起身向外走去，始終不曾回頭。

他高大威嚴的背影逐漸消失在深芳野的眼簾裡。

在她看來，更像是一個不通人情世故、無可救藥的怪物的背影。

他消失在冠木門外。

……深芳野乾涸的眼睛目送著他，連眼皮都未眨一下。庄九郎剛一消失，她就立刻轉身，靜靜地關上紙門。

緊接著，白色的紙門後有了輕微的響動。傳來一陣低沉的、幾乎聽不見的啜泣聲。

（《盜國物語：天下布武織田信長》上冊待續）

國家圖書館出版品預行編目（CIP）資料

盜國物語：戰國梟雄齋藤道三／司馬遼太郎作；
馬靜譯．-- 初版．-- 臺北市：遠流，2017.05
冊；　公分．--（日本館・潮；J0268-J0269）
ISBN 978-957-32-7983-9（上冊：平裝）．--
ISBN 978-957-32-7984-6（下冊：平裝）．--

861.57　　　　　　　　106005476

日本館・潮　J0269

盜國物語：戰國梟雄齋藤道三（下）

作　　者——司馬遼太郎
譯　　者——馬靜
出版二部總監——黃靜宜
企劃主編——曾慧雪
特約編輯——陳錦輝
行銷企劃——葉玫玉、叢昌瑜

發行人——王榮文
出版發行——遠流出版事業股份有限公司
100 臺北市南昌路二段 81 號 6 樓
郵撥／0189456-1
電話／(02)2392-6899　傳真／(02)2392-6658
著作權顧問——蕭雄淋律師
2017 年 5 月 1 日　初版一刷
售價新臺幣 300 元（缺頁或破損的書，請寄回更換）

ISBN 978-957-32-7984-6
YLib 遠流博識網 http://www.ylib.com　E-mail: ylib@ylib.com